grafit

Chemnitzer Str. 31, D-44139 Dortmund
Internet: http://www.grafit.de
E-Mail: info@grafit.de

Umschlagillustration: Peter Bucker
Druck und Bindearbeiten: Fuldaer Verlagsanstalt, Fulda
ISBN 3-89425-292-8
1. 2. 3. 4. 5. / 2006 2005 2004

Christoph Güsken

Die ohne Sünde sind

Kriminalroman

grafit

Der Autor

Christoph Güsken, geboren 1958 in Mönchengladbach, studierte Theologie und arbeitete als Museumswärter, Aktenabhänger und Buchhändler. Seit 1995 lebt er als freier Autor in Münster.

Er veröffentlichte zahlreiche Kurzgeschichten und Hörspiele. 1996 erschien sein erster Kriminalroman mit dem Chaos-Detektiv-Duo Kittel und Voss: *Bis dann, Schnüffler.* Es folgten *Schaumschlägers Ende, Mörder haben keine Flügel, Spiel's nicht noch mal, Henk, Pommes rot-weiß, Niemals stirbt man so ganz, Screamhilds Rache, Lambertis Fluch* und *Der Papst ist tot.*

Außerdem verfasste Güsken das Buch über den perfekten Mord *Angsthase, Pfeffernase,* den Thriller *Alptraum in Blau* und einen Kriminalroman über Todesangst: *Der Untergang des Hauses K.*

2002 erschien der erste Roman mit Carsten Bukowski und Dirk Jungbluth, zwei Kommissaren aus Mönchengladbach: *Jungbluth und der Fastnachtsmord.* Mit *Die ohne Sünde sind* setzt Güsken die Reihe fort. Anders als die Kittel-und-Voss-Krimis, die durch skurrilen Humor glänzen, sind die Bukowski-Jungbluth-Geschichten fast ›klassische‹ Polizeiromane – aber eben nur fast …

Während er noch redete, kam Judas, einer der Zwölf, und mit ihm eine Schar von Männern, die Schwerter und Knüppel trugen. Der Verräter hatte mit ihnen ein Zeichen verabredet und gesagt: Der, den ich küssen werde, ist es. Und als er kam, ging er sogleich auf ihn zu und sagte: Rabbi! Und er küsste ihn.

Mk 14,44–45

Ob der Irak wirklich Massenvernichtungswaffen besitzt, wissen wir nicht. Und gerade das ist das Problem.

George W. Bush

1

Mir kommt es so vor, als ob die morgendliche Unterweisung heute früher stattfindet als sonst. Wahrscheinlich liegt es daran, dass der Tag trübe beginnt. In den Baracken zieht es und die Kleidung ist klamm. Der Herbst hat zeitig begonnen.

Es ist jetzt sieben Uhr. Wir stehen draußen auf dem Versammlungsplatz und spüren das nasse Gras an unseren Waden.

Ich fühle mich müde und zerschlagen, aber voller positiver Energie. Wie ein Mensch, der lebendig ist.

Die Evangelistin nähert sich mit der Kerze in der Hand. Das flackernde Licht und ihr langes schwarzes Kleid, das über die Wiese streicht, lassen sie wie einen Engel der Verheißung aussehen.

Renata spricht länger zu uns als sonst. Sie erzählt noch einmal die tragische Geschichte, die sich vor drei Jahren ereignete. Ein paar Menschen brachten Flugzeuge in ihre Gewalt und steuerten sie in die höchsten Gebäude der Welt. Die Flugzeuge explodierten, die Gebäude stürzten zusammen und tausende von Menschen starben. Eine Tragödie, die nur stattfinden konnte, weil die Menschen Verblendung und blinden Fanatismus mit Glauben verwechselten. Sie suchten nicht nach der Wahrheit, nach der echten, kompromisslosen Wahrheit, die frei macht, sondern nach äußerlichen, vergänglichen Dingen. Nach Geld und Erfolg. Dingen, die kurzfristige Lust bereiten. So kam es, dass sie für Gott hielten, was eigentlich innere Leere ist, und für Liebe, was blinder Hass ist.

Wir können aus dieser Geschichte lernen, sagt Renata. Wir müssen endlich mutiger werden, uns selbst gegenüber und anderen, und vor der Welt Zeugnis darüber ablegen, was wirklicher Glaube ist.

Nach der Feier warte ich am Anfang des Kiesweges, den sie entlanggeht, wenn sie sich zurückziehen will.

»Sei nicht traurig, mein Kind«, sagt sie, als sie mich erreicht.

Ich bin schon glücklich darüber, dass sie mich wahrgenommen hat. Sie lächelt sogar ein wenig, kaum sichtbar, aber ich nehme es als Zeichen, dass sie mir verzeiht. Was gewesen ist, sagt sie mir damit, ist gewesen.

»Warum hat er das getan?«, frage ich.

Renata legt den Arm um meine Schulter. Sie geht ein Stück mit mir. Schon bald spüre ich die Wärme ihres Körpers und werde ruhiger.

»Wir wissen zweierlei aus der Schrift«, erklärt mir die Evangelistin. »Judas, der Verräter, versteckt sich so lange, bis seine Stunde kommt. Er ist mitten unter den Jüngern des Herrn, aber sie erkennen ihn nicht. Sie sind ahnungslos, obwohl sich der Wolf längst unter die Schafe geschlichen hat. So steht es geschrieben, und weil es geschrieben steht, waren wir gewarnt und konnten die Gefahr rechtzeitig erkennen.«

Renata ist unsere Mutter. Sie ist streng mit uns, und das ist gut so. Wer zum Licht gehören will, sagt sie, der muss ein Licht anzünden. Nur das gibt uns ein Recht, auf der Welt zu sein. Wer kein Licht in der Welt anzündet, hat umsonst gelebt. Er hat gar nicht existiert. Millionen von Menschen gibt es, die nicht existieren.

Ich bemühe mich, danach zu handeln, und ich glaube, das ist ihr nicht entgangen. Eine Zeit lang hatte sie Grund zur Sorge, aber jetzt betrachtet sie meine Fortschritte voller ermutigendem Wohlwollen. Schon lange hatte sie mich in den Kreis der Bevorzugten aufnehmen wollen, doch dann zog Finsternis auf zwischen uns und wir konnten einander nicht mehr ins Gesicht sehen.

Ich weiß ja, nach dem, was geschehen ist, kann es nicht so weitergehen wie bisher. Alles hat sich geändert, auch für sie. Wie ich war Renata enttäuscht von ihm, verletzt und tief enttäuscht. Wir beide haben so vieles gemeinsam, so wie Mutter und Tochter vieles gemeinsam haben. Ich weiß, sie muss ihn geliebt haben wie einen Bruder. Mehr als das.

Genau wie ich.

2

Es war ein Freitagmorgen im September, als die beiden Kripobeamten von der Aachener Straße aus auf die A 61 in Richtung Autobahnkreuz Mönchengladbach auffuhren. Auf einem Parkplatz an der A 52, die nördlich der Stadt in ostwestlicher Richtung verlief, hatte man eine Leiche entdeckt. Es war ein kalter Herbsttag, einer von denen, die einem als erste Vorboten des nahenden Winters erscheinen. Die Heizung bemühte sich nach Kräften, aber sie kam nicht recht auf Touren.

»Ehrlich, ich hab keine Lust mehr«, sagte Hauptkommissar Bukowski, während er sich eine Zigarette drehte, die er allerdings nicht anzünden würde. Sein Kollege konnte den Qualm während der Fahrt nicht ertragen. »Dabei bin ich wirklich nicht der Typ, der schnell keine Lust mehr hat. Du kennst mich, Dirk.«

Bukowskis Frisur sah abenteuerlich aus, denn er hatte die Angewohnheit, ständig mit der Hand darin herumzuarbeiten. Er war übergewichtig, bemühte sich aber redlich, durch regelmäßiges Joggen seine überzähligen Pfunde abzutrainieren. Hin und wieder waren sogar Fortschritte zu erkennen, aber dann, wie seine Kollegen argwöhnten, hatte er nur erneut Platz geschaffen für die Unmengen von Junkfood, das er bevorzugte.

»Wie das Wochenende wird, will ich mir erst gar nicht vorstellen«, fuhr Bukowski fort. »Wahrscheinlich geht sie da zu irgendeiner verdammten Stadtmeisterschaft im Rosenkranzbeten.« Er grinste. »Oder sie hat einfach nur ihre Tage.«

»Du sprichst von Charline, nehme ich an«, brummte Hauptkommissar Jungbluth, der am Steuer saß. Er war schmächtiger als sein Kollege, von unsportlicher Figur, und hatte dichtes, aber schon ziemlich graues Haar. Viele fanden, dass sein Blick stechend war. Jungbluth beherrschte die zweifelhafte Kunst, möglichst wenig von dem, was er dachte oder fühlte, nach außen dringen zu lassen. Das hatte dazu geführt, dass er nicht viele Freunde hatte. Und dass ihn die meisten unterschätzten.

»Natürlich, von wem denn sonst?«, ärgerte sich Bukowski über das Desinteresse seines Kollegen.

»Ich habe dir schon oft gesagt, dass ihr beide nicht zusammenpasst.«

»Da hast du ausnahmsweise verdammt Recht, Dirk!« Bukowski wedelte mit seiner Selbstgedrehten, als hätte er sie entzündet, und verstreute Tabakkrümel im Wagen, was ihm einen strafenden Blick Jungbluths einbrachte. »Ich sag dir was: Wenn dir eine Frau versichert, früher sei sie ein Mitglied der Zeugen Jehovas gewesen, aber jetzt sei das ein abgeschlossenes Kapitel, das der Vergangenheit angehöre, dann glaube ihr kein Wort.«

»Aber du wusstest doch vorher, dass –«

»Sie hat es gesagt! Diese ganze ›Glaubenskiste ist für mich durch‹, das waren ihre Worte. Und was ist jetzt? Wenn du mit ihr ins Bett willst, betet sie erst mal drei Stunden, um die beabsichtigte Sünde moralisch gesehen gegenzufinanzieren. Vorher zieht sie nicht mal die Unterwäsche aus. Da vergeht dir die Lust gehörig.«

»Das erwähntest du schon.«

»Und das ist noch nicht mal das Schlimmste. Diese ehemaligen Bekannten von ihr machen mich rasend. Manchmal stehen sie drüben auf der anderen Straßenseite oder sie klingeln sogar an der Tür und wollen über die Sinnfrage diskutieren.«

»Scheiße«, sagte Jungbluth, aber er meinte den Stau, in

den sie geraten waren. Er schaltete den Warnblinker ein. »Davon war wieder mal nichts im Radio.«

»Was würdest du tun, wenn du dir fünf Mal am Tag Bibellesungen am Telefon anhören müsstest? Du siehst deine Dienstwaffe irgendwann mit ganz anderen Augen an. Würde mich nicht wundern, wenn unter hundert Opfern von Amokschützen siebzig Prozent Sektenfritzen sind. Man sollte das mal statistisch recherchieren …«

Jungbluth erwiderte nichts. Er kuppelte ein und wieder aus.

»Übrigens hab ich versucht, dich gestern Nachmittag zu erreichen. Joggen und danach ein Bierchen trinken, das wäre schön gewesen. Mal was anderes als Glaubensgespräche.«

»Leider war ich nicht da.«

»Das habe ich mir auch gedacht. Hast du Lisanne besucht?«

»Wie denn? Sie ist doch zurzeit in Frankreich.« Lisanne, Bukowskis Schwester, war schon seit einigen Jahren immer wieder einmal mit Jungbluth liiert.

»Stimmt, hatte ich vergessen«, erinnerte sich Bukowski.

Der Stau löste sich allmählich auf. Jungbluth fuhr an, beschleunigte sanft und schaltete in den dritten Gang.

»Ich war beim Arzt«, brummte er.

»Ach ja, stimmt«, fiel Bukowski ein. »Das hattest du gesagt. Die Untersuchung.«

Sie hatten jetzt das Autobahnkreuz passiert und fuhren auf der A 52 in Richtung Düsseldorf.

»Und?«, erkundigte sich Bukowski, nachdem sein Kollege wieder in Schweigen verfallen war.

»Was meinst du mit ›und‹?«

»Was ist dabei rausgekommen?«

Jungbluth zuckte mit den Schultern und starrte auf die Straße. »Keine Ahnung«, sagte er.

»›Keine Ahnung‹, was soll das heißen?«

Parken 200 Meter, meldete ein blaues Schild. Jungbluth

ging mit der Geschwindigkeit herunter und setzte den Blinker. Zwei Streifenwagen der Autobahnpolizei und ein rotweißes Plastikband versperrten den Zugang zum Tatort.

»Der Arzt hat gesagt, dass er beim Ultraschall etwas entdeckt hat, was ihm nicht gefällt.«

»Was denn?«

»Er weiß es noch nicht. Aber wahrscheinlich nichts, worüber man sich Sorgen machen müsse.«

»Na, bitte«, sagte Bukowski.

Jungbluth hielt seinen Ausweis aus dem Fenster, woraufhin einer der Streifenwagen zurücksetzte. Im Schritttempo fuhren sie weiter. »Trotzdem«, sagte Jungbluth und presste die Lippen zusammen.

»Was heißt ›trotzdem‹?«

»Ich frage dich, woher will er wissen, dass man sich keine Sorgen machen muss, wenn er keine Ahnung hat, was das auf dem Bild ist?«

Der Parkplatz Wolfskull sah aus wie tausend andere der Republik: verschandelte Gebüsche, von Brennnesseln überwuchert, überquellende Papierkörbe neben ungemütlichen Bänken und ein Hinweisschild, das darum bat, den Rastplatz sauber zu halten. Nur eine Baustelle unterschied diesen Platz von anderen: Etwa fünfzig Meter bevor die Fahrspur wieder auf die Autobahn zurückführte, entstand etwas abseits von den Bänken mit den überfüllten Mülleimern, umgeben von einem kleinen Gebirge aus Kies und Sand, ein dreieckiges, futuristisch anmutendes Bauwerk.

»Etwas bombastisch für eine neue Toilette«, meinte Bukowski.

»Das wird keine Toilette, sondern eine Autobahnkapelle«, erklärte ein uniformierter Beamter, der auf sie zukam. »Werner, Autobahnpolizei Düsseldorf«, sagte er und nahm seine Zigarette in die linke Hand, um die beiden Hauptkommissare zu begrüßen.

»Jungbluth und Bukowski, Kripo Mönchengladbach«, stellte Bukowski vor.

Der Tote lag auf dem Asphalt an einer Stelle, wo ein Kiesweg zur Baustelle abzweigte. Die Leiche wurde von den Beamten der Spurensicherung umringt, deren Atem in der kalten Luft sichtbar war.

Bukowski und Jungbluth traten näher.

Es war ein Mann, schätzungsweise Anfang dreißig. Er hatte blondes lockiges Haar, das bis zur Schulter reichte und teilweise blutverschmiert war. Seitlich an der Schläfe klaffte eine Platzwunde und direkt über dem linken Ohr befand sich eine mehr als fingerbreite hässliche Schramme. Der Tote lag auf dem Rücken, alle viere von sich gestreckt. Das rechte Bein war merkwürdig verrenkt, so als habe man es gewaltsam zur Seite gebogen.

»Möglicherweise ein Fall von Fahrerflucht«, sagte Werner. »Ein Autofahrer hat uns benachrichtigt, weil er ihn um ein Haar überfahren hätte.«

»Aber da war er schon tot«, vermutete Bukowski.

Der Beamte der Autobahnpolizei nickte und deutete auf Reifenspuren direkt neben dem abgewinkelten Bein. »Kurz vorher hat ihn schon jemand erwischt. Und der hat uns nicht angerufen.«

Bukowski versuchte, sich vorzustellen, wie der Tote lebend ausgesehen hatte, ohne blutverschmiertes Haar und klaffende Wunden. Viele Mordopfer hatte er schon gesehen und dabei die Erfahrung gemacht, dass es manchmal überhaupt nicht gelang, und das war unabhängig vom Zustand des Toten. Man hatte ausschließlich eine Leiche vor Augen und nicht im Entferntesten die Person, die er oder sie vor kurzem noch gewesen war. Dieser Mann war einer von denen, die man sich leicht lebend vorstellen konnte. Er hatte ein längliches Gesicht und eine leichte Hakennase. Seine Augen waren dunkel, was einen seltsamen Kontrast zu dem lockigen, engelhaften Haar darstellte.

Dieses Haar, dachte Bukowski, verschafft einem ein klares Bild von ihm, obwohl er tot ist. Würde mich nicht wundern, wenn er eine Art Filmstar gewesen ist.

»Wer ist der Tote?«, erkundigte er sich.

Der Kollege von der Autobahnpolizei machte ein bedauerndes Gesicht. »Leider haben wir keinerlei Hinweise auf seine Identität gefunden.«

»Das gibt's doch nicht«, zweifelte Bukowski.

»Er trägt keine Papiere bei sich«, sagte Werner.

»Dann dürfte Unfall mit Fahrerflucht wohl ausscheiden«, meinte Bukowski. »Was denkst du, Dirk?«

Jungbluth zuckte die Achseln, antwortete aber nicht.

»Dass ihn einer überfahren hat, ist ziemlich sicher«, sagte Gehrke, der Rechtsmediziner, der jetzt die beiden Hauptkommissare mit Handschlag begrüßte. »Dass Sie auch schon kommen ...«

»Wir haben im Stau gesteckt«, erklärte Jungbluth.

Gehrke grinste, wedelte den Qualm von Werners Zigarette von sich weg und strich mit den Fingern über seinen Wintermantel. Der Arzt achtete sehr auf sein Äußeres. »Ich dachte mir schon, als keiner kam, das wird bestimmt ein Fall für Jungbluth und Bukowski.«

Jungbluth war neben der Leiche in die Hocke gegangen. »Könnte sein, dass er hier mit dem Finger etwas hingekritzelt hat«, sagte er und deutete auf eine Stelle auf dem Boden, wenige Zentimeter neben der Hand des Toten. Die Baustellenfahrzeuge hatten den groben Sand zu einer lehmigen Masse festgestampft. »Sieht so aus, als wären das Ziffern.«

Bukowski ging auch in die Knie.

»Eindeutig«, bestätigte er. »Zehn, acht, sieben. Was hat das zu bedeuten?«

»Wenn es überhaupt etwas mit dem Toten zu tun hat«, meinte Gehrke skeptisch.

»Vielleicht Teile der Autonummer des flüchtigen Fahrzeugs«, mutmaßte Jungbluth.

»Unwahrscheinlich«, entgegnete Gehrke.

Bukowski kam wieder hoch. »Wieso? Sie sind doch der Ansicht, es handelt sich um einen Unfall.«

»Einen Menschen zu überfahren und sich dann zu verdrücken, das ist ein sonnenklarer Fall von Fahrerflucht«, stellte der Mediziner fest. »Dass der Mann vorher schon tot war, konnte der Fahrer schließlich nicht wissen.«

»Er war vorher schon tot?«

»Allerdings. Und das ist auch der Grund, weshalb er wohl schwerlich die Nummer des Fahrzeugs in den Sand kritzeln konnte.«

Bukowski war genervt. »Wenn Sie vielleicht mal damit aufhören würden, Dr. Watson zu spielen«, ärgerte er sich, »und uns stattdessen darüber aufklären, was Sie herausgefunden haben.«

»Herausgefunden habe ich noch gar nichts«, antwortete Gehrke gedehnt. »Bevor ich ihn nicht obduziert habe, kann ich nur Vermutungen anstellen.«

»Na schön«, seufzte Jungbluth, »und was für Vermutungen sind das?«

»Erstens: Der Mann wurde erschlagen. Womit, weiß ich allerdings noch nicht. Er weist eine ganze Reihe von Verletzungen auf, ich kann vorerst noch nicht sagen, welche tödlich war. Zweitens: Auch dass er nicht hier ermordet wurde, steht für mich so gut wie fest.«

»Kein Unfall, sondern vorsätzlicher Mord«, nickte Bukowski. »Dazu passt, dass man seine Taschen geleert hat, um die Identität zu verschleiern.«

»Irgendwie kommt mir der Mann bekannt vor«, sagte Werner von der Autobahnpolizei.

»Mir auch«, bestätigte Bukowski.

»Errol Flynn«, sagte Jungbluth.

»Wer ist das denn?«, fragte Werner.

»Ein Schauspieler«, erklärte Bukowski. »Aber ziemlich antik. Das dürfte vor Ihrer Zeit gewesen sein.«

»Errol Flynn.« Dr. Gehrke grinste spöttisch. »In seiner Rolle als Jesus, oder was?« Er verabschiedete sich: »Also dann, liebe Kollegen, ich habe zu tun ...«

»Wenn das vor meiner Zeit war«, zweifelte Werner, »wieso kommt er mir dann bekannt vor?«

3

Bevor sie zurück zum Polizeipräsidium fuhren, wollte Bukowski erst einmal was essen. Jungbluth, der schon gefrühstückt hatte, ließ sich überreden, seinen Kollegen nach Hause zu fahren und mit ihm dort einen Kaffee zu trinken.

Hauptkommissar Bukowski bewohnte eine Altbauetage in der Schmidt-Bleibtreu-Straße. Sie war die einzige im Haus, die noch zugige Fensterrahmen hatte und Türen, die nicht richtig schlossen.

Jungbluth setzte sich an den Küchentisch und beobachtete, wie sich Bukowski drei Eier in der Pfanne briet. »Um diese Zeit könnte ich so etwas nicht essen«, kommentierte er skeptisch.

»Was sagst du zu dem Fall?«, erkundigte sich der Dicke. »Sehr inspirativ warst du eben nicht gerade.«

»Die Sache gibt ja auch nicht viel her. Ein unbekannter Toter neben der Autobahn. Solche Fälle kommen fast täglich vor. Keine Zeugen, kaum Spuren. Man setzt das Foto des Ermordeten in die Zeitung und wartet ab. Die Aufklärungsrate ist mehr als kümmerlich.«

Bukowski reizte die lustlose Trägheit, die von Jungbluth ausging. »Hört sich nicht danach an, als hättest du vor, sehr viele Gedanken in die Sache zu investieren«, sagte er, während er beiden einen riesigen Pott Kaffee eingoss. »Hast nicht du mal gesagt, dass man sich als Bulle so fühlen muss wie ein Schriftsteller, der einen Erzählstoff sucht? Die berühmte Idee muss man haben, die Seele des Falles. Die bringt einen sicherer zur Lösung als alle kleinlich zusammengetragenen Spuren.«

»Ich soll das gesagt haben?«

»Du und kein anderer, Dirk.«

Jungbluth nahm seinen Kaffee in beide Hände, schwenkte ihn hin und her und sah dem Wasserdampf beim Aufsteigen zu. »Manchmal stimmt das ja wohl auch«, räumte er ein. »Aber manchmal eben auch nicht.«

Bukowski vertilgte sein dreifaches Spiegelei. Dann leerte er die Tasse und rollte sich eine Zigarette. Als er Jungbluths missbilligender Miene begegnete, hatte er genug von dem düsteren Schweigen. »Der Arzt ist schuld, stimmt's?«

»Welcher Arzt?«

»Jetzt tu doch nicht so. Er hat irgendwas von einem Röntgenbild orakelt und seitdem –«

»Ultraschall. Es war der Ultraschall.«

»Von mir aus. Ist egal. Jedenfalls schläfst du seitdem nicht mehr, wie ich dich kenne.«

»Wie du mich kennst? Was soll das denn heißen, Carsten? Heißt das, du würdest dir in meiner Situation keine Sorgen machen? Ich vergaß, du bist ein harter Bursche. Du würdest sagen: Was soll's? Noch einen Monat zu leben, das ist immerhin mehr als eine Woche, genauer gesagt vier Mal so viel. Und wenn man es auf die Tage umrechnet, dann kommt es einem schon fast zu viel vor.«

»Einen Monat zu leben? Ich denke, es gibt keinen Grund, sich Sorgen zu machen.«

»Hat er ja auch gesagt.«

»Na also? Was erzählst du denn da von vier Wochen?«

»Es war nur ein Beispiel. Wenn du –«

»Ein Beispiel, ach so!« Bukowski wollte sich Kaffee nachgießen, aber es war nichts mehr in der Kanne. »Und wenn es nun wirklich keinen Grund zur Sorge gibt?«

Jungbluth nickte.

Er wirkt müde, fand Bukowski. Wenn er darauf verzichtet, einem mit seinem Dickkopf den Nerv zu rauben, ist das ein schlechtes Zeichen.

»Ich fühle mich zurzeit gesundheitlich nicht besonders«, sagte Jungbluth. »Und das macht mir Sorgen. Und dann kommt so ein Arzt und sagt: ›Machen Sie sich keine Sorgen. Es könnte ganz harmlos sein. Und falls nicht, dann sollten Sie die Ihnen verbleibende Zeit nicht mit unnötigen Sorgen verplempern.‹«

Das Telefon klingelte. »Weißt du was, Dirk«, sagte Bukowski, während er zum Telefon ging. »Manchmal denke ich, du spinnst, und manchmal, dass du Recht hast. Vielleicht stimmt beides.« Er hob ab. »Ja? Bukowski?«

»Bitte, ich würde mich gern mit Ihnen unterhalten«, sagte die Stimme eines älteren Mannes.

»Wer spricht denn da?«

»Haben Sie sich schon einmal mit der Schrift beschäftigt?«

»Ach, Sie schon wieder!«, polterte Bukowski los. »Lassen Sie mich in Ruhe!«

»Wir wollen nur mit Ihnen sprechen.«

»Aber ich nicht mit Ihnen.«

»Was haben Sie denn dagegen, wenn die besseren Argumente siegen? Halten Sie die Ihren nicht für stark genug?«

»Hören Sie auf, mich zu belästigen. Sonst werden Sie etwas erleben.«

»Wie können Sie etwas verurteilen, von dem Sie gar nichts wissen?«, beharrte der Mann. »Der Herr sagt dazu –«

»Es ist mir scheißegal, was der Herr dazu sagt!«, brüllte Bukowski in den Hörer und legte auf.

»Wer war das?«, erkundigte sich Jungbluth.

»Die Schwachköpfe, wer sonst?«, schäumte Bukowski, räumte das Geschirr ab und warf es ins Spülbecken, dass es klirrte. »Los, komm, wir gehen. Pause zu Ende.«

Sein Kollege hielt den Arm hoch und deutete auf die Uhr. »Das war aber ein kurzes Frühstück.«

»Das spielt keine Rolle.«

Cora Willeke war lange Zeit die Jüngste im Kommissariat gewesen. So gesehen hatte es keinen Grund gegeben, dass Kriminalrat Guido Knappertz ausgerechnet sie als seine Stellvertreterin auserkor. Was Alter und Erfahrung anging, wäre als Erster Dirk Jungbluth infrage gekommen. Aber Jungbluth war ein Eigenbrötler, der nichts auf Teamarbeit gab und sich immer davor drücken würde, eine leitende Funktion in einer Ermittlung zu übernehmen. Als Nächster wäre Bukowski dran gewesen, den Posten zu bekommen.

Doch Knappertz hatte sich für die attraktive Hauptkommissarin entschieden und seine Wahl hatte sich, wie viele seiner Personalentscheidungen, bewährt. Jungbluth und Bukowski hielt er für ein gutes Gespann, dem man am besten so viel Freiraum wie möglich ließ. Das Risiko, Unfrieden in das Gespann zu bringen, indem er einen von beiden beförderte, hatte er nicht eingehen wollen. Außerdem sprach für Cora Willeke, dass sie für ihre Fairness bekannt und bei den Kollegen akzeptiert war. Sie verstand es, in der Sache zu argumentieren und die Ermittlungsarbeit effektiv zu delegieren, vielleicht sogar besser als Knappertz selbst. Und sie war klug genug, ihre Triumphe nicht auszukosten.

Im Moment befand sich Guido Knappertz auf einer zweiwöchigen Dienstreise in den USA.

Gegen elf traf sich Cora Willeke mit Bukowski und Jungbluth in ihrem Büro. Jungbluth ließ sich auf einem Stuhl nieder und starrte mürrisch vor sich hin, während sein Kollege unruhig auf und ab ging. Er mochte keine Meetings in Räumen, in denen er nicht rauchen durfte.

»Seit vorgestern«, sagte Cora, nachdem sie sich Jungbluth gegenübergesetzt hatte, »haben wir diesen Sexualmord in Lürrip. Einige Kollegen befürchten, dass eine Serie daraus werden könnte. Dazu kommt, dass fast die Hälfte unserer Leute wegen Grippe ausfällt. Der Chef ist erst in zehn Tagen wieder zurück. Diese Autobahnsache kommt also nicht besonders gelegen.«

»Sie wird uns nicht lange beschäftigen«, erwiderte Jungbluth. »Was soll man in solchen Fällen ermitteln? Keine Verwandten, keine Zeugen, keine Nachbarn. Nicht mal die Todesart ist klar.«

»Die wird der gute Doktor aber noch feststellen«, sagte Bukowski.

Jungbluth grinste gequält. »Bisher weiß er noch nicht mal, um welche Mordwaffe es sich handelt.«

»Mir hat er gesagt«, erzählte Willeke, »dass es ein Stein war.«

»Sehr interessant«, meinte Bukowski. »Immerhin etwas.«

»Er muss es natürlich genau nachprüfen. Noch ist es nicht mehr als sein fachmännischer Eindruck.«

»Der Mörder hat aber nicht nur einmal zugeschlagen«, vermutete Jungbluth.

»Klasse«, ärgerte sich Bukowski, der schon die zweite Zigarette für nachher drehte. »Steine gibt's überall.«

Jungbluth nickte. »Also haben wir so gut wie nichts.«

»Sicher scheint jedenfalls zu sein, dass der Mörder noch zugeschlagen hat, nachdem der Tod schon eingetreten war.«

»Er wollte sichergehen. Das ist nicht ungewöhnlich.«

»Haben wir wirklich nichts?«, widersprach Cora Jungbluths ernüchterndem Resümee. »Da ist zum Beispiel die Kleidung des Toten. Vom Labor werden wir noch einiges bekommen. Nicht der Ermittler klärt einen Mord auf«, sagte sie mit belehrender Stimme, »sondern der Tote selbst mit den Hinweisen, die er liefert. Das habe ich auf der Akademie gelernt.«

»Danach hört es sich auch an«, brummte Jungbluth.

»Außerdem«, fügte Bukowski hinzu, »sind da noch die mysteriösen Zahlen im Sand.«

»Genau.« Hauptkommissarin Willeke nickte. »Wir sollten unsere Fantasie ein wenig anstrengen.«

Jungbluth war wenig begeistert. »Sie ergeben weder eine Telefon- noch eine Autonummer, so viel ist jetzt schon klar.

Was können sie sonst bedeuten? Einen Code oder eine Jahreszahl?«

»Eintausendsiebenundachtzig«, rätselte Bukowski. »Vor oder nach Christus? Hundertacht Komma sieben ...«

»Das bringt doch alles nichts.«

»Folgende Ausgangshypothese«, sagte Bukowski. »Ein Toter ohne Papiere, weggeworfen auf einem Autobahnparkplatz. Einen anonymeren Ort gibt es nicht. Der Mörder hat dem Toten die Identität geraubt. Er wollte, dass wir nichts finden, nur einen namenlosen Toten an einem namenlosen Ort.«

»Aus welchem Grund? Vielleicht weil uns der Name des Toten zügig zum Täter führen würde?«, überlegte Cora Willeke.

»Wenn das so ist, warum hat er die Leiche mitten auf die Piste gelegt und nicht ins Gebüsch?«, fragte Jungbluth skeptisch. »Da hätte sie tagelang unbemerkt liegen können. Und die Identifizierung wäre noch schwieriger gewesen.«

Bukowski nickte. »Da ist was dran.«

»Vielleicht wurde er gestört«, sagte die Hauptkommissarin. »So ein Parkplatz ist zwar anonym, aber nicht menschenleer. Gehrke schätzt, dass der Todeszeitpunkt am späten Abend liegt. Wie viele Leute sind wohl bis zum Morgen auf den Parkplatz aufgefahren?«

»Jedenfalls sind sie alle weitergefahren. Selbst derjenige, der die Leiche überrollte.«

»Wir brauchen Zeugen«, sagte Cora Willeke entschieden. »Wir müssen uns klar machen, dass dieser Tote kein Niemand ist, auch wenn es sich uns so darstellt. Jemand hat ihn als Niemand verkleidet. Wenn es uns gelingt, hinter die Verkleidung zu sehen, haben wir gewonnen. Setzt ein Bild des Mannes in die Zeitung, dann sehen wir weiter.«

»Genau«, nickte Jungbluth, erhob sich und nahm seine Jacke von der Stuhllehne. »Das machen wir. Wir sehen weiter.«

4

Sobald sie es erfahren hat, ruft sie uns alle zusammen, um uns mitzuteilen, dass er tot ist. Dass er brutal ermordet worden ist. Wir kommen in die neue Kapelle, in der nicht genug Platz ist für alle. Dicht an dicht drängen wir uns. Einige müssen draußen im Regen stehen.

Wo ich hinsehe, sind bestürzte, verstörte Gesichter.

Renata bereitet uns behutsam darauf vor, dass Polizeibeamte in unsere Gemeinschaft eindringen und uns Fragen stellen werden. »Diese Menschen werden sich scheinheilig erkundigen, was wir dazu zu sagen haben«, sagt sie. »Dabei wäre es doch an uns, sie zu fragen. Wir sind die, die ohne Schuld sind. Sie aber gehören der Welt des Satans an. Einer Welt, in der Hass und Tod nicht fremd sind, sondern alltäglich.« Dann zitiert sie: »Wenn die Welt euch hasst, dann wisst, dass sie mich vor euch gehasst hat. Wenn ihr aus der Welt wäret, würde die Welt euch als ihr Eigentum lieben. Aber weil ihr nicht aus der Welt seid, sondern weil ich euch aus der Welt erwählt habe, hasst euch die Welt. So steht es geschrieben.«

Ich hebe den Arm so lange, bis ihr fragender Blick auf mir ruht.

»Hat Judas sich selbst gerichtet?«, möchte ich wissen.

Renata, die Wiedergeborene, nickt verständnisvoll. »Er ist nicht Judas«, erklärt sie.

Ein Raunen geht durch die Anwesenden.

»Wir haben geglaubt, er sei Judas«, fährt sie mit fester Stimme fort. »Wir sollten das glauben. Gott wollte es so, damit sich seine Herrlichkeit an ihm offenbarte.«

»Das verstehe ich nicht.«

»Es ist nicht leicht zu verstehen«, sagt sie. »Nirgends steht geschrieben, dass Wahrheit leicht zu verstehen ist.«

»Haben denn nicht wir ihn getötet?«, fragt einer der Novizen, der hinter mir steht.

Ein Schatten fliegt über Renatas Gesicht und in ihren Augen blitzt es auf, dass jeder Anwesende einen Eindruck davon bekommt, was sie damit meint, dass spirituelle Kraft nicht nur Milde, sondern auch Macht bedeutet. Dann schüttelt sie den Kopf. »Nein. Die Welt dort hat ihn getötet. Die Finsternis, die das Licht hasst wie nichts. Es musste so kommen.«

»Warum?«, beharre ich.

»Er hat ihre Augen geblendet und ihr Herz verhärtet, damit sie mit ihren Augen nicht sehen und mit ihrem Herzen nicht verstehen. So steht es geschrieben.«

»Aus welchem Grund musste er sterben?«

»In einer Welt der Dunkelheit muss das Licht verlöschen. Darin besteht die Wahrheit des Lichts.«

»Zu verlöschen?«

»Ja. Es ist ihm so bestimmt. Später wirst du das verstehen.«

Ich gebe mir Mühe. Aber es ist nicht einfach.

»Vielleicht sind wir nicht ohne Schuld«, sagt Simeon später, als wir in der Küche das Gemüse für das Mittagessen vorbereiten. »Ich würde gern mit den Polizisten sprechen. Sie können uns eines Tages sagen, wer ihn getötet hat.«

Es ist der Novize, der Renata gefragt hat, ob wir Joshua getötet haben. Simeon ist noch jung, kaum zwanzig Jahre alt. Er ist recht naiv und voller kindlicher Vorstellungen. Seine Unschuld ist ebenso natürlich wie zerbrechlich, weil er die Welt und ihre Schliche noch nicht kennt. Deshalb kommt es mir zu, ihn in unsere Gemeinschaft der *Kinder des Lichts* einzuführen. Simeon ist erst seit sechs Wochen hier, vorher hatte er draußen sehr viele Probleme mit Drogen und Mädchen. Seine Eltern, sagt er, haben nicht einmal bemerkt, dass er eine neue Familie gefunden hat.

Ich bin froh, dass Simeon mein Schützling geworden ist. Auch wenn wir noch nicht sehr vertraut miteinander sind, haben wir ähnliche Erfahrungen gemacht, was die Zeit draußen in der Welt angeht. Zwar hat mein Vater sehr wohl bemerkt, dass ich ging, aber es hat ihn nicht interessiert. Er wollte mich nur halten, weil er glaubt, dass ich ein Ding bin, das ihm gehört. Etwas, das er sich zu Hause in seine Vitrine stellen kann, neben seine Auszeichnungen und Belobigungen. Wie oft habe ich ihm das in seine Ohren geschrien, aber er hat keine Ohren zu hören. Er ist ein Mensch, der nur sich selbst kennt.

Er ist wie der Satan persönlich.

5

Bukowski betrachtete Dirk Jungbluth als seinen besten Freund. Allerdings gelangte er mehr und mehr zu der Ansicht, dass man Beruf und Freundschaft nach Möglichkeit auseinander halten sollte. Mit der defätistischen, lustlosen Art Jungbluths, an einen Fall heranzugehen, kam er von Mal zu Mal weniger zurecht, und dessen stumpfe Gewohnheit, einen Fall von vornherein für unlösbar und drittklassig zu erklären und sich dann darüber zu beschweren, dass der Fall drittklassig verlief und sich als unlösbar entpuppte, konnte ihn auf die Palme bringen. Aus irgendeinem Grund mochte er Jungbluth, aber er war weit davon entfernt, aus ihm schlau zu werden. Schon des Öfteren hatte Bukowski erlebt, dass Jungbluth, während um ihn herum eine Mordkommission hitzig debattierte, nur dasaß und vor sich hin starrte; Bukowski hatte sich dann gewaltsam beherrschen müssen, nicht hinzugehen und dem Kollegen die Stuhlbeine unter dem Hintern wegzutreten. Und plötzlich kehrte Dirk wie von einer fernen Reise zurück und lenkte mit einer einzigen, in der für ihn typisch monotonen Weise vorgebrachten Bemerkung die Ermittlung in die entscheidende Richtung. Bukowski gönnte Jungbluth solche Erfolge nicht. Wieder und wieder hatte er sich beispielsweise früher auch gefragt, welche scheinbar nebensächlichen und doch ungemein wichtigen Details der Kollege ständig auf seinen mysteriösen Zetteln notierte, und als Jungbluth einmal nach einer Besprechung den Block auf dem Tisch vergessen hatte, hatte Bukowski die Gelegenheit ergriffen. *Mittelalter Gouda,* hatte er gelesen, *Erdbeermarmelade, Kaffeefilter, Mineralwasser, Klopapier.* Ein Einkaufszettel. Bukowski hatte es nicht fassen können. So hatte sich mit der Zeit in ihm die Überzeugung festgesetzt, dass jemand, der so wenig am Ermittlungsgeschehen teilnahm, einfach nicht das Recht hatte, einen Fall zu lösen, auch wenn er hundertmal dazu im Stande sein mochte.

Die Aussicht, dass der Fall des namenlosen Autobahntoten sich nun tatsächlich genauso entwickeln konnte, wie der Pessimist vom Dienst es vorausgesagt hatte, stachelte Bukowskis Elan nicht gerade an. Seine Laune besserte sich auch deshalb nicht, weil er Charline nicht erreichen konnte. Für das Wochenende hatte er Karten für die Kölner Philharmonie besorgt, was nicht gerade sein Fall war, aber er hatte Charline damit ködern wollen, um eine Gelegenheit herbeizuführen, einige grundsätzliche Dinge zwischen ihnen zu klären. Sie war jedoch wie vom Erdboden verschwunden.

Bukowski fuhr trotzdem nach Köln, versackte in einer Kneipe und ließ die Konzertkarten verfallen. Als er spätabends nach Hause kam, hoffte er darauf, die seltsamen Figuren von der Wachturmgesellschaft vor der Tür anzutreffen, um mit ihnen Streit anfangen zu können. Aber auch sie waren verschwunden und blieben es den Sonntag über.

Bukowski begann sich zu fragen, was er an Charline fand.

Erst am Dienstag präsentierte das Labor seinen Befund. Es war nichts dabei, womit sich etwas anfangen ließ, vielleicht bis auf die Tatsache, dass man im Haar des Toten Heu gefunden hatte. Daraus konnte man schließen, dass der Unbekannte in einer Scheune oder einem Heuschober ermordet worden war. Oder dass er sich an einem solchen Ort aufgehalten hatte, bevor er sich an einen anderen begeben hatte, wo er dem Mord zum Opfer gefallen war. Mehr nicht.

Zudem stand es außer Zweifel, dass nicht mehrere Schläge mit Steinen den Tod des Mannes herbeigeführt hatten, sondern nur ein einziger. Es musste ein ziemlicher Brocken gewesen sein, mit dem der Täter aus unmittelbarer Nähe die Schädeldecke seines Opfers zertrümmert hatte.

Bukowski hatte es gründlich satt, im Büro herumzusitzen und auf Jungbluth'sche Art und Weise das Telefon anzustarren, als könne man damit diejenigen, die den Toten wiedererkannt hatten, dazu bewegen anzurufen. Schon den Montag hatte er fast ausschließlich damit verbracht, Vermisstenanzeigen durchzublättern und Berichte über spurlos Verschwundene im Internet zu lesen. Er beschloss, noch einmal den Tatort in Augenschein zu nehmen und sich dort Gedanken zu machen, wie sich alles abgespielt haben könnte.

Als er dabei war, das Büro zu verlassen, klingelte das Telefon. »Hauptkommissar Bukowski«, meldete er sich. »Was kann ich für Sie tun?«

»Ich kann vielleicht wat für Sie tun«, sagte der Mann am anderen Ende der Leitung. »Hambroich, mein Name. Jupp Hambroich. Et jeht um dat arme Schwein, dat Sie an der Autobahn jefunden haben.«

»Was können Sie uns dazu sagen?«

»Dat is 'ne lange Geschichte.«

»Dann kommen Sie doch am besten ins Präsidium und machen Ihre Aussage.«

»Schlecht.« Hambroich schnäuzte sich. »Ehrlich, dat passt mir schlecht. Könnense nich zu mir kommen?«

»Wo sind Sie denn?«

»Hier direkt am Krankenhaus. Ich bin heut entlassen worden.«

»Welches Krankenhaus?«

»Maria Hilf. Die Prostata, wissense. Dat kommt auf Sie

auch noch zu, jlaubense mir. Da könnense sich über zu wenig Malesse nich beklagen, sag ich immer.«

»Sollen wir uns im Krankenhauscafé treffen?«

»Nee, ich bin nit im Krankenhaus. Wie jesagt, nur in der Nähe. Im *St. Vieth.*«

Bukowski beschloss, allein loszufahren.

Fünfundzwanzig Minuten später betrat er die Traditionskneipe am Alten Markt. Es herrschte nicht sehr viel Betrieb. Von einem der Tische winkte ihm ein alter Mann mit einer wilden rötlichen Mähne zu. »Sin Sie dat? Krimenalpollezei?«

Bukowski setzte sich, nachdem er am Tresen einen Tee bestellt hatte. »Sie sind Herr Humbroich?«

»Hambroich. Jenau.«

»Sie kennen den Mann, der ermordet worden ist?«

Hambroich machte ein zerknirschtes Gesicht. »Tja, kennen wäre wohl zu viel jesagt. Ich hab den Mann schon mal jesehen. Und als ich dann dat Foto in der Zeitung sah …«

Bukowski beschlich das ungute Gefühl, umsonst hergekommen zu sein. »Wo haben Sie ihn gesehen?«, fragte er.

»Dat is einige Zeit her. In England war dat.«

»In England?«

»London, jenau jesagt. Piccadilly Circus.«

»Wann denn?«, erkundigte sich Bukowski ungläubig.

»Ziemlich jenau vorn paar Wochen.« Hambroich drehte demonstrativ sein leeres Schnapsglas auf der Tischplatte. »Er hat mir einen ausjejeben.«

»Kennen Sie seinen Namen?«

»Nee, dat nit. Aber der Mann hat mir einiges erzählt. Janz schön haarsträubende Sachen.«

»Sie waren also auch dort?«

»Is doch klar, wie hätte ich den sons' treffen sollen?« Hambroich starrte Bukowski entgeistert an. »Könnense mir sagen, wie ich –«

»Nein«, sagte der Hauptkommissar. »Also gut, Sie waren in London.«

»Der Mann war fertig«, fuhr Hambroich fort und verfiel in konspirativen Flüsterton. »Total fertig. Dem jing der Arsch auf Grundeis und wissense warum?«

Bukowski seufzte. »Warum?«

»Als ich ihn wiedertraf, da war so ein aaljlatter Typ bei ihm. Krawatte, dunkle Sonnenbrille – ich kenn die Brüder.«

»So?«

»Mafia, is doch klar. Und dann hab ich ihn nochmal gesehen, da waren sogar zwei bei ihm. Der mit der Sonnenbrille und so 'n kleiner Blonder mit Brille.« Hambroich verzog angewidert den Mund. »Na, wat sagense jetzt?«

Der Kellner trat an ihren Tisch. »Zitronentee ist leider ausgegangen«, sagte er.

»Macht nichts.« Bukowski stand auf und reichte dem Kellner einen Fünfer. »Bringen Sie dem Herrn nochmal das Gleiche«, sagte er. Er klopfte auf den Tisch. »Vielen Dank für Ihre Hilfe, Herr Hambroich. Ich muss leider los.«

»Nee, ich hab zu danken!«, rief der Alte überschwänglich und hob sein leeres Glas. »Sie sin' in Ordnung, Herr – eh …«

»Kommissar«, sagte Bukowski.

Sicherheitshalber erkundigte er sich, bevor er zurück zum Präsidium fuhr, im Maria-Hilf-Krankenhaus nach einem gewissen Hambroich und wurde auf die Station verwiesen.

»Tut mir Leid, aber er wurde heute Morgen entlassen«, informierte ihn die Stationsschwester. »Sind Sie ein Angehöriger?«

»Kripo Mönchengladbach«, sagte Bukowski. »Wissen Sie zufällig, ob Herr Hambroich kürzlich eine Auslandsreise gemacht hat?«

Sie schüttelte den Kopf. »Nicht in den letzten zwei Jahren, Herr Kommissar. Der fusse Jupp stattet uns beinahe alle zwei Wochen einen Besuch ab. Eine treue Seele.« Sie grinste. »Hat er Ihnen erzählt, dass …«

»Er hat eine Aussage in einem Mordfall gemacht.« Bukowski zuckte mit den Schultern. »Trotzdem vielen Dank.«

»Neulich hat er sogar beim Fernsehen angerufen«, rief ihm die Schwester nach, »und behauptet, er sei Zeuge gewesen, wie ein Ufo im Volksgarten gelandet sei. Und die haben ihm das beinahe abgekauft.«

»Wo hast du gesteckt?«, begrüßte ihn Jungbluth, der ihm im Flur des Kommissariates entgegenkam.

»Das könnte ich dich fragen«, gab Bukowski zurück. »Ich war im *St. Vieth,* Tee trinken. Genau das Richtige für dich, aber du warst ja nicht da.«

Jungbluth hatte wieder sein Grabesgesicht aufgesetzt. »Ich war kurz beim Arzt«, sagte er.

»Na und?«

»Nichts.« Er zuckte mit den Schultern. »Ich soll übermorgen nochmal nachfragen.«

»Tja«, sagte Bukowski und überlegte, wie er seinen Kollegen aufmuntern konnte. »Sollen wir heute Abend nicht ein bisschen joggen, was hältst du davon?«

»Eher nicht. Vielleicht ein andermal.«

»Wenn du's dir doch noch überlegst, komm einfach vorbei.«

»Hast du etwas Neues?«

Bukowski schüttelte den Kopf. »Irgendein Spinner, der unseren Ermordeten aus London kennen will. Da hat er sich in einer dunklen Kneipe mit der Mafia getroffen.«

»In London?«

»Piccadilly Circus, jenau jesagt«, äffte Bukowski Hambroich nach.

Jungbluth war mit seinen Gedanken woanders, er hatte nur die Hälfte mitbekommen. »Du glaubst also nicht, dass …«

»Nein, ich glaube nicht, dass …«, antwortete Bukowski ungeduldig. »Der Mann ist ein stadtbekannter Aufschneider und nennt sich roter Pit oder so ähnlich. Die meiste Zeit hängt er im Krankenhaus herum und lässt sich betüdeln.«

»Meinst du den fussen Jupp?«

»Ach, du kennst ihn?«

»Hatte schon mal mit ihm zu tun.«

»Lass mich raten«, grinste Bukowski. »Es ging um Ufos, die im Volksgarten gelandet sind, stimmt's?«

»Hier hat inzwischen ein gewisser Theuerzeit angerufen«, sagte Jungbluth, »der behauptet, in der fraglichen Nacht auf dem Parkplatz gewesen zu sein. Ich habe ihn für morgen aufs Präsidium bestellt. Du weißt doch, es bringt mehr, den Leuten ins Gesicht zu sehen, wenn sie eine Aussage machen.«

»Aber warum denn nicht heute?«

»Er kann nicht. Hat ein Tennisturnier.«

Natürlich überlegte Jungbluth sich das mit dem Joggen nicht anders. Also zog sich Bukowski, sobald er von der Arbeit nach Hause gekommen war, um und lief allein los. Aber er schaffte kaum mehr als drei Kilometer. Normalerweise führte ihn seine Route die Schmidt-Bleibtreu-Straße hinauf über die Kölner Straße, dann bis zur Kirche, hinunter zur Grünanlage und ein paar Runden um den winzigen Weiher. Heute hielt Bukowski nicht einmal eine durch. Laufen ist eine Sache der Selbstdisziplin, dachte er, während er mit pfeifendem Atem auf einer Bank verschnaufte. Und die ist mein Problem. Wenn Dirk dabei ist, hilft mir der Ehrgeiz, es ihm zeigen zu wollen.

Zwanzig Minuten später stand er unter der Dusche. Es klingelte an der Wohnungstür. Bukowski stellte das Wasser ab, band ein Handtuch um und betätigte den Türöffner. Sieht ihm ähnlich, dachte er ärgerlich. Jetzt, wo es zu spät ist, kommt er und will mit mir joggen.

Aber es war nicht Jungbluth, sondern Charline.

»Ich hoffe, du bist mir nicht böse«, sagte sie. »Ich habe mich kindisch verhalten.«

6

Bukowski hatte Charline während eines Last-Minute-Urlaubs kennen gelernt, den sie in einer All-inclusive-Anlage auf Kreta verbracht hatten. Das allabendliche Animationsprogramm hatte auf die anwesenden Touristen einen unwiderstehlichen Reiz ausgeübt, mit Ausnahme von ihm und Charline, die sich regelmäßig absetzten.

Ihre stille Art faszinierte ihn, die Angewohnheit, für lange Augenblicke abwesend zu sein, während sie auf ihrer Unterlippe herumkaute und den Blick aus den dunklen Augen ins Leere schweifen ließ. Anfangs tranken sie etwas zusammen und lästerten über den deutschen Sirtakilehrer, später aßen sie gemeinsam zu Abend und beschlossen, einen Wagen zu mieten, um die Südküste der Insel zu erkunden.

Charline fiel durch eine ungewöhnliche Neugierde auf alles auf und sagte, dass dieser Urlaub für sie so etwas wie der Anfang eines neuen Lebens darstellte. Erst an ihrem letzten gemeinsamen Tag rückte sie damit heraus, worin ihr vergangenes bestanden hatte. Von Geburt an hatte sie den Zeugen Jehovas angehört und erst vor zwei Monaten den Ausstieg gewagt. Allwöchentlich traf sie sich unter therapeutischer Aufsicht mit anderen Sektenaussteigern und fand, dass sie in der Aufarbeitung ihrer Vergangenheit schon deutliche Fortschritte gemacht hatte.

Dennoch tauchte sie nach dem Urlaub erst einmal ab und widersetzte sich Bukowskis Versuchen, die Beziehung fortzusetzen. Als sie sich nach der dritten Woche endlich in einem Restaurant trafen, bat Charline sich mehr Zeit aus.

»Wie viel Zeit?«, wollte Bukowski ungeduldig wissen. »Wieso brauchen eigentlich alle Frauen mehr Zeit?«

»Bitte, dränge mich nicht.«

Bukowski war schließlich ausfallend geworden und hatte

behauptet, dass jene muffig-biedere Mischung aus Aberglauben, Engstirnigkeit und zwanghafter Naivität, die alle Sekten auszeichne, genau der Stoff sei, aus dem man von je her Schwachköpfe hergestellt habe. Die Auseinandersetzung beendete das Abendessen und schien zunächst auch die Beziehung zu beenden, aber tatsächlich setzte sie sie in Gang.

Charline kehrte zu ihren Glaubensgenossen zurück, nur um schon eine knappe Woche später wieder zu Bukowski zu flüchten. Dort blieb sie nicht. Und das Spiel wiederholte sich so oft, dass Bukowski sich hätte daran gewöhnen können, morgens ihre Zettel auf dem Küchentisch vorzufinden, auf denen sie ihn um Verzeihung bat. Aber das tat er nicht. Dann kamen die Glaubensbrüder, die von der anderen Straßenseite aus in seine Wohnung starrten und ihn am Telefon belästigten. Bukowski hatte inzwischen begriffen, dass Frömmigkeit wie eine Sucht sein konnte. Eines Tages kapierte man vielleicht, dass sie dabei war, einen zu zerstören. Dann machte man einen Entzug, doch schon der kleinste Funke genügte, um alles wieder ausbrechen zu lassen.

»Ich habe mich kindisch benommen«, sagte Charline nun.

Bukowski ließ sie eintreten. »Wir sollten einige grundsätzliche Dinge klären«, sagte er. »Zum Beispiel: Willst du diese Beziehung oder willst du sie nicht? Vorher sollten wir nicht weitermachen.«

Charline schlug vor, griechisch essen zu gehen, wohl um den glücklichen Anfang ihrer Liaison zu beschwören.

»Ich weiß, ich habe mich dieses Mal lange nicht gemeldet«, meinte sie, während sie bei einem Teller Krautsalat auf den Hauptgang warteten. »Zu lange für dich, ich kann es dir nicht verdenken.«

»Ich habe nicht gesagt, dass es zu spät ist«, widersprach Bukowski ohne Elan.

»Das Problem ist, dass die Zeugen für mich eine Familie waren. Jeder Mensch sehnt sich nach einer Familie. Und keiner verlässt sie ohne schlechtes Gewissen.«

»Familie ...« Bukowski lachte höhnisch auf.

Charline kaute auf ihrer Unterlippe. Dann griff sie nach Bukowskis Tabak und drehte sich eine Zigarette. »Gestern war es wieder zu viel, weißt du. Ich hab's nicht mehr ausgehalten. Und da habe ich Norbert angerufen, den Therapeuten. Weißt du, was der gesagt hat?«

»Woher soll ich das wissen?«, brummte Bukowski.

»Nur wenige in deiner Situation haben das Glück, dass sie auf eine Beziehung zurückgreifen können, die sie beim Ausstiegsprozess unterstützt.«

»Schön für ihn.«

»Er meinte dich.«

»Sicher?«

Er wollte ihr nicht trauen. Natürlich konnte er einen Versuch machen, aber wohin würde das führen? Ein weiterer Anfang, eine weitere Enttäuschung.

Als sie fertig gegessen hatten und Bukowski den Kellner um die Rechnung bat, legte sie ihre Hand auf seinen Arm. »Ich hatte Recht, nicht wahr? Es war zu lang für dich?«

»Ich weiß es nicht, Charline.«

»Du bist die einzige Chance, die ich habe«, sagte sie, während sie ihn fest ansah. »Das ist mir inzwischen klar geworden.«

Der Kellner brachte zwei Ouzo und die Rechnung.

»Also gut«, sagte Bukowski und hob sein Glas in Richtung Charline. »Wir versuchen es einfach noch einmal.«

Er kramte sein Portmonee hervor. Als er es öffnete, fielen zwei große Scheine, seine Euroscheckkarte und die der Krankenkasse heraus. Kopfschüttelnd sammelte er alles wieder auf.

Charline bückte sich und betrachtete ein Foto, das ebenfalls herausgefallen war.

»Was ist das?«

Bukowski warf einen flüchtigen Blick auf das Bild. »Das ist eine Zahl, die in einem Fall vielleicht eine Rolle spielt.

Vielleicht auch nicht. Wir wissen nicht im Geringsten, was sie bedeuten soll.«

»Eine Telefonnummer?«

»Dachten wir anfangs, aber das führt zu nichts. Zehn, acht, sieben – das ergibt keine Rufnummer.«

»Die ersten beiden Zeichen könnten doch auch Buchstaben sein.«

»Buchstaben?«

»J und O, nicht eins und null. Jo.«

»Jo? Und weiter?« Bukowskis Interesse war erwacht. »Was würde das bringen? Jo acht, sieben?«

»Eine Stelle in der Heiligen Schrift. Johannes acht, Vers sieben.«

Bukowski grinste breit, während er das Wechselgeld einsteckte und sich dann Charlines Ouzo einverleibte. »Klar, wie konnte ich das vergessen? Die Heilige Schrift. Da findet man alles, was man im Leben braucht, nicht wahr?«

»Jesus und die Ehebrecherin«, fuhr Charline unbeirrt fort. »Wer von euch ohne Sünde ist, werfe den ersten Stein.«

»Stein?« Bukowski war aufgestanden und hatte ihre Jacken geholt. »Was für ein Stein?«

»Ehebruch ist eine Sünde. Deshalb wollte man die Frau steinigen. Aber Jesus schrieb in den Sand und –«

»Halt, Moment!« Er hob die Hand. »Er schrieb in den Sand? Diese Nummer oder was?«

»Welche Nummer?«

»Zehn, acht, sieben.«

»Das ist keine Nummer, sondern diese Stelle.«

Bukowski nickte. »Stimmt. Diese Nummer konnte er also nicht kennen.« Er zuckte mit den Schultern. »Also passt es doch nicht.«

»Was passt nicht?«

Sie verabredeten sich für den übernächsten Abend. Charline versprach, nach ihrer Therapiegruppe zu Bukowski zum Essen zu kommen.

Über Nacht versuchte Bukowski, sich Charlines Idee aus dem Kopf zu schlagen, aber mit jedem Versuch setzte sie sich weiter darin fest. Am nächsten Morgen suchte er auf dem Weg zum Präsidium eine Buchhandlung in Rheydt auf und verlangte die Bibel.

»Altes oder Neues Testament?«, fragte die Buchhändlerin.

»Von mir aus auch ein gebrauchtes«, sagte Bukowski. »Ich will nur eine bestimmte Stelle nachschlagen.« Er brauchte eine Zeit, um sich zurechtzufinden.

Sie stellten die Frau in die Mitte und sagten zu ihm: Meister, diese Frau wurde beim Ehebruch auf frischer Tat ertappt. [...] Jesus aber bückte sich und schrieb mit dem Finger auf der Erde. Als sie nicht aufhörten, ihn zu fragen, richtete er sich auf und sagte zu ihnen: Wer von euch ohne Sünde ist, werfe als Erster einen Stein auf sie! Und er bückte sich wieder und schrieb auf die Erde.

Was für eine fromme Geschichte, dachte Bukowski. Sie gehört in die Kirche und passt zu einer moralinsauren Predigt, nicht auf einen Autobahnparkplatz. Seltsam ist allerdings, dass sie vom Steinigen handelt und der Hinweis neben einem Toten geschrieben stand, der mit einem Stein erschlagen worden ist. Vielleicht wurde er auf biblische Art getötet und anschließend kratzte der Mörder diese Zeichen neben der Leiche in den Dreck. Ein Ritualmord also?

»Wollen Sie das Buch kaufen?«, erkundigte sich die Buchhändlerin freundlich.

Der Hauptkommissar klappte die Bibel zu und gab sie zurück. »Ich glaube, es ist doch nicht ganz das Richtige für ein Geschenk«, sagte er. »Die Geschichte ist mir ein bisschen zu brutal.«

Es war bereits zehn vor neun, als er auf den Parkplatz des Polizeipräsidiums einbog. Nur eine Parklücke war noch frei und die schnappte ihm ein weißer Sportwagen vor der Nase weg. Bukowski fluchte und wartete, bis ein geschniegelter Jüngling ausstieg. »Heh, Kleiner!«, brüllte er aus dem Fenster. »Schon mal was davon gehört, dass hier nur Bullen parken dürfen?«

Aber der junge Mann tat so, als würde er Bukowski nicht bemerken, und war schon auf dem Weg ins Präsidium. Der Hauptkommissar setzte seinen Wagen zurück und brauchte weitere fünf Minuten, bis er auf der anderen Straßenseite eine Parkmöglichkeit gefunden hatte.

»Tut mir Leid, ich bin zu spät«, sagte er, als er Jungbluths Büro betrat. Dann erst bemerkte er den Schönling, der seinem Kollegen gegenübersaß.

»Das ist Jens Theuerzeit«, sagte Jungbluth. »Unser Zeuge.«

Der junge Mann warf Bukowski einen scheuen Blick zu, aus dem der Hauptkommissar schloss, dass Theuerzeit ihn auf dem Parkplatz tatsächlich nicht bemerkt hatte.

Der Junge war zweiundzwanzig Jahre alt und Bankangestellter. Er trug Jackett und Krawatte, was ihn seltsamerweise noch jünger aussehen ließ, wie ein Schüler der Mittelstufe, der versuchte, mit seinem älteren Bruder mitzuhalten. Theuerzeit gab sich Mühe, arrogant zu wirken, aber es gelang ihm nicht. Mit steifem Rücken saß er auf dem Stuhl und wirkte gespannt wie ein Flitzebogen.

Er sei gegen dreiundzwanzig Uhr fünfundvierzig auf den Parkplatz gefahren, weil er eine Toilette aufsuchen wollte. Da der Parkplatz über keine Toilette verfüge, sei er gleich darauf weitergefahren.

»Dabei ist mir ein Kleinwagen aufgefallen, der dort parkte«, sagte Theuerzeit. »Ein Ford Fiesta, glaube ich. Aber es könnte auch ein Opel Corsa gewesen sein.«

»Was war mit dem Toten, der auf der Fahrbahn lag?«, erkundigte sich Jungbluth.

»Den habe ich nicht bemerkt. Wie gesagt«, legte der Junge nach, »ich hatte es eilig, weil –«

»Weil Sie pinkeln mussten«, vollendete Bukowski brüsk. »Aber die Leiche lag mitten im Weg. Wie konnten Sie sie übersehen?«

Theuerzeit warf ihm einen schnellen, nervösen Blick zu und starrte dann auf die Schreibtischplatte vor ihm. »Wie gesagt, ich habe darauf nicht so geachtet.« Der Anflug eines Stotterns zeigte an, dass seine Nervosität stieg. »Es war dunkel.«

»Aber der Kleinwagen ist Ihnen aufgefallen.«

»Der Fahrer hat geraucht. Ich sah das rot glimmende Ende der Zigarette. Deshalb ist mir der Wagen aufgefallen.«

»Wann war das?«

Der Junge legte seine Hände ineinander und drückte sie. »Kurz vor zwölf.«

»Woher wissen Sie das so genau?«

»Mein Auto verfügt über eine Uhr. Ich wollte die Nachrichten hören, deshalb habe ich des Öfteren auf die Uhr geschaut.«

»Verstehe«, sagte Jungbluth. »Und den Toten haben Sie nicht gesehen?«

»Nein«, beharrte Theuerzeit und räusperte sich ausgiebig. »Ich, eh ...«

Natürlich hat er ihn gesehen, dachte Bukowski. Er sitzt da und schwitzt und versucht, uns etwas vorzumachen. Bukowski hatte eine Idee.

»Sie haben ihn nicht bemerkt, das ist wahr«, stellte er barsch fest. »Jedenfalls nicht vorher. Erst nachdem Sie ihn mit dem Auto überfahren hatten.«

Der Junge erbleichte. »Nein, das stimmt nicht! Wie kommen Sie darauf?«

»Sie wussten nicht, ob Sie ihn nicht getötet haben. Und da sind Sie weitergefahren.«

»Nein!«

Jungbluth warf seinem Kollegen einen zweifelnden Blick zu.

»Warum geben Sie nicht zu«, fuhr Bukowski fort, »dass Sie Fahrerflucht begangen haben. Das hat Ihnen den Schlaf geraubt. Deshalb sind Sie hergekommen, um sich mit dieser Aussage zu erleichtern. Aber das klappt nicht, wenn Sie lügen.«

Theuerzeits Gesicht war rot angelaufen. Er starrte vor sich hin und presste die Lippen aufeinander. Schnaufend atmete er aus und wieder ein.

Bevor er sprach, schluckte er ausgiebig. »Das können Sie niemals beweisen«, sagte er leise.

»Und ob wir das können«, sagte Bukowski. »Meine Kollegen von der Spurensicherung sind in diesem Moment dabei, von den Reifen Ihres coolen Sportwagens einen Abdruck zu machen. Den vergleichen wir dann mit den Spuren vom Tatort. Sagen Sie mir, was wir herausfinden werden.«

Eine Weile herrschte gespannte Stille, die ein Schniefen Theuerzeits beendete.

»Ich wusste nicht, was ich tun sollte«, sagte der Junge mit gepresster Stimme. Er war dem Weinen nahe. »Mein Vater war außer sich, er meinte, ich wäre dumm, wenn ich das melden würde. So dumm könnte ich nicht sein ...«

»Und da hatten Sie die Idee«, vollendete Jungbluth kalt, »Ihr schlechtes Gewissen zu beruhigen, indem Sie diese Aussage machten.«

Die Tür öffnete sich. Ein älterer Mann, groß und schwer, mit der Figur eines Berufsboxers, trat ein. »Theuerzeit«, stellte er sich mit herrischer Stimme vor. »Professor Theuerzeit. Machen Sie besser nicht weiter.«

»Das ist eine Vernehmung«, empörte sich Jungbluth. »Ich muss Sie bitten, draußen auf dem Flur zu warten.«

Theuerzeit hob die Hand wie ein Dirigent. »Ich werde meinen Sohn sofort mit nach Hause nehmen. Auf der Stelle. Und Sie werden mich nicht daran hindern.«

»Ihr Herr Sohn«, informierte ihn Bukowski, »hat höchstwahrscheinlich einen Menschen überfahren. Da –«

»Einen toten Menschen«, präzisierte der Riese. »Ich bin Chefarzt im Elisabeth-Krankenhaus. Ihr geschätzter Rechtsmediziner war ein durchschnittlicher Schüler von mir. Seiner Versicherung zufolge steht außer Zweifel, dass der Betreffende schon tot war, als er – ich betone: unabsichtlich – überfahren wurde.«

»Das konnte der Junge aber nicht wissen«, machte Jungbluth geltend.

Theuerzeit senior beugte sich zu dem Hauptkommissar hinab. »Sie werden«, sagte er leise, »meinen Sohn augenblicklich gehen lassen. Andernfalls verspreche ich Ihnen, dass Sie sich gewaltigen Ärger einhandeln.«

Der Junge leistete keinen Widerstand und folgte dem Chefarzt zur Tür, ohne die Beamten noch eines Blickes zu würdigen.

»Heh!«, rief Bukowski ihm nach. »Zu einem solchen Vater braucht man dir wohl nicht zu gratulieren!«

»So kommt er mir nicht davon«, zischte Jungbluth wütend.

»Vielleicht nicht«, meinte Bukowski, trat ans Fenster und wartete darauf, dass Theuerzeit junior seinen weißen Sportwagen bestieg. »Aber mit unserem Mordfall hat er nun mal nichts zu tun.«

Jungbluth war neben seinen Kollegen getreten und beobachtete den bulligen Chefarzt, der heftig gestikulierend auf seinen Sohn einredete. »Da beschweren sich die Leute, dass unsere Jugend weder Moral noch Skrupel kennt«, sagte er. »Jetzt wissen wir, wer ihnen die austreibt.«

»Was mich angeht«, sagte Bukowski, »so werde ich den mittelmäßigen Schüler unseres voluminösen Chefarztes anrufen.« Er griff zum Telefon und wählte. Es dauerte eine Weile, bis er Gehrke an den Hörer bekam.

»Was kann ich für Sie tun, Herr Kommissar?«

»Es geht um den Toten vom Autobahnparkplatz. Können Sie sich vorstellen, dass er gesteinigt wurde?«

»Gesteinigt? Warum?«

»Das herauszufinden ist unser Job. Meine Frage ist, ob Sie sich das vorstellen können.«

»Ich will mir das lieber nicht vorstellen.«

»Halten Sie es für möglich?«

»Bis jetzt habe ich das nicht in Erwägung gezogen. Aber es wäre möglich.«

»Geht das auch genauer, Doc?«

»Was erwarten Sie von mir?«, fragte der Rechtsmediziner gereizt. »Alle wollen es immer möglichst genau, damit sie selbst kaum noch Arbeit haben ...« Gehrke hatte offenbar nicht seinen besten Tag. »Wenn Sie sich doch endlich mal die amerikanischen TV-Serien aus dem Kopf schlagen würden, wo sie aus dem Obduktionsbefund nicht nur die Todesursache, sondern auch die Vorgeschichte des Mordes sowie die unglückliche Kindheit des Täters rekonstruieren.«

»Alles klar, wird erledigt.«

»Unser armer Freund von der Autobahn könnte das Opfer einer Steinigung geworden sein. Er kann aber auch in einen Meteoritenschauer geraten sein. Dazwischen ist so gut wie alles drin. Sogar Selbstmord.«

»Selbstmord?«

»Sie brauchen nur einen Eimer mit schweren Steinen, den Sie in zweieinhalb Metern Höhe anbringen, und einen Seilzug, mit dem Sie das Gefäß über sich ausleeren.«

»Sehr witzig, Doc«, sagte Bukowski und legte auf.

»Wie kommst du darauf, dass der Mann gesteinigt wurde?«, erkundigte sich Jungbluth, der zugehört hatte.

»Weil die mysteriöse Zahl im Sand eine Schriftstelle aus der Bibel sein könnte«, sagte Bukowski. »Eine, die davon handelt, dass jemand einen Menschen mit einem Stein verletzt.«

»Meinst du?« Jungbluth war skeptisch.

»Bisher scheint mir das die einzige Annahme zu sein, die Sinn macht.«

»Seit wann kennst du dich in der Bibel aus?«

»Ich doch nicht. Meine Freundin war, wie du weißt, bei den Zeugen Jehovas. Die denken ausschließlich in Schriftstellen.«

»Trotzdem.« Jungbluth zog eine Schnute. »Wenn du mich fragst, ich halte nichts davon. Steinigungen. Derlei Theorien scheinen ja im Moment geradezu in zu sein.«

»In? Wieso das denn?«

»Erst gestern kam im Fernsehen ein Bericht über einen Politiker, der einer hiesigen Sekte den Krieg erklärt hat. Wieso? Weil es ernst zu nehmende Gerüchte gebe wegen angeblicher Steinigungspraktiken. Ernst zu nehmende Gerüchte! Dahinter verbirgt sich eine reißerische Reportage eines Privatsenders. Wenn die sich um irgendwas nicht scheren, dann ist es die Wahrheit.«

»Von welcher Sekte war denn die Rede?«, erkundigte sich Bukowski.

»Weiß ich doch nicht.«

»Versuche doch wenigstens mal, dich zu erinnern.«

Jungbluth kratzte sich am Kopf. »Johannisbruderschaft oder so ähnlich. Glaub mir, Carsten, die Sache ist mehr als durchsichtig. Diesem Typen geht es nur um Stimmen, sonst nichts. Der will wiedergewählt werden und braucht ein Thema, das die Leute ordentlich anheizt und sie gleichzeitig gruselt.«

»Trotzdem«, meinte Bukowski. »Vielleicht sollte man da mal nachfragen.«

»Oder Johannistenkirche«, erinnerte sich Jungbluth plötzlich. »Irgend so was.«

7

Joschua kam zu uns auf ungewöhnlichem Weg. Eines Morgens, als wir uns gerade auf der großen Wiese versammelt hatten, kletterte er über den Zaun. Er überwand den Stacheldraht und sprang durch das Gebüsch zu uns herunter, als sei er vom Himmel gefallen. Keine zwei Sekunden später hatte Joab ihn überwältigt.

Joab ist stark und sein Blick finster. Viele von uns fürchten sich vor ihm, dabei hat Renata uns schon oft beschworen, ihm zu vertrauen. »Joab ist ein Soldat Gottes«, sagt sie. »Wir brauchen ihn, denn wir sind sanft wie Schafe, die schutzlos dem Wolf ausgeliefert sind. Niemand kennt die Seele des Wolfes so gut wie er, denn er war ein Saulus, der zum Paulus wurde. Jetzt können wir uns glücklich schätzen, ihn in unseren Reihen zu haben.«

Joab packte den jungen Mann mit einer Hand und hob ihn vom Boden hoch, als sei er leicht wie eine Feder. »So, Freundchen«, sagte er. ›Freundchen‹ meinte er nicht freundlich. »Das hattest du dir wohl gedacht.«

Ich erinnere mich sehr gut. Joschuas blonde Locken leuchteten in der Morgensonne. Er ließ sich nicht beirren. »Ich habe euch gesucht und gefunden«, sagte er. »Bin ich etwa nicht willkommen?«

»Du wolltest dich bei uns einschleichen.«

»Dann hätte ich wohl kaum diese Tageszeit gewählt«, antwortete der Ankömmling. »So habe ich euch außerdem gezeigt, dass ihr euch besser schützen müsst.«

»Rede keinen Blödsinn!«, herrschte Joab ihn an und gab ihm einen Stoß, dass er zu Boden fiel. Er wusste nicht, wen er schubste. Joabs Bestimmung ist es, den Menschen zu misstrauen und immer auf der Hut zu sein, damit er Judas entlarven kann, wenn er sich einschleicht.

Joschua rappelte sich auf und strich seine Jacke glatt. »Wenn es nicht recht war, was ich gesagt habe«, sagte er, »weise das Unrecht nach; war es aber recht, warum schlägst du mich?«

Dass er aus der Schrift zitierte, beeindruckte uns alle. Keiner wagte es, etwas zu sagen.

Nach diesem feierlichen Augenblick der Stille dankte Renata Joab für seine Umsicht und bat ihn, den jungen Mann freizulassen. »Ich kenne sein Gesicht«, sagte sie.

Es war nicht nur, dass er sich in der Bibel auskannte. Es ging etwas Besonderes von ihm aus. Jeder fühlte sich zu ihm hingezogen, und wenn er etwas sagte, achteten alle auf seine Worte.

Renata schien dies als Einzige von Anfang an begriffen zu haben. Sie hatte Joschua mehrmals draußen gesehen, als er an den Bibelgesprächen teilnahm. Sie erinnerte sich sogar an seinen Namen. »Du bist Joschua«, sagte sie.

Von diesem Tag an gehörte er zu uns. Viel haben wir von ihm gelernt. Er brachte mich sogar dazu, mich von Renata, die meine Mutter ist, abzuwenden.

8

Jungbluths Skepsis bestärkte Bukowski in seinem Entschluss, sich nach der mysteriösen Sekte zu erkundigen. Er besorgte sich Manuskript und Video der Sendung, die sein Kollege gesehen hatte, einem Magazin, in dem der Bericht nur einer von fünf Beiträgen gewesen war.

Die so genannte Sekte bezeichnete sich selbst als ›Glaubensgemeinschaft‹ und nannte sich *Johannistische Gemeinde Deutschlands.* Sie hatte sich in Mönchengladbach angesiedelt, auf einem Bauernhof in der Nähe des Hardter Waldes. Von dort aus war es nicht sehr weit bis zum Autobahnparkplatz Wolfskull. Alles andere erschien allerdings weniger viel versprechend. Die Gemeinschaft agierte seit langem unauffällig und hatte nach den letzten Schätzungen nicht mehr als siebzig Mitglieder, meist junge Leute, die, von der bürgerlichen Religiosität enttäuscht, ihre Frömmigkeit radikal und konsequent verwirklichen wollten. Als ein erklärter Gegner der Johannisten trat ein Landtagsabgeordneter namens Lukatsch auf. Er bezeichnete die Glaubensgemeinschaft als große Gefahr und berief sich auf einen Fernsehbericht, der schon vor vier Jahren gesendet worden war. In diesem Beitrag hatte eine Aussteigerin die Johannisten der Misshandlung bezichtigt und von grausamen Disziplinierungsmaßnahmen berichtet.

Bukowski sah sich auch dieses Video an. Das Interview zog alle stilistischen Register sensationsheischenden Infotainments: Es zeigte unscharfe, wackelnde Bilder vom angeblichen Schauplatz, einen Stacheldrahtzaun und kurz darauf eine riesige Hand, die die Linse zuhielt. Zwischendurch sah man das Gesicht eines Mädchens, dessen Augen von einem schwarzen Balken verdeckt wurden, und hörte seine verfremdete, merklich von Tränen erstickte Stimme. Fakten gab es wenige.

Lukatsch, der Abgeordnete, warnte heute wie damals davor, mit eventuellen Gegenmaßnahmen so lange zu warten, bis es Eindeutiges gab. Es sei schließlich gängige Strategie dieser oder anderer Sekten, unauffällig und harmlos zu erscheinen.

»Wir sollten uns klar darüber werden, was wir wollen«, sagte er. »Wollen wir zusehen, wie hier, direkt vor unseren Augen, Menschenrechte mit Füßen getreten werden? Oder wollen wir die Augen schließen? Oder so lange zusehen, bis ein kleines Häuflein weltfremder Spinner zu einer ernst zu nehmenden Macht herangewachsen ist? Toleranz darf nicht zum Synonym für Gleichgültigkeit werden.«

Ein gewisser Dr. Magat, der Anwalt der Johannisten, wies die von Lukatsch erhobenen Vorwürfe zurück. Er habe Verständnis dafür, erklärte er freundlich, wenn jemand die Trommel für seine Wiederwahl rühren wolle, aber bevor jemand die Diskriminierung religiöser Minderheiten betreibe, solle er sich selbst überzeugen, ob die Johannistische Gemeinschaft wirklich dem Zerrbild entspreche, das er öffentlich an die Wand male. Dazu lade er, Magat, im Übrigen jeden Interessierten jederzeit ein.

Bukowski brauchte nicht lange, um die Nummer des Anwalts in Erfahrung zu bringen.

»Magat«, meldete sich eine sonore Stimme. »Was kann ich für Sie tun?«

»Ich würde mich gern mit eigenen Augen davon überzeugen, dass in der von Ihnen vertretenen Sekte alles fromm und friedlich zugeht.«

»Mit wem spreche ich denn?«

»Bukowski. Kripo Mönchengladbach.«

Der Mann am anderen Ende der Leitung ließ ein paar Sekunden verstreichen. »Sie müssen mir aber schon erklären«, sagte er, »aus welchem Anlass sich die Kripo für unsere Glaubensgemeinschaft interessiert.«

»Wir haben es mit einem Mordfall zu tun und hoffen, dass Sie und Ihre Glaubensgenossen uns dabei helfen, etwas Licht in die Sache zu bringen.«

»Wie sollten wir Ihnen helfen können?«

»Indem Sie uns Gelegenheit geben, uns davon überzeugen zu können, dass bei Ihnen sozusagen alles mit rechten Dingen zugeht. Oder war das Angebot, das Sie im Fernsehen unterbreitet haben, nicht ernst gemeint?«

»Würde es Ihnen morgen früh passen?«, fragte Magat. »So gegen zehn Uhr? Dann könnte ich Ihnen auch unser neues Exerzitienhaus zeigen.«

Cora Willekes Reaktion auf das Videomaterial war zurückhaltend, aber sie fand, dass sie es sich beim Stand der Ermittlungen nicht leisten konnten, eine Möglichkeit von vornherein auszuschließen. Jungbluth dagegen zeigte sich wenig begeistert von der spontanen Idee seines Kollegen. »Du solltest dein Privatleben aus dem Fall heraushalten«, mahnte er sauer. »Eigentlich sind es doch diese Zeugen Jehovas, denen du an den Karren fahren willst.«

»Die Johannisten«, gab Bukowski zurück, »sind hier in Mönchengladbach ansässig. Nur wenige Kilometer vom Fundort der Leiche entfernt. Kaum jemand nimmt sie zur

Kenntnis, mit Ausnahme dieses Lukatsch. Also können sie theoretisch in aller Stille ihr Unwesen treiben.«

»Von mir aus.« Jungbluth zuckte mit den Schultern. »Aber was mich angeht, so habe ich wenig Lust, mich vor einen politischen Karren spannen zu lassen.«

Den Nachmittag nahm sich Bukowski frei, um Zutaten für Lasagne einzukaufen, das einzige Gericht, das er leidlich beherrschte. Außerdem besorgte er Sekt und Rotwein, beseitigte die Unordnung in seiner Wohnung, so gut es ging, suchte geeignete Musik-CDs hervor und bezog das Bett neu. Das alles dauerte eine Weile, aber gegen sechs stellte er befriedigt fest, dass er gut in der Zeit lag. Charline konnte kommen.

Er wartete eine halbe Stunde und vertrieb sich die Zeit damit, in einem alten *Spiegel* herumzuschmökern, dann legte er probeweise eine der ausgewählten CDs auf. Eigentlich hatte er geplant, mit Charline zusammen das Essen zuzubereiten, weil er darauf spekulierte, sie mit seinen Kochkünsten beeindrucken zu können. Aber da sich ihr Eintreffen wohl noch verzögerte, fing er schon einmal mit den Soßen an und heizte den Ofen vor.

Gegen acht war das Essen längst fertig, aber von Charline keine Spur. Bukowski entkorkte die zweite Flasche Rotwein und sah sich die Nachrichten im Fernsehen an. Dann rief er zum zehnten Mal bei Charline an, erreichte sie aber nicht.

Anderthalb Stunden später hatte er keinen Alkohol mehr im Haus. Er war leidlich betrunken und probierte die Lasagne, die inzwischen hart und trocken war wie altes Brot. »Scheißlasagne!«, fluchte er, warf das Essen in den Mülleimer und verließ das Haus, um noch ein oder zwei Bier zu trinken.

Als ihn am nächsten Morgen die Türklingel statt des Weckers aus dem Schlaf riss, begriff Bukowski, dass er verschlafen hatte.

Es klingelte noch einmal.

»Moment noch!« Bukowski richtete sich auf und schwang sich aus dem Bett. Sein Schädel hämmerte. »Bin leider noch ein bisschen besoffen.« In T-Shirt und Slip schlurfte er zur Tür. »Hatte gestern so eine Verabredung, da ging's so richtig ab.«

Er öffnete.

Nicht sein Kollege, den er erwartet hatte, stand vor ihm im Hausflur, sondern ein Mann und eine Frau, beide schätzungsweise um die sechzig. Er trug eine dickrandige Hornbrille. Das Haar der Frau war silbergrau und hing über die Ohren wie eine alte Gardine.

»Wir möchten Sie fragen, ob Sie sich schon einmal mit dem Sinn Ihres Lebens beschäftigt haben«, sagte sie ernst.

Bukowski stutzte nur einen Moment, dann rastete er aus. »Das gibt's doch wohl nicht!«, polterte er los. »Darauf habe ich, verdammt nochmal, gerade gewartet, dass ihr Scheintoten bei mir aufkreuzt! Wo ist sie? Welche Drogen habt ihr ihr verabreicht, raus mit der Sprache!«

Sein Ausbruch beeindruckte die beiden wenig. »Was halten Sie davon«, schlug der ältere Herr mild vor, »wenn wir gemeinsam aus der Heiligen Schrift lesen. Sie werden sehen, dass –«

»Was ich davon halte? Macht, dass ihr eure faltigen Hintern schleunigst von hier fortbewegt, sonst helfe ich nach!«

Bukowski schlug die Tür zu, dass das Haus erzitterte. Aber er hatte sich getäuscht, wenn er geglaubt hatte, die beiden Zeugen Jehovas würden so schnell aufgeben.

»Wir werden«, vernahm er die Stimme der Frau aus dem Hausflur, »Ihnen jetzt eine Stelle aus der Bibel vorlesen. Es handelt sich um ein kurzes Stück aus der geheimen Offenbarung –«

Bukowski riss die Tür auf. »Hört ihr schlecht!«, brüllte er das Paar an. »Raus hier oder die Polizei wird sich mit euch beschäftigen!«

Wieder knallte er die Tür zu. Einen Augenblick später begannen die beiden draußen unbeirrt mit ihrer seltsamen Lesung.

Bukowski, kurz davor, seine Peiniger mit Gewalt aus dem Haus zu befördern, bremste sich. Atmete durch, so schwer es auch fiel. Genau das wollen sie erreichen, fuhr es ihm durch den Kopf. Sie wollen, dass ich sie tätlich angreife, besoffen, wie ich bin. Na schön, dann machen wir es eben anders.

Während im Treppenhaus die Schriftlesung ihren Fortgang nahm, blätterte Bukowski hektisch in einem Adressbuch und wählte dann eine Nummer.

Es meldete sich ein Beamter der Schutzpolizei, den Bukowski nicht kannte.

»Hei, hier ist Carsten Bukowski. Ich bin ein Kollege.«

»Kollege?«, vergewisserte sich die Stimme mit einem zweifelnden Unterton.

»Kripo«, präzisierte der Hauptkommissar. »Wäre nett, wenn ihr mir aus der Patsche helfen könntet.«

»Welcher Art ist denn Ihre Patsche?«

»Hausfriedensbruch. Hartnäckige Belästigung. Ich habe ungebetene Gäste und werde sie nicht mehr los.«

»Aber Sie sind doch selbst Polizist.«

»Richtig. Ich bin Hauptkommissar.«

»Warum zeigen Sie Ihren ungebetenen Gästen dann nicht, was eine Harke ist?«

»Genau darauf spekulieren die doch. Diese Typen sind ein Spezialkommando der Zeugen Jehovas. Die kennen alle Tricks.«

»Zeugen Jehovas?« Die Amüsiertheit in der Stimme des Beamten war nicht zu überhören. »Sie rufen die Polizei, nur um mit den Zeugen Jehovas fertig zu werden?«

»Genau so ist es.« Bukowski war mit seiner Geduld am Ende. »Können Sie mir vielleicht sagen, was daran komisch sein soll?«

»Aber hören Sie mal.«

»Was soll das heißen: ›Hören Sie mal‹? He, sind Sie überhaupt noch dran?« Entnervt warf Bukowski das Telefon auf die Ladestation. »Also gut«, stieß er wütend hervor. »Dann mach ich das eben doch selbst.«

Er riss die Tür auf.

Die älteren Herrschaften hatten ihre Lesung beendet und befanden sich auf dem Weg die Treppe hinunter.

»Stehen bleiben!«, brüllte Bukowski hinter ihnen her und griff nach seinen Klamotten. »Mit euch bin ich noch nicht fertig!«

9

Während Hauptkommissar Bukowskis Privatkrieg gegen die Zeugen Jehovas in eine neue Phase eintrat, näherte sich Jungbluth mit dem Auto dem Besitz der *Johannistischen Gemeinde Deutschlands.* Eigentlich passte es ihm gut in den Kram, dass Bukowski sich verspätet hatte. Jungbluth hatte sogar darauf spekuliert, dass sie den Termin mit Magat nicht einhalten konnten. Aber im letzten Moment war Kollegin Willeke eingesprungen, die Bukowskis Misstrauen gegenüber der Glaubensgemeinschaft teilte.

»Das ist ja größer, als ich dachte«, staunte sie, während sie aus dem Fenster sah.

Fast einen Kilometer verlief der Maschendrahtzaun entlang der schmalen Straße, stellenweise an der Krone mit Stacheldraht versehen. Zur anderen Seite erstreckten sich Äcker und weiter weg konnte man anhand einiger Hausdächer den Ort Gerkerath ausmachen.

Schließlich bogen sie nach links in eine Einfahrt, jetzt begrenzte der Zaun beide Seiten des Weges. Am Ende gabelte sich die Zufahrt: Linker Hand befand sich ein blickdichtes Metalltor mit der Aufschrift *Privatbesitz,* rechter Hand ein geöffnetes Gartentor, dahinter zwei pfeilförmige Wegweiser: *Kapelle* und *Exerzitienhaus.* Gleich neben dem Tor erwartete sie Magat, dessen Gesicht Jungbluth aus dem Fernsehen kannte.

Magat war groß und schlank und trug einen perfekt sitzenden cremefarbenen Anzug. Da er kahlköpfig war, fand Jungbluth, dass er an einen Bodyguard erinnerte. Mit zur Begrüßung ausgestrecktem Arm ging der Anwalt auf den Hauptkommissar zu. »Kommissar Bukowski?«

»Jungbluth«, korrigierte Jungbluth. »Das ist Hauptkommissarin Willeke. Der Kollege Bukowski ist leider verhindert.«

»Nun, das macht nichts«, meinte Magat überschwänglich, als habe er sich auf den Besuch der Beamten geradezu gefreut. »Es kommt nicht alle Tage vor, dass die Kriminalpolizei sich für dieses einsame Fleckchen interessiert.«

Jungbluth, dem die joviale Art des Anwalts gegen den Strich ging, deutete auf den Stacheldraht an den Zäunen. »Sieht so aus, als versuchten Sie, Fluchtversuche zu unterbinden.«

Wie ein Schleier überzog ein Anflug von Ernst Magats lächelndes Gesicht. »Manchmal«, sagte er, ohne seinen freundlichen Ton zu verlieren, »ist man gezwungen, Maßnahmen zu ergreifen, an denen man selbst wenig Freude hat. Aber gewisse einseitige Berichte in den Massenmedien haben ein verzerrtes Bild unserer Gemeinschaft in der Öffentlichkeit entstehen lassen. Das führte leider zu einigen unangenehmen Vorfällen und wir mussten verständlicherweise Vorsorge treffen.«

»Womit beschäftigen Sie sich hier eigentlich?«, fragte Cora Willeke.

Der Anwalt bedeutete ihr und Jungbluth, ihm zu folgen. »Wir versuchen, eine neue, unverwässerte Form des Christentums in die Welt zu tragen. Wirklichen Glauben, nicht den Aufguss, der in der heutigen Zeit überall zu günstigen Preisen zu haben ist. Wir weisen niemanden ab, der auf der Suche danach ist.«

Sie standen jetzt vor der Kapelle, einem schlichten, mit wenig Fantasie errichteten trapezförmigen Betonbau. Etwas abseits stand ein Glockenturm, der an ein Baugerüst erinnerte.

»Dort drüben«, Magat deutete auf einen zweistöckigen Rohbau, der sich hinter dem Glockenturm erhob, »entsteht unser Exerzitienhaus. Hier werden sich bald junge Leute aus allen Ländern treffen und sich über ihren Glauben austauschen.«

»Das ist demnach eine Art frommer Jugendherberge«, interpretierte Willeke.

»Nicht eigentlich«, widersprach Magat. »In diesem Haus übernachtet niemand. Es finden Tagungen statt, Vorträge, Diskussionen.«

»Und wo übernachten Ihre Mitglieder?«, fragte Jungbluth.

»Früher hatten wir Zelte, aber inzwischen gibt es Baracken.« Magat deutete in die Richtung des Stahltores mit der Aufschrift *Privatbesitz.* »Evangelische Einfachheit spielt für uns eine große Rolle.«

»Gibt es einen Guru?«

»Guru?« Der Anwalt lächelte ratlos, sein Mund zog sich leicht angewidert zusammen.

»Ein Oberhaupt«, übersetzte Hauptkommissarin Willeke. »Oder einen Propheten.«

»Unsere Glaubensgemeinschaft«, erklärte Magat, »beruht ausschließlich auf dem Evangelium des Apostels Johannes. Einer anderen Grundlage oder Autorität bedarf es nicht. Renata, unsere Evangelistin, ist mehr eine Beraterin. Wegweiserin, wenn Sie so wollen.«

»Könnten wir mit dieser Wegweiserin sprechen?«, erkundigte sich Willeke.

»Aus welchem Grund?«

»Vielleicht nur, um uns ein Bild zu machen.«

Magat zeigte wieder sein überschwängliches Lächeln. »Die Evangelistin lebt sehr zurückgezogen.«

»Zeigen Sie uns wenigstens noch den Rest Ihrer Anlage?«, schlug Jungbluth vor.

»Den Rest?«

Der Hauptkommissar deutete auf ein zweites Tor, das dem glich, auf dem *Privatbesitz* stand. Von der Kapelle führte ein schmaler Pfad dorthin.

»Wir sind eine kleine Gemeinschaft«, sagte Magat. »Einige von uns sind Familienmitglieder, Jünger sozusagen, andere Besucher. Willkommene Besucher. Selbstverständlich braucht die Jüngerschaft eine Rückzugsmöglichkeit, um durch Stille und Meditation ihre geistigen Kräfte zu schulen. Sie kennen das von Klöstern, die auch ihren Klausurbereich haben.«

»Können Sie uns etwas über die Übergriffe erzählen?«, fragte Jungbluth.

»Jugendliche aus den Dörfern der Umgebung kletterten, angeheizt von den Presseberichten, über den Zaun und randalierten. Demolierten einige Baracken.«

»Dürfen wir die Schäden sehen?«

Magat wirkte untröstlich. »Die wurden inzwischen natürlich wieder behoben.« Wie um das Thema zu wechseln, klatschte er in die Hände. »Jetzt verraten Sie mir aber auch, welche Ermittlung Sie herführt.«

»Man hat einen Toten gefunden, der bisher nicht identifiziert werden konnte«, antwortete Willeke. »Möglicherweise könnte er das Opfer einer Steinigung geworden sein.«

In unendlichem Bedauern schüttelte Dr. Magat den Kopf. »Ich hätte mir denken können, dass auch die Kripo den hanebüchenen Gruselmärchen der Klatschpresse aufgesessen ist.«

»Wir sagten ›möglicherweise‹«, erklärte Jungbluth. »Vermissen Sie denn eines Ihrer Mitglieder – ich meine, einen Jünger?«

»Wenn das so wäre«, erklärte der Anwalt nachsichtig, »dann wüssten Sie mit Bestimmtheit davon. Denn in einem solchen Fall wendet man sich doch an die Polizei, nicht wahr?«

Zehn Minuten später fuhren die beiden Kripobeamten auf der Hardter Straße in Richtung Rheindahlen. Rechter Hand befand sich das Natohauptquartier.

»Er verheimlicht etwas«, meinte Cora Willeke, die jetzt am Steuer saß. »Das glaubst du auch, oder?«

Jungbluth nickte, dann schüttelte er den Kopf. »Diese windigen Anwälte scheinen immer etwas zu verheimlichen«, sagte er unschlüssig. »Sie müssen doch ständig fürchten, dass ihnen einer zu nahe kommt. Sekten dieser Art leben davon, sich vor der Öffentlichkeit zu verbergen. Das muss aber nichts mit unserem Mord zu tun haben.«

Bukowski erwartete sie im Präsidium, wo er auf dem Flur bei geöffnetem Fenster hektisch eine Zigarette rauchte. »Tut mir Leid, aber ich hatte wieder Ärger mit diesen Plagen Jehovas«, sagte er. »Ich hoffe, wenigstens ihr habt was erreicht.«

»Nicht gerade viel«, enttäuschte ihn Hauptkommissarin Willeke. »Der Anwalt ist glatt wie ein Aal. Er würde sich sogar herauswinden, wenn man ihn nach der Uhrzeit fragen würde.«

»Also hat er was zu verbergen«, schloss Bukowski.

Jungbluth schüttelte den Kopf. »Das wissen wir nicht. Er ist einer von den Typen, die den Unterschied zwischen Lüge und Wahrheit wahrscheinlich gar nicht kennen.«

»So kommen wir jedenfalls nicht an ihn heran«, entschied Cora Willeke. »Wir brauchen etwas Handfestes.«

»Gestern Nachmittag hat sich eine Zeugin in der Zentrale gemeldet«, sagte Jungbluth. »Sie behauptete, der Tote heiße Illitsch oder so ähnlich und habe sich mit der Russenmafia angelegt.«

»Schon wieder Mafia«, seufzte Bukowski genervt und warf die Kippe aus dem Fenster.

»Ich werde mal mit ihr reden«, sagte Jungbluth. »Wo wir sonst nichts haben.«

Bukowski ärgerte sich. »Aber wir haben doch was!«

»Gut, Dirk, rede mit ihr«, schlug sich Willeke auf Jungbluths Seite.

»Aber nicht heute Nachmittag«, beharrte Bukowski.

»Warum nicht?«

»Ich habe gerade eben mit diesem Lukatsch telefoniert, dem Landtagsabgeordneten. Er ist bereit, uns um fünfzehn Uhr dreißig eine kurze Audienz zu gewähren.«

»Ohne mich!«, wehrte Jungbluth ab. »Ich habe dir gesagt, Carsten, dass ich mich nicht vor einen politischen Karren spannen lasse.«

»Ja, ja«, sagte Bukowski.

10

Das Zuhause des Landtagsabgeordneten Dr. Tillmann Lukatsch lag nicht sehr weit vom Landgut der Johannisten entfernt. Es befand sich in unmittelbarer Nähe Lüttelforsts, eines kleinen, gediegenen Örtchens im Schwalmtal, das den Städtern aus Mönchengladbach und Viersen als Naherholungsziel diente. In der Umgebung standen auch einige großzügige Residenzen hochrangiger Offiziere der britischen Streitkräfte, die im nahe gelegenen Natohauptquartier stationiert waren.

Lukatschs Villa wurde durch hohe Bäume und einen unscheinbaren elektrischen Zaun gegen Blicke und Eindringlinge abgeschirmt. Der Politiker schien nicht daran interessiert zu sein, wie andere Personen vergleichbarer Prominenz eventuelle Sicherheitsvorkehrungen wie Statussymbole zur Schau zu stellen.

Hauptkommissar Bukowski kannte die Erscheinung des Politikers aus dem Fernsehen: ein leger geschnittener Anzug und ein glattes Gesicht, das sich Mühe gab, möglichst vielen Menschen sympathisch zu sein. Der Mann war Mitte fünfzig und leicht übergewichtig, gab aber trotzdem seine sportlichen Ambitionen nicht auf, was die weißen Turnschuhe und das hellblaue T-Shirt, in denen er die Kripobeamten begrüßte, unterstrichen.

Was hat das schon zu bedeuten, dachte Bukowski. Politiker pflegen ein Alltagsgesicht, das sorgfältig mit ihren Imageberatern abgesprochen ist. Sie wirken leger und manchmal auf sympathische Weise spleenig, damit die Zeitungen über sie schreiben, dass sie trotz des enormen Rummels um ihre Person immer noch Mensch geblieben sind.

»Ich hoffe, Sie halten mich nicht für anmaßend«, sagte Lukatsch, »wenn ich die Tatsache, dass die Kripo heute meinen Rat sucht, zu einem wesentlichen Teil als meinen Verdienst betrachte.«

»Eigentlich sehen wir uns nicht als Rat Suchende«, wiegelte Bukowski ab. »Wir stellen lediglich einige Fragen im Zusammenhang mit einem Mordfall.«

Lukatsch nickte. »Und ich kann Ihnen Gott sei Dank mit allen Antworten dienen, was diese Verrückten angeht.«

Er bot den Beamten etwas zu trinken an. Jungbluth und Bukowski entschieden sich für Tee. Lukatsch führte sie in sein Wohnzimmer, das man als Saal bezeichnen konnte. Die Schritte der Eintretenden hallten auf weißem Kachelboden. Es gab wenig Einrichtungsgegenstände, nur einen rustikalen Holztisch mit Stühlen zur Rechten und zur Linken, optisch abgetrennt durch ein in den Raum hineinragendes Aluregal, einen futuristisch anmutenden Couchtisch mit drei schwarzen Ledersesseln, eine Hi-Fi-Anlage und ein Fernsehgerät mit Flachbildschirm. Einen seltsamen Kontrast zu dieser Standardausstattung eines bessergestellten Haushalts bildeten zwei schwere Ölgemälde an der weiß gekälkten Wand, die Geistliche und mittelalterliche Würdenträger darstellten. Die Wand über dem rustikalen Tisch zierte ein schlichtes Holzkreuz.

Lukatsch wies auf die Sessel. »Bitte, nehmen Sie Platz, meine Herren.«

Bukowski blieb vor dem Regal stehen, wo ihm ein Foto in einem silbernen Rahmen aufgefallen war. Es zeigte ein kleines Mädchen in einem weißen Kleid und mit einem weißen Blütenkranz im Haar neben einer schlanken Frau in einem hochgeschlossenen hellroten Kostüm. »Ihre Familie?«, erkundigte er sich neugierig.

Lukatsch nickte. »Dieses Bild stammt von der Erstkommunion meiner Tochter. Das ist schon einige Jahre her.« Er ließ sich in einen der drei Sessel fallen. »Das Problem, mit dem wir es zu tun haben, ist, dass die Gefahr, die von Sekten wie den deutschen Johannisten ausgeht, unterschätzt und verharmlost wird.«

»Uns kommt es weniger auf diese Sekte als solche an«, erläuterte Bukowski, »als auf die Frage, ob sie in einen konkreten Mordfall verwickelt sein könnte.«

Lukatsch hob die Hand. »Aber genau da haben wir es ja schon«, lächelte er. »Das öffentliche Desinteresse hat es diesen Leuten erlaubt, sich ungehindert einzunisten und jahrelang in aller Ruhe auf alle juristischen Eventualitäten vorzubereiten. Die Kripo kommt zu spät, jedenfalls wenn sie sich auf ihre altbekannten Ermittlungsschemata verlässt. Im Ernstfall bleibt sie draußen vor der Tür.«

Eine Hausangestellte brachte den Tee.

Bukowski musste zugeben, dass Lukatsch auf das Gehabe einer wichtigen Persönlichkeit weitgehend verzichtete. Seine wachen Augen beobachteten die Umgebung sehr genau und vermittelten seinem Gegenüber den Eindruck, ernst genommen zu werden. Auf alle Fälle, fand der Hauptkommissar, ist er ein Mann, der es versteht, seine Umgebung für sich einzunehmen.

»Wir haben heute Morgen mit einem gewissen Magat gesprochen«, sagte Jungbluth.

»Magat.« Lukatsch machte ein verächtliches Gesicht. »Der ist so etwas wie ihr Aushängeschild oder sagen wir besser, ihre Werbefläche. Ein Winkeladvokat erster Güte mit blendend weißer Weste. Von dem erfahren Sie nicht ein wahres Wort.«

»Mich würde interessieren, woher Sie die Dinge wissen, die Sie den Johannisten vorwerfen«, sagte Jungbluth.

»Von Eltern der Teenager, die in die Fänge der Sekte geraten sind. Von Bürgern, die in den umliegenden Orten leben.«

»Mit anderen Worten, Sie haben keinerlei wirklichen Beweis, dass mit der Gemeinschaft nicht alles koscher ist«, warf Bukowski herausfordernd ein. »Nur Vermutungen.«

Lukatsch nahm die Herausforderung nicht an, sondern nickte bedächtig. »Das trifft zu. Aber ich versuche Ihnen ja zu erklären, dass dies ein Charakteristikum jedes pseudoreligiösen Milieus ist: auf Vermutungen angewiesen zu sein, sich nie auf Beweise stützen zu können. Andernfalls wäre alles viel leichter, nicht nur für die Polizei.«

»Wenn Sie keine Beweise haben, dann kann die Polizei auch keine Maßnahmen ergreifen.«

»Ich muss mit anderen Methoden vorlieb nehmen.«

»Was meinen Sie?«

»Infiltration. Massiver öffentlicher Druck. Letzteren erzeuge ich seit geraumer Zeit.«

»Sie spielen auf Ihre Wahlkampagne an«, stellte Jungbluth fest.

Dass Jungbluth den Abgeordneten nicht mochte, überraschte Bukowski keineswegs. Jungbluth hegte ein Grundmisstrauen gegen alle Menschen, die Erfolg hatten. Gewinner konnte er nicht leiden und traute ihnen nicht über den Weg, wahrscheinlich weil er sie heimlich beneidete.

Doch der Politiker schien Jungbluth die Bemerkung nicht übel zu nehmen. »Nicht nur das«, antwortete er. »Auch auf die Initiative für religiöse Toleranz, die ich hier in Mönchengladbach mit den Bürgern gemeinsam ins Leben gerufen habe.«

»Eine der Errungenschaften unseres freiheitlichen Systems«, dozierte Jungbluth übereifrig, »besteht darin, dass die

Polizei sich an Recht und Gesetz zu halten hat. Manche haben zu schnell vergessen, was für schlechte Erfahrungen unsere Eltern mit der Gestapo gemacht haben. Ich war bisher der Auffassung, dass das Rechtsprinzip auch in der Politik gilt.«

Lukatsch lächelte nicht mehr, aber er blieb sachlich. »Ich habe schon befürchtet, dass wir uns in allgemeinen Spekulationen um politische Kalküle verlieren«, sagte er. »Deshalb hielt ich es für eine gute Idee, eine gute Freundin von mir dazuzubitten –«

Es klingelte an der Tür.

Lukatsch nickte. »Das wird sie sein. Genau im richtigen Augenblick.«

Es klopfte.

»Nur herein!«, rief Lukatsch.

Die Frau, die den Raum betrat, war klein und drahtig mit kurzem blondem Haar. Sie trug eine randlose Brille mit kleinen Gläsern und im rechten Ohr einen goldenen Stecker in Form eines winzigen Kreuzes. Bukowski schätzte sie auf Mitte bis Ende dreißig.

»Das ist Frau Kaspar«, stellte Lukatsch seinen Gast vor. »Sie ist evangelische Pfarrerin und beschäftigt sich seit etlichen Jahren mit der Sektenproblematik. Die Arbeit der Initiative für religiöse Toleranz stünde ohne ihre Kompetenz nicht da, wo sie heute steht.«

»Jungbluth, Kripo Mönchengladbach«, sagte Jungbluth, während die Pfarrerin in einem freien Sessel Platz nahm. »Und das ist Hauptkommissar Bukowski. In welcher Pfarre sind Sie tätig?«

»Seit einiger Zeit habe ich keine Pfarrstelle mehr«, antwortete Frau Kaspar. »Die Arbeit der Initiative nimmt meine volle Zeit in Anspruch.« Die Geistliche griff ins Innere ihres Jacketts und förderte eine Packung *Schwarzer Krauser* zu Tage. Ohne hinzusehen, drehte sie sich mit flinken Fingern eine Zigarette.

»Also sind Sie angestellt?«, fragte Jungbluth.

Lukatsch nahm einen Glasaschenbecher aus dem Regal und reichte ihn der Pfarrerin, die ihn mit der linken Hand griff, während sie die qualmende Zigarette in der rechten mit Mittel- und Ringfinger hielt. »Sie ist die einzige hauptamtliche Kraft unserer Bewegung. Wir planen für das nächste Jahr, ein Informationszentrum und eine Internetseite einzurichten.« Er wandte sich an Frau Kaspar. »Die Herren von der Kripo wollen alles über die Johannistengemeinde wissen.«

»Herr Lukatsch wird Ihnen schon gesagt haben«, erklärte sie, »dass wir leider nicht über viele wirklich gesicherte Daten verfügen. Wir haben es mit einer kleinen Gruppierung zu tun, die schätzungsweise sechzig, jedoch nicht mehr als hundert Mitglieder hat. Meist sind es junge Leute zwischen achtzehn und dreißig.« Sie drückte die Zigarette im Aschenbecher aus. »Ursprünglich verstand sich die Gruppe als ein Ort biblisch-ökumenischer Begegnung, aber seit einigen Jahren erhalten wir immer wieder Hinweise, dass sich diese Leute zunehmend radikalisieren.«

»Was bedeutet das konkret?«, fragte Bukowski.

»Es gab bisher zwei Aussteiger, die über Menschenrechtsverletzungen klagten. Indoktrination, Entzug von Privatsphäre und dergleichen. Intoleranz gegen Abweichler. Das Problem ist, dass die Gemeinschaft nach außen mit dem Image auftritt, offen für alle zu sein.«

»Wir haben das Exerzitienhaus schon gesehen«, bestätigte Jungbluth.

Kaspar nickte. »Dort sollen Bibelabende stattfinden, Vorträge über Glaubensthemen gehalten werden, außerdem gibt es Gesprächsgruppen zu den Themenbereichen Ethik und Religion.«

»Verstehe«, sagte Jungbluth. »Das wirklich Spannende spielt sich in dem Bereich ab, der nur den so genannten Jüngern vorbehalten ist. Und dieser Prophetin.«

»Evangelistin«, korrigierte ihn Frau Kaspar. »Sie nennt sich Renata, die Wiedergeborene, und heißt eigentlich Rosa van Ackeren. Sie hat Psychologie studiert und den Beruf knapp zwei Jahre ausgeübt. Danach hat sie eine lange Indienreise unternommen.«

»Was wissen Sie über Steinigungen?«, erkundigte sich Bukowski.

Frau Kaspar nahm ihre Brille ab und legte sie vor sich auf den Tisch. »Eine der Aussteigerinnen berichtete von so etwas«, sagte sie. »Das Fernsehen hat damals sogar einen Beitrag darüber gebracht, aber Magat hat alles souverän abgeschmettert. Er konnte nachweisen, dass man der Zeugin für ihre Aussage ein Honorar gezahlt hat.«

»Hat man das tatsächlich?«, fragte Jungbluth ungläubig.

Kaspar nickte wieder. »Doch das bedeutet nicht zwangsläufig, dass sie gelogen hat.«

»Nein«, bestätigte Bukowski. Während die Runde schwieg, beobachtete er durch die Terrassentür, wie Wolken am Himmel aufzogen. Er schlürfte den Rest Tee, dann stand er auf. »Vielen Dank so weit«, sagte er. »Wir melden uns, falls wir noch Fragen haben.«

Kaspar entnahm ihrer Brieftasche eine Visitenkarte und überreichte sie dem Hauptkommissar.

»Was werden Sie jetzt unternehmen?«, erkundigte sich Lukatsch.

Jungbluth machte Anstalten, seinem Kollegen zu folgen. »Wie gesagt«, wiederholte er. »Die Polizei ist an eine gewisse Vorgehensweise gebunden.«

»Das bedeutet also, Sie werden nichts tun.«

»Was erwarten Sie: dass wir die Tür eintreten und mit dem Colt in die Luft schießen?«, sagte Bukowski.

»Auf die sanfte Tour kommen Sie diesen Leuten jedenfalls nicht bei«, beharrte der Politiker.

»Haben Sie denn mit Ihrer Methode etwas erreicht?«, gab Jungbluth leicht gereizt zurück.

»Noch nicht sehr viel«, gab Lukatsch zu. »Aber ich verspreche Ihnen, dass ich etwas erreichen werde. Irgendjemand muss sich mit diesen Figuren anlegen. Und alle werden später davon profitieren, dass ich es getan habe.«

Im Auto schwiegen sich die beiden Kripobeamten eine Weile an. Sie fuhren durch Lüttelforst, durchquerten das Natohauptquartier und hielten sich dann in Richtung Stadtzentrum. Die Sonne war endgültig hinter einer dichten Wolkendecke verschwunden.

Bukowski begann wieder damit, Zigaretten auf Vorrat zu drehen. »Infiltration«, dachte er laut nach. »Das könnte eine Möglichkeit sein. Wenn diese Leute sich ums Verrecken nicht in die Karten gucken lassen, dann setzen wir uns eben an den Tisch und spielen mit. Wir schleusen einen Mann ein …«

»Blödsinnige Idee!«, schnaubte Jungbluth. »Wer soll das denn machen, vor allem aber: Welcher Ermittlungsstand soll eine solche Maßnahme rechtfertigen? Bisher haben wir nur Verdächtigungen und vage Vermutungen. Außerdem vollmundige Überschriften für den Wahlkampf, das ist alles.«

»Du magst Lukatsch nicht, stimmt's?«

Jungbluth schüttelte verärgert den Kopf. »Und ob ich ihn nicht mag. Aber was spielt das für eine Rolle?«

»Keine besondere. Nur dass du deshalb alles, was der Mann vorschlägt, in Bausch und Bogen ablehnst.«

»Der Kerl ist ein Schwatzlappen erster Güte!«, explodierte Jungbluth. »Erzähle mir nicht, dass dir das entgangen ist. ›Ich bin überzeugt, dass ich etwas erreichen werde‹, wenn ich das schon höre! Denkt der, er ist im Wilden Westen und heißt John Wayne?«

»Natürlich will er seine Wahl gewinnen, Dirk. Alle Politiker wollen das und ist das verwerflich? So funktioniert unsere Demokratie nun einmal.«

»Dieser Mann will uns, der Kripo, erklären, wie man einen Fall löst. Und soll ich dir sagen, warum? Weil er mit seinem

Latein am Ende ist. Die schöne Kampagne für Toleranz und das Säbelgerassel vor der Fernsehkamera haben nichts gebracht. Jetzt sollen wir ran.«

»Warum siehst du die Sache nicht etwas gelassener?«, schlug Bukowski vor. »Ist doch egal, ob Lukatsch ein Schwätzer ist oder nicht. Diese Priesterin scheint jedenfalls einige Ahnung von der Materie zu haben. Warum spannen wir die beiden nicht für unsere Zwecke ein und –«

»Quatsch!«

»Wieso?«

»Bist du wirklich so naiv, Carsten? Nicht wir, sondern er macht das. Er will uns für seine Zwecke einspannen! Dieser Mord interessiert ihn einen Scheiß. Nur dass wir diese Sekte aufs Korn nehmen und er sich als Ritter für die gerechte Sache feiern lassen kann, das ist ihm wichtig.«

Bukowski schüttelte den Kopf. »Du bist schon so lange Bulle, aber manchmal habe ich ehrlich den Verdacht, du teilst die Welt immer noch ein in gute und rechtschaffene Menschen auf der einen Seite und Bösewichter und finstere Elemente auf der anderen. So simpel ist die Sache aber nicht.«

Jungbluth sagte nichts, er starrte düster vor sich hin. Entweder war die Angelegenheit für ihn erledigt oder er hatte keine Lust, sich weiter mit seinem Kollegen darüber zu streiten.

Erst als sie vor dem Präsidium den Wagen verließen, brummte er: »Ich habe aber zwei Augen im Kopf, um zu sehen. Simpler kann die Sache ja wohl nicht sein.«

11

Joschua war etwas Besonderes. Jedem in unserer Gemeinde wurde das schon bald klar. Dennoch war er sich nicht zu schade, die alltäglichen Arbeiten zu verrichten. Jeden Tag teilen wir die anfallenden Arbeiten unter uns auf: Küche,

Feldarbeit, Flicken und Putzen und natürlich die Arbeit auf der Baustelle.

Eines Tages war ich mit ihm zum Wäschewaschen eingeteilt. Er schien zum ersten Mal in seinem Leben eine Waschmaschine zu sehen, aber er gab sich alle Mühe.

Ich war neugierig. »Warum bist du hergekommen?«, fragte ich.

Er unterbrach seine Arbeit, kam zu mir und setzte sich neben mich. Zunächst fühlte ich mich unbehaglich. Es war eine Aufregung in mir, die ich schon bald als angenehm empfand. Ich mochte es, dass er mir nahe war, denn ich fühlte, dass er ein besonderer Mensch war.

»Weil draußen nur der Tod ist«, beantwortete er meine Frage. »Er ist da, ohne dass man ihn bemerkt, wenn man dort ist. Man ist gestorben und weiß es nicht.«

Er hatte Recht. Ich wusste sofort, wovon er sprach.

Mein Vater ist auch gestorben. Innerlich gestorben. Er würde es nie merken, da er ein angesehener Mann ist, dem man zuhört. Schon als Kind musste ich ihn mir im Fernsehen ansehen, so wichtig und bedeutend war er. Keine Angst, mein Kind, beruhigte mich Mutter, du brauchst nicht so zu werden wie er.

Ich wollte es auch nie. Schon früh begriff ich, dass auch Mutter sich abmühte, seinem todbringenden Einfluss zu entfliehen. Aber er duldete es nicht. Viele Sonntage saßen wir am Frühstückstisch und aßen schweigend. Keiner sagte einen Ton. Mein Vater schüttelte nur ab und zu verächtlich den Kopf, später ging er hinüber zum Sessel und hörte über Kopfhörer Musik. Mutter weinte.

Aber sie betete auch. Oft nahm sie mich in ihre Arme. Bei allem haben wir ja noch uns, sagte sie. Und wir haben Gott.

Das konnte mein Vater nicht begreifen. Er machte sich lustig über sie, wenn sie betete. Auch dass wir beide uns gut verstanden, konnte er nicht leiden. Später schrie er Mutter an und sie musste sich in ihrem Zimmer einschließen.

Mein Vater wollte Mutter besitzen, wie er mich besitzen will, dabei bedeuten ihm Menschen nichts. Er ist innerlich tot, gestorben, ohne es zu bemerken.

»Woran denkst du?«, versuchte Joschua, meine Gedanken zu erraten.

»An das Leben vorher«, sagte ich. »Das kein Leben war.«

»Erzähle mir davon.«

Joschua verstand mich. Ich konnte ihm ohne Scheu oder Stottern von meinem Innersten erzählen.

Auch deshalb wollte ich öfter mit ihm zusammen sein. Ich musste.

12

Die Luft zwischen Jungbluth und Bukowski war dicker geworden. Guido Knappertz, der die beiden ganz gut einschätzen konnte, hätte es verstanden, die Spannung zwischen den beiden zu mindern, vielleicht wäre es ihm sogar gelungen, die ständigen Sticheleien in effektive Arbeit umzumünzen. Cora Willeke war mit dieser Aufgabe überfordert.

»Es gibt Neues von der Zeugin, die in dem Toten einen gewissen Illitsch erkannt haben will«, begrüßte sie die beiden im Präsidium. »Sie sagt, dass dieser Illitsch für zwielichtige Leute Lieferungen gefahren habe. Die Ware sei in der Regel auf Autobahnparkplätzen übergeben worden. Dort habe er auch sein Geld kassiert.«

»Wir sollten uns darum kümmern«, sagte Jungbluth, fast erleichtert über diese Nachricht, mit einem Seitenblick auf Bukowski. »Wenn wir den Namen des Toten hätten, wären wir schon ein ganzes Stück weiter und –«

»Du meinst doch nicht etwa, dass die andere Sache damit vom Tisch ist?«, unterbrach Bukowski ungeduldig. »Wenn überhaupt nichts an ihr dran wäre, frage ich mich nämlich, warum der Sektenheini sich so gewunden hat.«

»Dieser Anwalt würde sich in jedem Fall winden«, widersprach Cora Willeke. »Solche Sekten sind fremde Planeten. Sie wollen so tun, als seien sie die einzigen Menschen darauf. Deshalb denkt unsereiner immer gleich, dass sie Dreck am Stecken haben.«

»Ja, denkt ihr das gleich?«, spöttelte Bukowski ärgerlich. »Das ist mir noch gar nicht aufgefallen.«

»Ich finde, wir fahren nicht falsch damit«, meinte Jungbluth, »wenn wir uns zunächst einmal darauf konzentrieren, die Identität des Toten zu lüften. Wenn uns das gelungen ist, werden wir sehen, ob die Sekte ins Spiel kommt oder nicht.«

»Wir fahren nicht falsch!« Bukowski hatte endgültig genug von seinem Kollegen. Nicht falsch fahren – als sei eine Ermittlung wegen Mordes eine gemütliche Spazierfahrt. Jungbluth kam ihm vor wie einer, der sich selbst die Augen verband und sich dann darüber beklagte, im Dunkeln zu tappen.

»Warum können wir uns diese Johannisten nicht weiter vornehmen?«, schlug Bukowski störrisch vor.

»Was meinst du mit ›vornehmen‹?«, erkundigte sich Cora.

»Einen Mann einschleusen – mich zum Beispiel.«

Hauptkommissarin Willeke lachte irritiert auf. »Wie stellst du dir das vor, Carsten? Für so etwas brauchen wir eine staatsanwaltliche Einwilligung.«

»Also gut«, gab Bukowski zurück. »Warum besorgen wir uns die nicht?«

»Warum nicht? Weil wir die niemals kriegen. Dazu haben wir viel zu wenig in der Hand. Der gute Mann wird uns auslachen.«

»Wie denn auch, bitte schön? Wie sollten wir denn etwas in die Hand bekommen, wenn wir nur da sitzen und nicht falsch fahren!«

»Jetzt hör doch mal zu«, versuchte Jungbluth, die Wogen zu glätten, aber auch seine Stimme klang gereizt. »Es ist doch völlig normal, dass man sich in mehrere Richtungen bewegt, solange man noch nichts Eindeutiges hat. Warum sollte diese Illitsch-Spur nicht in die richtige Richtung –«

Bukowski zuckte mit den Schultern. »Und so wären wir dann bald wieder bei den Außerirdischen, die im Schmölderpark landen.«

»Ich dachte, es war der Volksgarten«, stichelte Jungbluth.

»So kommen wir nicht weiter«, verschaffte sich Hauptkommissarin Willeke Gehör. »Ich finde, Carsten, dass es für eine Maßnahme wie die, jemanden in die Sekte einzuschleusen, viel zu früh ist. Abgesehen davon, dass uns zurzeit keine Kollegen zur Verfügung stehen, die eine entsprechende Schulung gemacht haben.«

Bukowski schnaubte verächtlich. »Das heißt also: Selbst wenn diese Kerle höchst verdächtig wären, würden wir sie ungeschoren davonkommen lassen, weil uns das Personal fehlt.«

»Das habe ich nicht gesagt.«

»Stimmt. Du sagtest: Zurzeit müssten wir sie ungeschoren davonkommen lassen.«

Bukowski verspürte überhaupt keine Ambitionen, die Illitsch-Spur aufzunehmen. Dabei war er gar nicht der Typ des einsamen Schnüfflers, der sich wie Jungbluth aus dem Team ausklinkte, sobald ihm die eingeschlagene Richtung nicht passte. Er brauchte nur ein bisschen Zeit in seinem Büro, um sich über die getroffene Entscheidung zu ärgern.

Das Telefon klingelte.

»Bukowski?«

»Henni Kaspar. Wir haben uns heute Nachmittag kennen gelernt.«

»Ja, natürlich, die Frau Pfarrerin. Worum geht es?«

»Ich wollte mich nur noch einmal in Erinnerung bringen und mich vergewissern, dass Sie mein Angebot ernst nehmen.«

»Ihr Angebot?«

»Nun, Sie mit allen nötigen Informationen bei Ihrer Arbeit zu unterstützen.«

Bukowski fuhr mit dem Schreibtischstuhl zurück und legte die Füße hoch. »Wie ist diese Sekte überhaupt entstanden?«, erkundigte er sich. »Ich meine, wie kommen solche Leute an Mitglieder, wenn sie sich derart abschotten?«

»Sie haben sich nicht von Anfang an abgeschottet. Vor zirka zehn Jahren trafen sich auf dem Anwesen freundliche, friedensbewegte Jugendliche, die zur Gitarre gesungen und hin und wieder Shit geraucht haben. Sie haben diskutiert, Friedensappelle verfasst und sogar ein internationales Jugendkonzil ausgerufen. 1996 fand ein Rockkonzert statt mit ein paar recht prominenten Künstlern. Damals schrieb die Presse von Drogenmissbrauch und sexuellen Exzessen. Aber eigentlich blieb alles friedlich und gesittet.«

»Da soll noch einer über unsere Jungend schlecht denken«, kommentierte Bukowski sarkastisch.

»Nachdem der Boom vorüber war«, fuhr Kaspar fort, »versank das Jugendtreffen in der Bedeutungslosigkeit. Die meisten Zelte wurden wieder abgebaut und die vollmundigen Verlautbarungen blieben ungelesen. Vielleicht war es dieser Punkt, den ein paar Leute nicht verkraften konnten: auf Desinteresse zu stoßen, statt Begeisterung auszulösen. Haben Sie zufällig das Johannesevangelium gelesen?«

»Nein. Sollte ich das etwa?«

»Darin hat sich eine christliche Gruppe verewigt, die mit dem Rücken zur Wand stand. Sie sah sich Unverständnis, Hohn und Feindschaft gegenüber. Wie konnte das sein, wenn man doch im Besitz der Wahrheit war? Sie verstanden die Welt nicht mehr.«

»Sie meinen also, wenn man diesen Leuten rechtzeitig die Bibel weggenommen hätte, dann würden sie noch heute Gitarre spielen und Lieder singen.«

»Wir sind ziemlich sicher, dass die Radikalisierung der Gruppe an zwei Personen festzumachen ist: Rosa van Ackeren und Claude Decker. Van Ackeren ist die Hauptperson, sozusagen die ideologische Keimzelle. Decker ist militant, er wollte mit achtzehn in die Fremdenlegion, wurde aber nicht aufgenommen. Er hatte eine kurze rechtsextreme Phase, bevor er seine religiöse Ader entdeckte.«

»Demnach kannten sich die beiden schon vorher?«

»Wir wissen nicht, woher. Auch nicht, wie van Ackeren zu dem Geld gekommen ist, das sie in die Lage versetzte, das Territorium der Sekte auf ein Anderthalbfaches zu vergrößern.«

»Vielleicht gibt es heimliche Sponsoren.«

»Davon ist mir nichts bekannt. Die Johannisten betreiben ein wenig Landwirtschaft und eine Druckerei, in der sie Werbebroschüren produzieren, nicht nur ihre eigenen. Und dann gibt es noch den so genannten Tagungsbetrieb.«

Jungbluth öffnete die Tür und schaute herein. Als er Bukowski telefonieren sah, deutete er auf seine Armbanduhr als Zeichen, dass er nicht zu lang warten wollte.

Bukowski machte ein genervtes Gesicht, worauf sich sein Kollege wieder verzog.

»Vielen Dank für Ihre Ausführungen, Frau Kaspar«, sagte er abschließend. »Vielleicht kommen wir ja nochmal auf Sie zu.«

»Ich hatte den Eindruck«, sagte die Geistliche schnell, als wollte sie das vor dem Ende des Gesprächs noch loswerden, »dass Sie eine Unterwanderung der Gruppe nicht ausschließen.«

»Unterwanderung«, wiederholte Bukowski. »Verwechseln Sie uns etwa mit dem Bundesnachrichtendienst?«

»Es ist nicht so leicht. Sie kommen natürlich schnell in den äußeren Bereich, wenn Sie sich für einen Vortrag oder ein Bibelgespräch anmelden. Die werden in den Zelten abgehalten, solange das geplante Exerzitienhaus noch nicht fertig ist. Aber Sie werden nicht in das umzäunte Gebiet vordringen.«

»Klingt so, als hätten Sie Ähnliches schon probiert.«

Die Pfarrerin zögerte einen Moment, bevor sie antwortete. »Zu riskant«, sagte sie. »Die kennen mein Gesicht ziemlich gut. Aber wenn es von Ihrer Seite Überlegungen in diese Richtung gibt, dann könnte ich Ihnen vielleicht mit einem Plan dienen.«

»Tja, leider«, bremste sie Bukowski, »haben wir uns vorerst für einen anderen Weg entschieden. Glauben Sie mir, dass ich nicht abgeneigt wäre, wenn es nach mir ginge. *C'est la guerre.* Danke jedenfalls für Ihr freundliches Angebot.«

13

Schon oft hat Renata uns Joab als Beispiel genannt. Der vertraute Zorn blitzt in ihren Augen auf, der Eifer für das ist, was wir werden können. »Joab redet nicht. Er handelt. In der Stunde der Not sitzt er nicht untätig herum und fragt verzagt, was zu tun ist. Wenn ihr wirklich wissen wollt, was ein Bekenntnis ist, dann seht auf ihn, denn er wird keine Zeit verstreichen lassen.«

Ich ging zu Joab und fragte ihn: »Wann ist die Zeit zu handeln?«

»Die Welt leert ihre Häme über uns aus«, erklärte er. »Soll sie an uns abprallen? Wenn wir das ertragen, wäre es wahrhaft christlich, aber vielleicht ist es auch nur die kleinliche Angst, die uns das einflüstert. Was, wenn der Spott nicht an uns abprallt? Manchmal ist es eine Pflicht, sich zu wehren, gerade dann, wenn es schwer fällt. Wir sind wenige, die da draußen unendlich viele. Sagten nicht die Gehilfen Satans, dass es besser sei, wenn wenige sterben, damit viele leben können? Sie lügen. Merk dir, es kann besser sein, dass viele ihr Leben geben, damit die Wahrheit an wenigen offenbar wird.«

Seitdem weiß ich, dass ich nicht besser bin als der Vater, den ich einmal hatte, dem das Leben vieler nichts gilt und schon gar nichts die Wahrheit.

Er behauptete damals, dass sie sich umgebracht habe. Ich wusste sofort, dass er log. Mutter hatte mir so oft gesagt, dass er dazu fähig sei. »Wir beide, du und ich«, sagte sie. »Du und ich – wir haben uns und das reicht auch. Er weiß doch nichts. Sieh ihn dir an, er glaubt, dass er uns hundertfach überlegen ist. Aber wenn es hart auf hart kommt, wird er ganz auf sich allein gestellt sein.«

Mutter wusste genau, was sie sagte. Sie kannte den Mann, von dem sie einmal geglaubt hatte, dass sie ihn liebte. Aber obwohl sie nichts mehr für ihn empfand, bemühte sie sich, seine Gefühle nicht zu verletzen.

Gefühle!

Eines Tages kam er und sagte, sie habe sich das Leben genommen. Er habe mir all das ersparen wollen und sei nun für mich da. Er und für mich da sein! Er hat mich doch erst kennen gelernt, als ich schon drei Jahre alt war, da er vorher ununterbrochen für seine Karriere unterwegs war. Seine Frau war ihm egal. Ich war ihm egal.

Wenn einer sie umgebracht hat, dann nicht sie, sondern er. Vielleicht nicht mit eigener Hand. Er hat sie eingesperrt und langsam verhungern lassen.

»Joschuas Tod war ein Glaubensbekenntnis«, sagt die Evangelistin. »Ein Donnerschlag für uns, die blind waren, und ein Fanal für die draußen, damit ihnen ihr spöttisches Lachen, das leichtfertige Gerede im Hals stecken bleibt.«

Von Joschua habe ich gelernt, was ein Glaubensbekenntnis ist. Wir haben viel gesprochen, während der täglichen Arbeit und später auch abends, wenn wir zusammen waren.

»Viele verwechseln es mit einem Lippenbekenntnis«, sagte er. »Worte, dass man dies oder jenes für richtig hält. Aber Worte leben nicht lange, sie vergehen schnell. Glaubensbekenntnisse sind Zeichen, die sich gewaltsam Eintritt in die Welt verschaffen, wie ein Blitz, der in einen Felsen fährt. Sie sind kompromisslos und eindeutig.«

»Du solltest das nicht auf die leichte Schulter nehmen«, riet er mir ein andermal. »Auch wenn wir noch so oft hier im Gras sitzen und Renatas Worten lauschen, wenn wir leben wie die Heiligen, sind wir nichts. Es ist so, als hätten wir nicht gelebt.«

»Aber worin besteht das Außergewöhnliche?«, wollte ich wissen.

Joschua nahm einen Stein in die Hand und deutete auf das Gras. »Wir sollten weich und sanft wie das Gras sein, aber auch hart und gewaltig wie ein Stein.« Dann warf er den Stein auf den Boden, dass er dumpf aufschlug. »Es wird der Tag kommen, dass wir fallen müssen wie dieser Stein und uns nicht kümmern um Grashalme, die wir zerquetschen. Die Welt ist voll Gerede und unverbindlichem Geschwätz, das niemandem wehtut. Aber eine Tat schmerzt, so wie die Wahrheit schmerzt. Sie kennt keine Rücksicht außer Gott und keinen Herrscher außer dem Herrn.«

Joschua ließ mich erkennen, dass ich noch schwach bin, meinem alten, bequemen Leben verhaftet, ohne einen Begriff davon, was geistliches Leben bedeutet. Er dagegen war viel weiter und sprach mit der Evangelistin nicht wie ein Jünger, sondern wie ein Gleichgestellter. Oft sah ich sie miteinander diskutieren, manchmal stritten sie hitzig, dann wieder schienen sie wie ein Leib und eine Seele zu sein. Manchmal dachte ich insgeheim, dass er dabei sei, ihr Lehrer zu werden.

Aber ich täuschte mich.

14

Die Ermittlungen in Richtung Frau Illitsch, deren Mann angeblich mit der Russenmafia Geschäfte gemacht hatte, gingen an diesem Tag nicht voran, weil sie nicht zu erreichen war.

Bukowski fuhr gegen sechs nach Hause und hatte den Streit mit Jungbluth schon fast wieder vergessen. Vor ein paar Jahren hatte er einmal an einer polizeiinternen Fortbildung teilgenommen mit dem Thema *Zen für Angestellte.* Dabei hatte es eine Übung gegeben, mit deren Hilfe es angeblich gelingen sollte, den Stress von der Arbeit vor der Rückkehr in den Privatbereich komplett hinter sich zu lassen. Der Seminarleiter war davon überzeugt gewesen, dass das gut für das seelische Gleichgewicht sei. Bukowski war zunächst skeptisch gewesen, aber er hatte die Übung trotzdem mitgemacht. Inzwischen beherrschte er sie blind und aus dem Effeff.

Zu Hause nahm er eine Dose Bier aus dem Kühlschrank und öffnete sie. Dann drehte er sich eine Zigarette und rief Charline an, um sie zu fragen, warum sie ihn gestern wieder einmal versetzt hatte.

Charline nahm aber nicht ab. Bukowski ärgerte sich schon wieder, bis ihm einfiel, dass sie noch bei der Arbeit sein musste – Charline war in einem Kaufhaus in der Abteilung für Kinderbekleidung tätig.

Der Hauptkommissar trank sein Bier aus, rauchte drei Zigaretten und studierte das Angebot eines Pizzataxis.

Um acht verfolgte er die Nachrichten im Fernsehen und gönnte sich ein weiteres Bier.

Viertel vor neun. Er versuchte es erneut bei Charline. Umsonst. Er ließ es lange klingeln.

Kurze Zeit später noch einmal.

Jemand nahm den Hörer ab.

»Charline?«

Niemand meldete sich.

»Charline, bist du das? Was ist los, warum sagst du nichts?«

Die Verbindung wurde unterbrochen.

Bukowski stand da mit dem Telefon in der Hand. »Scheiße«, murmelte er. Dann warf er das Ding auf sein Bett, verfehlte es aber, sodass der Hörer auf dem Boden landete, das

Batteriefach aufsprang und die Akkus unter das Bett rollten. »Verdammt nochmal!«, brüllte Bukowski. »Weißt du, was du mich jetzt kannst!«

Eine knappe Stunde nach der Zertrümmerung des Telefons saß Bukowski in der Pizzeria um die Ecke. Eigentlich hatte er vorgehabt, etwas zu essen, aber nach dem dritten Bier war ihm aufgefallen, dass er nicht den geringsten Appetit verspürte.

Es war von Anfang an ein Fehler gewesen, sich um diese Beziehung zu bemühen. Ein Therapeut, ein Bekannter Charlines, hatte ihm dies klipp und klar gesagt, und zwar zu einem Zeitpunkt, als zwischen Bukowski und Charline noch alles bestens stand. Oder hatte das einer der professionellen Geisteraustreiber gesagt, mit denen sich Charline duzte? Bukowski grinste und ließ den Rauch seiner Zigarette aus dem geöffneten Mund aufsteigen. Es ist doch zum Quieken, dachte er, dass diese ehemaligen Gläubigen, die nach ihrem unheimlich mutigen Ausstieg aus der Gehirnwäscherei plötzlich nur noch als Opfer gelten, kurze Zeit darauf einen Bekanntenkreis haben, der ausschließlich aus Therapeuten, Psychologinnen, Betreuern und Betroffenen besteht. Einfach zum Quieken.

Das Problem ist, hatte dieser mitfühlende Bekannte von Charline gemeint, dass es schon zu spät ist, wenn Menschen einmal in die Fänge einer Sekte geraten sind. Man versucht, den Aussteigern zu helfen, zu retten, was zu retten ist, aber eigentlich müsste man viel früher ansetzen.

Früher ansetzen. Das war ein wahres Wort. Viel früher. Bukowski bestellte sich noch ein Bier und brütete darüber, wie man sich das Früher-Ansetzen unter den gegebenen Umständen vorzustellen hatte.

Der Kellner kam an seinen Tisch und erkundigte sich ein weiteres Mal fürsorglich, ob er nicht doch etwas zu essen bringen sollte. Bukowski lehnte ab.

Er bestellte gleich noch ein Bier, aber das trank er nicht mehr aus. Ihm war eine Idee gekommen.

Er zahlte. Dann ging er zu den Toiletten, um das Telefon zu benutzen, das zwischen dem Eingang für Damen und dem für Herren an der Wand hing. Auf dem Weg hatte er Kaspars Visitenkarte aus seiner Tasche hervorgekramt.

»Henni Kaspar, guten Abend«, meldete sich die Stimme der Pfarrerin.

»Hier ist nochmal Bukowski.«

»Wie kann ich Ihnen helfen, Herr Kommissar?«

»Sie erwähnten vorhin, dass Sie mir mit hilfreichen Tipps dienen könnten. Habe ich Sie da richtig verstanden?«

»Wir sprachen über eine Infiltration. Aber Sie sagten doch, dass Sie sich gegen diesen Weg entschieden haben.«

»Das schon«, gab Bukowski zu. »Aber manchmal ändert man kurzfristig seine Meinung.«

15

Heute ist ein Tag der Verspottung. Simeon ist zum ersten Mal dabei, er weiß nicht, was auf ihn zukommt. Ich habe schon viele Verspottungstage mitgemacht, man könnte meinen, dass mich Übung und Routine abgehärtet hätten. Aber das ist nicht so. So ein Tag ist für jeden von uns immer wieder eine ernste Prüfung.

Wie jedes Mal bereiten wir uns mit einer kurzen Andacht vor. Renata liest aus dem Evangelium nach Johannes jene Stelle, da der Herr vor den Hohenpriester geführt und der Verspottung preisgegeben wird.

Die Soldaten flochten einen Kranz aus Dornen und setzten ihn auf sein Haupt; sie legten ihm einen purpurroten Mantel um, traten zu ihm und sagten: Heil dir, König der Juden! Und sie schlugen ihm ins Gesicht.

Anschließend fahren wir mit zwei Autos in die Stadt. Joab, wie immer schweigsam und mürrisch, sitzt am Steuer des Kombis, in den wir die Kartons mit den Schriften und den langen Tapeziertisch geladen haben.

Es ist ein schöner Tag, aber es ist windig, sodass Joab das Laken, das er über den Tisch gebreitet hat, mit Wäscheklammern befestigen muss, damit es nicht davonfliegt. Den Stapel mit den dünnen Flyern, die nichts als die drei Grundfragen unserer Lebensführung beinhalten, müssen wir mit Steinen beschweren.

Wir befinden uns mitten in der Fußgängerzone. Für uns, die wir kontemplative Stille und Zurückgezogenheit gewohnt sind, ist es ein unbehagliches Gefühl, im quirligen Betrieb der Großstadt bestehen zu müssen. Es herrscht reger Verkehr, aber die Leute beachten uns nicht und laufen, ohne auch nur einen Blick auf die Schriften zu werfen, an unserem Stand vorbei. Es ist besser für sie, sie nicht zu lesen, denn sie würden sie nicht verstehen, und wenn doch, würden die Worte sie nur gegen ihr eigenes unwichtiges Leben aufbringen. Zu sehr werden sie vom äußerlichen Dasein, dem reinen materiellen Konsum beherrscht, zu wenig dürstet es sie nach geistlicher Nahrung. Wie wahr, was Renata schon oft gesagt hat: Blumen, die schon vertrocknet sind, kann man nicht mehr tränken.

»Wir werden den ganzen Tag so dastehen, ohne dass etwas geschieht«, befürchtet Simeon. »Wie ein Häuflein Sehender in einer Herde Blinder.«

Es ist sein erster Tag der Verspottung und er sorgt sich darum, dass es nichts mit der spirituellen Erfahrung, von der die Evangelistin sprach, auf sich hat.

Aber er täuscht sich. Glaubt nicht, ihr kommt leicht davon, hat Renata uns immer wieder eingeschärft. Irrt euch nicht, ein Tag der Verspottung ist niemals ohne große Anstrengung zu ertragen. Ihr werdet eure Wange hinhalten müssen und denkt nicht, man würde sie nicht schlagen.

Es dauert auch nicht lange, bis die ersten Gaffer eintreffen. Alte Mütterchen zunächst, die uns mit misstrauischen, manchmal unverhohlen bösen Blicken mustern. Ein alter Mann droht uns mit der Faust, aber erst nachdem er unseren Stand passiert hat. Viele Leute stoßen sich an unserem Aussehen, den weißen Gewändern, den langen Haaren.

Eine Horde Jugendlicher grinst belustigt. Sie können wir am allerwenigsten für unsere Sache gewinnen, was eine Schande für unsere Zeit ist. Die Jugend dieser Welt verliert sich in dumpfen Rhythmen und in schnellem, billigem Konsum. Sie will Spaß um jeden Preis, keine dauerhaften Werte. Ihr Grinsen und ihre Häme, sagt Renata, sind der beste Beweis für uns, auf dem richtigen Weg zu sein.

Ein älterer Herr mit krausem Haar kommt vorbei. Zunächst scheint er uns gar nicht zu beachten, aber dann kehrt er um und bleibt unschlüssig vor unserem Tapeziertisch stehen. An dem spöttischen Lächeln, das um seine Mundwinkel spielt, lese ich ab, dass auch er sich eine hämische Bemerkung überlegt. Aber er sagt nichts, sondern nimmt sich eines unserer Bücher, es ist *Der Johannesweg*, und blättert darin herum. Legt es wieder zurück.

Inzwischen sind die Teenager zurückgekehrt. Sie tragen Lederjacken, einer ein grelles Kapuzen-T-Shirt mit einem englischen Aufdruck.

»He, Leute!«, ruft der mit dem T-Shirt. »Ich glaube, ich bin Jesus begegnet!«

»Wo denn?«

»Na hier. Und da ist noch einer.«

»Tatsächlich. Nicht nur einer. Ganz viele Jesusse!«

Der Mann mit dem krausen Haar scheint sie nicht zu bemerken. Er hält mir das Buch hin. »Das klingt ja alles gut und schön, was da drinsteht.«

»Das sind aber nicht nur Worte«, antworte ich, wie wir es oft geübt haben. »Würden wir sonst hier stehen und uns all dem aussetzen?«

Er zuckt mit den Schultern. Immer noch hat er diesen spöttischen Ausdruck, aber er scheint es nicht auf uns persönlich abgesehen zu haben. »Wenn auch nur die Hälfte davon zutrifft, dann können euch diese Vogelscheuchen«, er deutet mit dem Daumen auf die feixenden Jugendlichen, »nicht das Geringste anhaben.«

»Vogelscheuchen«, spielt prompt einer von ihnen den Beleidigten. »Hört mal, dieser Opa hat uns als Vogelscheuchen bezeichnet.« Er gluckst. »Und das nur, um sich bei den Jesussen einzuschleimen.«

»Er will sich bestimmt entschuldigen«, sagt ein anderer.

»Schon wegen der Jesusse. Sonst müssten wir die nämlich ein bisschen verprügeln.«

Der Mann scheint keine Angst vor der Horde zu haben. Er dreht sich zu ihnen um. »Seid friedlich, Jungs. Die haben euch nichts getan. Verzieht euch einfach.«

Der mit der Kapuze macht ein untröstliches Gesicht. »Würden wir ja gern, Opa. Aber das geht jetzt nicht mehr. Du hast das mit der Vogelscheuche nicht zurückgenommen.«

»Trotzdem.«

Sie drängen immer näher an uns heran.

Der Kräftigste von ihnen beugt sich zu mir herüber. »Wisst ihr was, Leute? Hier gibt's nicht nur Jesusse.« Er grinst mich breit an. »Hier gibt's sogar Jesussinnen. Und was für welche ...« Seine Hand langt plötzlich über den Tisch und fasst an meine Brust.

Ich versuche, mich zu befreien, und stoße gegen den Tisch, der bedenklich wackelt.

In diesem Augenblick ist Joab plötzlich da. Er greift sich den Jungen und schleudert ihn ein paar Meter weiter zu Boden. »Fass sie nicht nochmal an, kapiert?«

Der Junge liegt auf dem Asphalt, er kann sein Unglück noch gar nicht fassen. Joab steht über ihm.

Die Herde der Passanten scheint den Kampf gar nicht zu beachten. Nur der Bogen, den die Leute um uns machen, ist größer geworden. Doch, einige bleiben stehen und gaffen mit offenem Mund.

Plötzlich packen zwei der Schläger Joab von hinten. Zunächst scheint es so, als könne er sich losreißen, aber dann kommt noch einer dazu und Joab hat keine Chance. Der mit dem T-Shirt, offenbar ihr Anführer, tritt langsam näher und mustert ihn in aller Ruhe. »So, mein Lieber«, sagt er. »Und jetzt pass mal auf ...« In seiner Hand hält er plötzlich ein Messer.

Was sollen wir tun? Wie können wir Joab helfen, wie können wir uns retten?

In diesem Augenblick stellt sich unvermutet jemand dem Jungen mit dem Messer entgegen. Es ist der dicke Mann mit dem krausen Haar. Ohne einen Augenblick zu zögern, entwendet er dem T-Shirt-Träger mit einer blitzschnellen Bewegung das Messer, packt seinen Arm und reißt ihn nach hinten, auf den Rücken. Der Kräftige, der mich berührt hat, will sich auf ihn stürzen, aber unser Retter hat das schon geahnt und verpasst ihm einen Schlag, dass der Junge sich wieder auf den Boden setzt. Dann befreit der Mann mit den krausen Haaren Joab.

»Los jetzt«, rät er uns. »Es ist das Beste, wenn ihr verschwindet.«

»Polizei!«, schreit einer der Jungen. »Er hat mir die Nase gebrochen! Jemand muss die Polizei rufen!«

»Weg hier!«, befiehlt der Mann. »Gleich sind die Bullen da!«

In Windeseile packen wir unsere Sachen zusammen.

Leider sind wir nicht schnell genug. Die Schlägertypen versuchen es erneut. Sie bewerfen uns mit Coladosen. Als eine den Fremden am Kopf trifft, blasen sie zum Angriff.

So schnell wir können, laufen wir los in Richtung Parkhaus, wo unser Auto steht. Aber unsere Verfolger bleiben uns auf den Fersen. Wir können ihnen nicht entkommen, denn sogar im Gewühl der Einkäufer sind wir gut zu erkennen.

Ich stolpere und der Karton mit Büchern fällt mir aus der Hand. Der dicke Mann ist neben mir, hilft mir auf und packt den Karton. Joab läuft voran und leitet uns in eine Seitengasse. Die Jugendlichen johlen siegessicher. Wir fliehen, also fühlen sie sich stärker.

Die Gasse ist menschenleer. Es gibt keine Geschäfte, nur ein paar hässliche Hinterhöfe. Die Schläger haben uns eingeholt. Einer stürzt sich auf den Fremden und schlägt ihn von hinten nieder. Jemand packt mich am Arm. Es ist der Junge mit der Kapuze.

Aber er kommt nicht dazu, mir etwas anzutun. Joab nimmt ihn sich vor, er ist dieses Mal vorsichtiger. Keinem der Jungen gelingt es, ihn zu überwältigen. Drei von ihnen fliehen, aber Joab hat jetzt einen Gefangenen. Er schlägt zu und dann noch einmal. Der Junge mit der Kapuze fällt zu Boden. Er stöhnt vor Schmerz.

Joab ist nicht zu bremsen. In seinem Gesicht ist verbissene Wut, niemals vorher habe ich ihn so gesehen. Er tritt zu. Noch einmal und noch einmal.

»Joab! Hör auf! Verdammt nochmal, hör auf, du bringst ihn um!«

Simeon schreit. Er hängt sich mit seinem ganzen Gewicht an Joabs Arm, aber er ist zu leicht. Der Muskelprotz stößt ihn weg. Simeons Brille rutscht von seiner Nase und fällt auf den Asphalt. Mit aller Kraft tritt er Joab gegen das Schienenbein.

Der Große kommt zu sich. Er mustert Simeon misstrauisch, scheint ihn gar nicht zu erkennen.

»Er ist ein Mensch, ein Geschöpf Gottes! Du darfst ihn nicht töten!«, kreischt Simeon mit dünner, schriller Stimme.

»Und wenn schon. Sag mir nicht, was ich tun darf, du Winzling.« Joab mustert den Novizen mit einem seltsam bohrenden Blick. Dann reißt er sich los. »Los, weg hier, bevor die Polizei da ist.«

»Wir sollten auf sie warten.«

»Warten? Ich höre wohl nicht recht.«

»Wir haben uns doch nichts vorzuwerfen. Diese Leute haben uns angegriffen.«

Wieder dieser seltsame Blick, der nichts Gutes verheißt. »Quatsch!« Joab lässt den Verletzten auf dem Boden liegen, lädt sich zwei Bücherkartons auf die Schulter und läuft los.

Die anderen, auch Simeon, folgen ihm.

Hinter mir stöhnt unser fremder Helfer. Er rappelt sich mühsam auf. Sein Kopf blutet. Dort hat ihn die Dose getroffen.

Er torkelt.

Mir bleibt nur eine Sekunde, um eine Entscheidung zu treffen.

»Komm mit.« Ich gehe zu ihm und helfe ihm, sich aufzurichten.

»Wohin?«

»Weg hier. Du hast uns geholfen. Also werden wir dich auch nicht im Stich lassen.«

16

Am Freitagmorgen erreichte Hauptkommissar Jungbluth Frau Illitsch. Sie war in Tränen aufgelöst und hatte Mühe, sich gegen das Kindergeschrei im Hintergrund durchzusetzen. Ihr Deutsch war nicht besonders gut, sodass Jungbluth einige Minuten brauchte, um ihr zu entlocken, dass ihr Mann keineswegs tot sei, auch wenn sie sich das inzwischen sehnlichst wünschte. Sie habe sich zwar um ihn gesorgt, doch jetzt habe sich herausgestellt, dass er die Zeit, in der er verschwunden gewesen war, mit einer anderen Frau an einem Strand in der Dominikanischen Republik verbracht hatte. Letzte Nacht sei er zurückgekehrt und habe erklärt, dass er zu knapp bei Kasse sei, um Alimente zu zahlen. Sie beschwor den Kommissar, den Kerl zu verhaften.

Jungbluth ärgerte sich, weil er seinem Kollegen eingestehen musste, dass sich der von ihm favorisierte Weg als Sackgasse erwiesen hatte. Er war ganz froh, dass sich Bukowski nicht im Büro blicken ließ. Wahrscheinlich, vermutete Jungbluth, schlägt er sich wieder mit den Zeugen Jehovas herum.

Schon seit dem Morgen ging es dem Hauptkommissar schlecht. Sein Mund fühlte sich trocken an und immer wieder traten ihm Schweißperlen auf die Stirn. Für den Nachmittag hatte er einen Arzttermin und war bis dahin einfach nicht fähig, einen klaren Gedanken zu fassen.

Gegen Mittag, kurz bevor er das Präsidium verlassen wollte, meldete sich ein weiterer Bekannter des Ermordeten, ein Schauspieler, und behauptete, der Name des Toten auf dem Parkplatz sei Heym gewesen. Jungbluth notierte die Nummer und versprach, später zurückzurufen.

Im Wartezimmer saß er fast eine Stunde, was seiner nervösen Stimmung nicht gerade zuträglich war.

Der Arzt begrüßte ihn mit einem Überschwang an Freundlichkeit und Zuversicht. Jungbluth fand, dass seine Heiterkeit gespielt wirkte, und verdächtigte ihn sofort, etwas verheimlichen zu wollen.

»Sehen Sie?«, freute sich der Arzt. »Ich sagte Ihnen doch, dass Sie sich keine Sorgen machen müssen.«

»Wie soll ich das verstehen?«

»Jede diagnostische Methode hat ihre Tücken. In unserem Fall bedeutet das, dass man beim Ultraschall hin und wieder einen Schatten entdeckt an einer Stelle, wo in Wirklichkeit gar keiner ist.«

»Und was steckt dahinter?«

»Nichts. Eine technische Panne sozusagen. Aber das weiß man eben erst, wenn man es abgeklärt hat.«

Jungbluth blieb misstrauisch.

Der Arzt lächelte ermutigend. »Natürlich werden wir noch die eine oder andere Untersuchung machen müssen. Aber das ist nur, um sicherzugehen.«

Jungbluth fühlte sich nicht besser. Wenn der Arzt Recht hat, dachte er, warum habe ich dann diese Beschwerden? Ich merke doch, dass etwas nicht stimmt, und dieser Mann will mir das ausreden.

»Sie sollten nicht ständig über Ihre Beschwerden nachdenken«, riet der Mediziner. »Seien Sie wie immer, gehen Sie Ihrer Arbeit nach. Lassen Sie sich ablenken.«

»Ablenken?«

»Ja. Treiben Sie Sport, das kann nie schaden.«

Was soll ich von einem Arzt halten, der mich nur beschwichtigen will?, dachte Jungbluth. Wie schwer muss eine Krankheit sein, wenn ein Arzt es für besser hält, sie dem Patienten zu verschweigen und ihn stattdessen mit Banalitäten auf andere Gedanken zu bringen?

Nach dem Arztbesuch kehrte er nicht mehr ins Präsidium zurück. Er beschloss, das Wochenende dazu zu nutzen, sich angemessen zu erholen. Aber seine Stimmung wurde nicht besser. Eine Zeit lang überlegte er, Lisanne anzurufen, die zusammen mit Kunsthistorikern der Uni Köln in Südfrankreich mittelalterliche Architektur vor Ort studierte. Jungbluth hatte ihr nichts von seinen heimlichen Sorgen erzählt, weil er sie nicht damit belasten wollte. Doch jetzt nahm er ihr übel, dass sie nicht nachfragte, wie es ihm ging.

Er wählte ihre Nummer, aber Lisanne hatte ihr Handy nicht eingeschaltet.

Mehrmals an diesem Samstag dachte Jungbluth daran, auf Bukowskis Einladung zum Joggen zurückzukommen, aber er verwarf die Idee wieder. Bukowski konnte sich schließlich auch mal melden. Und wie aus Trotz gegen den ärztlichen Ratschlag verbrachte er die meiste Zeit vor dem Fernseher.

Er sah sich ein Gesundheitsmagazin an, das verschiedene chronische Krankheiten und ihre Symptome vorstellte. Es machte Jungbluth nicht klüger und schon gar nicht zufriedener. Im Gegenteil: Alle Krankheiten schienen, noch während sie im Fernsehen eingehend beschrieben wurden, auf mysteriöse Weise von ihm Besitz zu ergreifen. Dennoch verfolgte er die Sendung wie gebannt und brachte es nicht über sich umzuschalten, bevor der Abspann über den Bildschirm flimmerte.

Zufällig zappte er gleich darauf zu einer Talkshow, an der auch Tillmann Lukatsch teilnahm. Der Abgeordnete stritt mit zwei Vertretern anderer Parteien, die ihm vorwarfen, mit seiner Kampagne auf populistische Weise Front gegen religiöse Minderheiten zu machen und damit eine Glut anzufachen, die sich zu einem gesellschaftlichen Flächenbrand ausweiten könne.

Lukatsch parierte diese Vorwürfe auf professionelle und – wie Jungbluth ungern zugab – stellenweise sogar brillante Art und Weise. Er verwies darauf, dass jetzt auch die Kripo, die über den Vorwurf der religiösen Hetze erhaben sei, auf die so genannte Glaubensgemeinschaft der deutschen Johannisten aufmerksam geworden sei. Dies bestätige leider, was er schon lange und immer wieder betont habe. Recht zu behalten sei für ihn kein Anlass zur Zufriedenheit, sondern zu großer Sorge. »Im Übrigen«, sagte er abschließend, »halte ich es wie der alte Cato, der bekanntlich jeden seiner Auftritte im römischen Senat dazu nutzte, die Zerstörung Karthagos zu fordern, auch wenn man ihn deswegen belächelte. Auch ich gehöre nicht zu den Menschen, denen es etwas ausmacht, dafür belächelt zu werden, dass sie das Richtige sagen.«

Er kassierte Applaus.

Der alte Cato. Jungbluth erinnerte sich an den Lateinunterricht in der Schule: Cato war ein unbelehrbarer alter Mann gewesen, der nicht geruht hatte, bis die Großmacht Rom ihre längst besiegte Konkurrentin Karthago endgültig vernichtet hatte. Manche Leute, dachte Jungbluth, wähnen sich offenbar allein deshalb im Recht, weil sie anderen auf die Nerven gehen.

Am Sonntagmorgen entschloss er sich doch dazu, joggen zu gehen. Es war ein trüber Tag, wie geschaffen für Depressionen und Ehekräche. Draußen roch die Luft herbstlich, es war trocken und mild. Jungbluths Weg führte an einer Bäckerei vorbei, wo er Brötchen holte, dann stoppte er vor Bukowskis Haustür.

Er klingelte mehrmals, aber der Kollege öffnete nicht.

Na schön, dann nicht, dachte Jungbluth und machte sich wieder auf den Weg. Jetzt bist du dran.

Zum Wochenanfang war der Kommissar pünktlich im Präsidium. Cora Willeke war schon vor ihm da. Sie begrüßte ihn mit einem Lächeln und überreichte ihm einen Zettel mit einer Telefonnummer. »Ruf hier doch mal an.«

Jungbluth wedelte mit dem Zettel. »Das ist dieser Schauspieler, nicht wahr? Den habe ich ganz vergessen.«

»Nein. Das ist Kaspar. Diese Pfarrerin, die für Lukatsch arbeitet.«

»Aber die will doch bestimmt mit Bukowski sprechen.«

»Kann schon sein. Aber ich weiß nicht, wo der steckt. Ich dachte, du kannst mir das sagen.«

Jungbluth stand schon mit dem Hörer in der Hand in seinem Büro und wollte die Nummer wählen, da rief er sich die kleine, ständig rauchende Frau mit den goldenen Ohrsteckern ins Gedächtnis zurück. Eine skurrile Mitarbeiterin des alten Cato. Warum die Zeit damit verschwenden, sich mit ihr herumzuärgern? Sollte Bukowski das erledigen.

Es klopfte. Jungbluth legte den Hörer auf die Gabel zurück. »Herein«, sagte er.

Eine schlanke Frau um die fünfzig betrat den Raum. Sie hatte kurzes dunkelbraunes Haar mit einem Rotstich und Lippen in der gleichen Farbe. »Hauptkommissar Jungbluth?«, erkundigte sie sich.

Jungbluth bestätigte das mit einem Nicken. »Und wer sind Sie?«

Die Frau gab ihm die Hand. »Stöckel«, stellte sie sich vor. »Evelyn Stöckel vom *Rheinischen Morgen.* Sie bearbeiten doch den Fall des Toten auf der A 52?«

»Das ist richtig«, gab Jungbluth zu. »Aber ich glaube nicht, dass ich Ihnen dazu viel sagen werde, falls Sie das erwarten sollten.«

»Warum nicht? Weil Sie bisher nichts haben?«

»Weil wir in der Regel selbst den Zeitpunkt bestimmen, an dem wir die Presse informieren.«

Den Mund der Journalistin umspielte ein leicht spöttischer Zug. »Und wann wäre dieser Zeitpunkt?«

»Das werden wir Ihnen mitteilen, wenn es so weit ist.«

Frau Stöckel strich ihr Haar zurück und zog eine Schnute. Plötzlich entspannte sich ihr Gesicht. »Fangen wir noch einmal von vorn an«, schlug sie vor. »Darf ich mich setzen?«

Jungbluth wies auf den Drehstuhl vor seinem Schreibtisch. »Bitte.«

»Herr Kommissar, ich arbeite an einer Serie über Sekten in NRW. Vorgestern erwähnte Dr. Lukatsch, Abgeordneter im Landtag, dass sich die Kriminalpolizei für die *Johannistische Gemeinde Deutschlands* im Rahmen einer Ermittlung interessiert.«

»Von der Kripo Mönchengladbach war aber nicht die Rede.«

Evelyn Stöckel nickte beflissen. »Sie haben die Sendung also auch gesehen. Nun, dass es sich um die Mönchengladbacher Kripo handelt, lag erstens nahe und zweitens habe ich mir das von Herrn Lukatschs Pressesprecher ausdrücklich bestätigen lassen.«

»Und wenn ich Ihnen jetzt sage, dass Herr Lukatsch sich irrt? Dass dieses Interesse zwar für eine kurze Zeit bestand, die Ermittlung sich nun jedoch in eine andere Richtung bewegt?«

»Dann wäre ich Ihnen für Informationen außerordentlich dankbar, die diese kurze Zeit betreffen. Denn was die Johannisten angeht, ist der *Rheinische Morgen* sozusagen ein gebranntes Kind.«

Jungbluth lächelte säuerlich. »Ich glaube, wir verstehen uns nicht richtig. Warum sollte ich Ihnen etwas anvertrauen, das zu vage ist, um Information genannt zu werden? Damit setzt man nur falsche Verdächtigungen und haltlose Gerüchte in die Welt.«

»Also gut«, sagte Frau Stöckel. »Ich komme nicht mit leeren Händen. Immerhin könnte ich Ihnen im Gegenzug etwas über den unbekannten Toten erzählen.«

Jungbluth schüttelte den Kopf. »Wenn Sie etwas wissen, dann müssen Sie mir das sagen, andernfalls machen Sie sich strafbar«, belehrte er die Journalistin. »Das brauche ich Ihnen doch nicht zu erklären.«

»Nein. Aber es handelt sich nicht um eine konkrete Information«, sagte Evelyn Stöckel listig. »Dafür ist es zu vage, verstehen Sie?«

»Sie machen sich strafbar«, wiederholte Jungbluth, »wenn Sie nicht ...« Er holte Luft, weil ihm klar wurde, dass dieser Ton der falsche war. »Also gut«, sagte er versöhnlich. »Sie wissen, dass ich mit Ihnen nicht handeln darf. Wir unterhalten uns und ich verspreche, dass ich mich zu dem besagten Zeitpunkt an Ihre Kooperation erinnern werde.«

Damit schien die Journalistin zufrieden zu sein. »Ich habe diesen Mann schon einmal gesehen«, sagte sie. »Es ist ungefähr ein Jahr her. Er war bei uns im Verlagshaus.«

»Ein Jahr«, wiederholte Jungbluth skeptisch. »Sind Sie sich sicher, dass er es war?«

»Nein, nicht hundertprozentig. Aber als ich sein Engelsgesicht in der Zeitung sah, fiel mir der Besucher sofort wieder ein.«

»Was wollte er beim *Rheinischen Morgen?*«

»Das konnte ich leider nicht herauskriegen.« Evelyn Stöckel zuckte mit den Schultern. »Ich habe den Mann im Aufzug getroffen. Er hatte sich offenbar verirrt und wollte wissen, wo er Herrn Bergmann finden könnte. Ich habe ihm den Weg erklärt. Das war alles.«

»Bergmann? Also gut, fragen wir ihn.«

»Das habe ich bereits getan. Er erinnert sich nicht an das Gesicht.«

»Hat der Mann nicht erwähnt, was Bergmann von ihm wollte?«

Frau Stöckel schüttelte den Kopf.

»Erzählen Sie mir etwas über den Artikel, an dem Sie arbeiten«, bat Jungbluth. »Den über Sekten in Nordrhein-Westfalen.«

»Genauer gesagt handelt er von der Wechselwirkung bestimmter Sekten mit der Politik. Mir schwebt eine Art Bilanz vor. Vier Jahre sind seit dem mysteriösen Brandanschlag auf unsere Redaktionsräume vergangen. Damals wurde das Thema religiöser Fundamentalismus zum ersten Mal Wahlkampfthema.«

Jungbluth erinnerte sich dunkel, aber er fragte vorsichtshalber nach. »Der *Rheinische Morgen* war Ziel eines Anschlags?«

»Lukatsch hatte kurz zuvor ein Interview gegeben, in dem er die Johannisten scharf angriff. Wir hatten es gedruckt. Zwar wurden die Täter nie ermittelt, aber es sah sehr danach aus, dass die Brandstiftung sowohl Antwort als auch Warnung war.«

»Und Lukatsch wurde in den Landtag gewählt.«

»Kranach, ein Abgeordneter der Grünen, überspitzte die Sache damals, indem er orakelte, dieser Anschlag sei dem Kollegen Lukatsch wohl allzu recht gekommen.«

Jungbluth nickte. »Die Kranach-Affäre, ich erinnere mich.«

»Lukatsch bestand darauf, dass Kranach die Äußerung zurücknehmen sollte, und erreichte sein Ziel schließlich, indem er juristische Schritte einleitete.«

»Und seiner Kampagne ist er treu geblieben.«

»Allerdings«, bestätigte Evelyn Stöckel. »Im Frühjahr steht

die nächste Wahl an. Lukatsch ist inzwischen aufgestiegen. Er wird als neuer Generalsekretär gehandelt. Allerdings ist seine harte Linie in der eigenen Partei nicht unumstritten. Man fragt sich, warum er so einseitig auf das Sektenthema setzt. Viele finden, dass er zu stark polarisiert, und das hat ihm genauso viele Freunde wie Gegner eingebracht. Ganz abgesehen von der Konkurrenz, die im Vergleich zum letzten Mal viel besser dasteht.«

»Verstehe ich Sie richtig, dass Ihre Geschichte sich gar nicht so sehr mit Sekten beschäftigt als mit einem gewissen Politiker und seinem Wahlkampf?«

»Lukatsch ist so etwas wie eine graue Eminenz im *Rheinischen Morgen.* Das Blatt ist zwar überparteilich, aber es gibt gewisse Personen, die man nicht antastet. Das ist in jeder Zeitung so.«

»Trotzdem wollen Sie einen solchen Artikel schreiben? Der *Rheinische Morgen* ist schließlich Ihr Brötchengeber.«

Die Journalistin lächelte. »Ich bin für eine freie Presse, Herr Kommissar.«

»Sind Sie der Ansicht, dass Herr Lukatsch die Sektenfrage als bloßes Wahlkampfthema funktionalisiert?«

»Um mir darüber eine Meinung zu bilden, habe ich Sie aufgesucht. Sie sind bei der Polizei.«

»Wir haben uns ein wenig mit den Johannisten beschäftigt. Vielleicht hat Lukatsch Recht mit seinen Anschuldigungen, vielleicht nicht. Unser Interesse beschränkt sich darauf, einen Mordfall aufzuklären.«

Das Telefon klingelte. »Entschuldigen Sie«, sagte Jungbluth und nahm den Hörer ab. »Ja, bitte?«

»Hier ist Henni Kaspar.«

»Mein Kollege ist leider noch nicht im Haus.«

»Genau deswegen rufe ich an.«

»Wie darf ich das verstehen?«

Frau Stöckel verabschiedete sich mit einem Handzeichen und verschwand aus der Tür.

»Ich möchte Sie darüber informieren, wo er ist. Und wie Sie ihn erreichen können.«

Eine kurze Pause entstand, in der Jungbluth eine Ahnung beschlich, die er sofort wieder verwerfen wollte. Doch im selben Moment war ihm klar, dass er nur zwei und zwei zusammengezählt hatte und es nichts half, das Ergebnis zu ignorieren. Schließlich kannte er Carsten Bukowski gut.

»Jetzt sagen Sie bitte nicht, dass ...«, begann er drohend.

»Doch. Er befindet sich in der *Johannistischen Gemeinde.* Aber wir haben einen Treffpunkt außerhalb vereinbart.«

»Sie haben?« Jungbluth wurde wütend. »Wie konnten Sie ihn nur in diese Klemme bringen, Sie und dieser saubere Herr Abgeordnete? Was haben Sie sich dabei gedacht? Carsten ist völlig auf sich allein gestellt! Alles, was er von uns zu erwarten hat, ist ein Disziplinarverfahren!«

»Es war seine eigene Entscheidung.«

»Darauf wette ich!«, schnaubte der Hauptkommissar. »Sie haben wahrscheinlich alles getan, ihn davon abzubringen.«

»Das habe ich nicht gesagt.«

»Eben, das haben Sie nicht! Im Gegenteil, Sie haben ihm Ihre Logistik und Ihr wertvolles Know-how zur Verfügung gestellt, denn ohne das hätte er diese Infiltration ja wohl vergessen können.«

»Bitte, Herr Kommissar. Er bestand darauf.«

Jungbluth spürte, dass der Ärger ihn mit sich fortzureißen drohte. Er beherrschte sich, indem er sich klar machte, dass sein Freund ein erwachsener Mensch war. Carsten, nicht diese Frau, war derjenige, dem er Vorwürfe machen musste. Bukowski hatte wieder einmal getan, was er für richtig hielt, ohne sich um die Folgen zu scheren, das war im Grunde nichts Neues. Lukatsch mitsamt seiner Pfarrerin wären die Letzten gewesen, die ihn davon hätten abhalten können, selbst wenn sie es gewollt hätten.

»Er hätte diesen Schritt auch ohne uns getan«, gab Frau Kaspar zu bedenken. Jungbluth hörte über das Telefon, wie sie inhalierte. »Unter diesen Umständen hielt ich es für angebracht, dass wir ihn unterstützen.«

»Ja, ja«, blaffte Jungbluth und atmete durch. »Also, was ist das für ein Treffpunkt?«

»Es handelt sich um eine Bank an einer Wegkreuzung, nicht weit vom Anwesen der Sekte entfernt.«

»Eine Bank«, höhnte der Kommissar. »Wirklich, ein todsicherer Treffpunkt! Da kann uns ja niemand beobachten!«

»Sie ist gut mit dem Pkw zu erreichen. Herr Bukowski wird dort heute zwischen achtzehn und neunzehn Uhr warten. Es wäre das Beste, wenn er in Ihren Wagen zusteigt.«

»Wird man ihn bei den Johannisten nicht vermissen?«

»In dieser Stunde ist Wüstenzeit. Die Mitglieder der Sekte ziehen sich dann zur Meditation und zum Schweigen zurück. Nicht weit von den Wohnbaracken entfernt befindet sich eine kleine Lücke im Zaun, durch die man sich unbemerkt entfernen kann.«

»Woher wissen Sie das alles?«

»Wir haben vieles recherchiert, ohne das Wissen bis jetzt verwerten zu können.«

»Sie meinen, bis heute haben Sie keinen Dummen gefunden, der dazu bereit gewesen wäre.«

»Ich sagte doch schon, dass …«

»Wo genau steht diese Bank?«

»Ich werde Ihnen sofort einen genauen Plan zufaxen.«

»Tun Sie das«, sagte Jungbluth und legte auf.

Eine Weile starrte er das Telefon an, während er fieberhaft überlegte, wie er Bukowski den fälligen Ärger ersparen konnte. Wie brachte er Cora Willeke dazu, die Angelegenheit unter dem Deckel zu halten und so zu tun, als verlaufe die Ermittlung im abgesprochenen Rahmen? Sollte es mir gelingen, dachte er, dir den Ärger zu ersparen, dann wirst du ihn von mir bekommen, sobald die Sache ausgestanden ist, so viel ist sicher.

Das Telefon klingelte erneut.

»Was ist denn noch?«, meldete er sich sauer.

»Hier ist Wintzen«, sagte eine hohe männliche Stimme. »Jo Wintzen. Ihre Kollegin hat mich wegen dieser Sache zu Ihnen durchgestellt.«

»Wegen welcher Sache?«

»Mit dem Toten auf der Autobahn. Ich kenne den Mann. Er heißt Heym. Ottmar Heym.«

»Sind Sie sich sicher oder vermuten Sie das bloß?«, fragte Jungbluth kühl.

»So sicher, wie man sein kann, wenn man seinen Freund tot sieht.«

»Sie sind Schauspieler?«

»Allerdings. Genau wie Otti. Wir beide waren Freunde und Kollegen.«

»Haben Sie ihn nicht vermisst?«, wunderte sich Jungbluth. »Ich meine, warum melden Sie sich jetzt erst?«

»Wir haben uns schließlich nicht jeden Tag gesehen.«

»Demnach arbeiten Sie nicht zusammen?«

»Tja, das kommt darauf an. In der letzten Zeit nicht mehr so oft.«

»Wann war denn das letzte Mal?«

»Die Zeiten sind nicht die besten, Herr Kommissar. Wir alle sind davon betroffen. Das letzte Mal war, sagen wir, vor einem halben Jahr oder so. Ein Werbedreh für Haarshampoo. Ich sag immer: Hollywood ist was anderes.«

»Und seitdem haben Sie Herrn Heym nicht mehr gesehen?«

»Nee, das ist schon länger her.«

»Aber gerade sagten Sie doch, Sie hätten diesen Werbespot …«

»Der Shampoodreh war mein Job. Otti hatte schon länger kein Engagement mehr. Er hatte mal ein Angebot als Jesus in einem Fernsehfilm, hat er jedenfalls behauptet. Aber da ist dann wohl doch nichts draus geworden.«

»Also wann haben Sie Herrn Heym zum letzten Mal gesehen?«

»Anfang des Jahres. Ich glaube, das war kurz vor Karneval. Da hat er mich zur Pizza eingeladen und damit geprahlt, dass er jetzt endlich einen lukrativen Job habe. Ich habe ihm noch gratuliert. Tja, und das war's dann.«

»Hat er gesagt, was das für ein Job war?«

»Nee. Topsecret, hat er gesagt. Es war nichts aus ihm herauszukriegen.«

»Können Sie mir etwas über ihn erzählen? Was war er für ein Mensch?«

»Als Künstler hat man ihn unterschätzt, das steht fest. Der konnte so manchen an die Wand spielen, aber man hat ihm ja keine Gelegenheit dazu gegeben. Ich verstehe nicht, warum.«

»Und als Mensch?«

»Darauf will ich ja gerade hinaus. Ich sag immer, es gibt zwei Sorten von Menschen: Die einen echauffieren sich, was das Zeug hält, aber keine Sau nimmt Notiz davon. Und die anderen stehen nur zwei Minuten irgendwo herum und sind schon von Fans umringt. Otti Heym war einer von den Letzteren. Er konnte die Leute um den kleinen Finger wickeln. Keine Ahnung, wie er das angestellt hat. Aber viel genützt hat es ihm nicht.«

»Vielen Dank, Herr …«

»Wintzen. Jo Wintzen.«

»Natürlich müssen Sie noch herkommen, um den Toten zu identifizieren. Und Ihre Aussage schriftlich zu Protokoll geben.«

»Nee, wirklich? Ich dachte, ich könnte mir den Weg sparen. Neuerdings wohne ich in Neuss, wissen Sie. Vielleicht bekomme ich demnächst ein Engagement am Rheinischen Landestheater.«

»Es gibt nun mal Spielregeln.« Jungbluth wollte schon auflegen. »Noch etwas, Herr Wintzen: War Herr Heym religiös?«

»Religiös? Wie meinen Sie das?«

»War er fromm, fanatisch? Gehörte er einer Sekte an?«

»Nicht dass ich wüsste. Warum? Ach, Sie meinen, weil er mal den Jesus spielen sollte? Glauben Sie mir, das war rein beruflich. Er gehörte nicht zu denen, die sich die Rollen aussuchen können. Otti hätte auch Charles Manson gespielt, wenn man es ihm angeboten hätte.«

17

»Fanatiker glauben an nichts«, hatte Henni Kaspar gesagt. »Verabschieden Sie sich von der Vorstellung, dass Sie es mit frommen Menschen zu tun haben. Im Inneren dieser Leute herrscht absolute Leere, eine Art psychisches Vakuum. Ihre Haut ist dünn und zum Zerreißen gespannt. Schon der kleinste Kratzer und sie implodieren förmlich.«

Es war kühl.

Hauptkommissar Bukowski hockte auf einer niedrigen Bank, die vor einer grau gestrichenen Holzbaracke stand, und schlug den Kragen seiner Jacke hoch. Links von ihm befanden sich eine Scheune und ein Kuhstall. Bukowski blickte auf einen rechteckigen Rasenplatz, der ungefähr halb so groß wie ein Fußballfeld war. In der Mitte ragte ein zirka drei Meter hohes Kreuz auf, das aus zwei ungehobelten Holzbalken gezimmert war. Es erinnerte Bukowski an einen Film über den Ku-Klux-Klan, den er einmal gesehen hatte. Gegenüber und seitlich des Platzes standen, in herbstlichen Dunst gehüllt, drei weitere Baracken, eine in Grau, die anderen beiden in Grün. Hin und wieder eilte einer der Bewohner des Camps in einem albern wirkenden weißen Gewand über den Rasen.

Wenn der Himmel so aussieht, dachte Bukowski, dann hoffe ich sehr, dass wenigstens das Essen gut ist.

Er wartete.

Etwas abseits von ihm stand die junge Frau, die er vor der

Zudringlichkeit des Pöbels bewahrt hatte. Immer, wenn sie glaubte, dass er nicht hinsah, musterte sie ihn mit einem schnellen Blick. Der Hauptkommissar fragte sich, ob sie die Aufgabe hatte, ihn zu bewachen. Außerdem fragte er sich mittlerweile, was er mit dieser Aktion bezweckte.

Dirk wird schäumen vor Wut, dachte er. Nicht so wie andere, die herumbrüllen und Türen knallen. Er wird am Fenster stehen und aussehen, als ob er ein Loch in den Himmel starren will, während er mit der rechten Faust einen seiner Zettel in der Hosentasche zerknüllt.

Man konnte ihm nicht verdenken, dass er sauer war.

Dabei war die Aktion nicht schlecht angelaufen. Der von Frau Kaspar engagierte Schlägertrupp hatte überzeugende Arbeit geleistet und dem Kommissar die Gelegenheit gegeben, sich von einem zufälligen Zaungast in einen beherzten Kämpfer für die richtige Sache zu verwandeln. Seine effektvolle Schramme am Kopf hatte ihm schließlich das Tor in den inneren Bereich der Sekte geöffnet.

»Treten Sie nicht auf wie jemand, der weiß, was er will«, hatte ihm die Pfarrerin geraten. »Damit stoßen Sie diese Menschen ab. Sie müssen haltlos wirken, wie eine verirrte Seele, die darauf brennt, das Richtige zu tun, wenn ihr nur jemand sagen würde, worin es besteht. Versuchen Sie erst gar nicht, einen frommen Eindruck zu machen.«

Bukowski hatte sich um Haltlosigkeit bemüht. Er war erleichtert, dass er nicht den Gläubigen spielen musste, denn in dieser Rolle wäre er bestimmt durchgefallen. Negative Gefühle fielen ihm leichter. Enttäuscht zu sein von der Welt und ihren Phrasen, vielleicht ein bisschen zynisch. So wie der Mann, den sie Joab nannten und der in Wirklichkeit ein ehemaliger Neonazi namens Decker war.

Natürlich misstraute er Bukowski. Nachdem Joab sich für die Hilfe während der Schlägerei bedankt hatte, begann er, den Neuankömmling auf ziemlich plumpe Art über seine Vergangenheit auszuhorchen.

Der Hauptkommissar hatte herumgedruckst, dass er in keinerlei bürgerlichen Verhältnissen lebe und daran auch nicht interessiert sei. Auf genauere Fragen hatte er ausweichend geantwortet, wie einer, der sich schämt, seine kriminelle Vergangenheit preiszugeben. Ein solches Auftreten fiel Bukowski nicht schwer, er kannte genug Vorbilder. Und im Großen und Ganzen hatte er das Gefühl, dass es ihm gelungen war, Deckers Misstrauen zu besänftigen.

Bukowski passte einen der Blicke des Mädchens ab, um es anzusprechen. »Wie ist dein Name?«

»Rebekka.«

»Rebekka«, wiederholte er. »Danke für das Asyl.« Er befühlte die Schramme am Kopf. »Und für das Pflaster.«

Ein kurzes, schüchternes Lächeln huschte über ihr Gesicht. »Sie haben uns geholfen.«

Bukowski schätzte sie auf Anfang, vielleicht Mitte zwanzig. Ein Kind, das leicht zu verängstigen war. Und leicht zu begeistern. »Diese Jungs wussten es nicht besser«, sagte er.

Rebekka schüttelte energisch den Kopf. »Sie wissen gar nichts«, sagte sie leise. Sie flüsterte fast.

Bukowski erhob sich von der Bank und trat auf sie zu, doch sie wich zurück.

»Der Mann, der euch in die Stadt gefahren hat, nennt sich Joab?«, erkundigte er sich vorsichtig. »Einen solchen Namen habe ich noch nie gehört.«

»Es ist ein biblischer Name«, hauchte Rebekka. Sie hielt den Kopf leicht nach vorn gebeugt, sodass ihr langes blondes Haar das Gesicht wie ein Vorhang verhüllte. »Viele nehmen solche Namen an, sobald sie zu uns gehören. Sie lassen ihren alten Namen zurück zum Zeichen, dass sie ihr gewohntes Leben zurücklassen.«

»Ist Rebekka auch ein Name aus der Bibel?«

Die junge Frau nickte, dann schüttelte sie den Kopf und ließ ihr Haar hin- und herwedeln. »Es wird nicht von uns verlangt«, erklärte sie. »Es ist nur … ein Zeichen.«

»Verstehe. So ein Zeichen wäre wohl auch das Richtige für mich.«

»Es bleibt aber nicht nur bei dem Namen. Du lässt auch deinen Besitz zurück, deine ganze Habe. Nur dann kannst du den Himmel erlangen.«

Vom Rasenplatz her näherte sich eine Gruppe von Menschen. Alle waren weiß gekleidet, bis auf Joab und eine kleine schlanke Gestalt in einem schwarzen Gewand. Das musste Renata alias Rosa van Ackeren sein.

Sie war schätzungsweise Mitte dreißig, hatte kurzes rötliches Haar und eine mädchenhafte, zerbrechliche Figur. Als sie Bukowski erreicht hatte, trat sie ihm gegenüber und musterte ihn mit einem ziemlich kalten Blick.

Der Hauptkommissar hatte eine starke Frau erwartet, eine Art Mutterfigur, die schwache und labile Menschen anzog, weil die sich von ihr Schutz und ein besseres Selbstgefühl versprachen. Nicht so einen unauffälligen, in sich gekehrten Typ. Er versuchte, sich die so genannte Evangelistin als Kind vorzustellen, und sah ein scheues unscheinbares Mädchen vor sich. Es hatte viel Zeit in seinem Zimmer verbracht, wo es Fingernägel kauend Bücher verschlungen hatte, während seine Altersgenossen draußen auf der Straße spielten. Offenbar übte eine bestimmte Art von Schutzbedürftigkeit Anziehungskraft auf Menschen aus.

»Ich bin Jakob«, stellte sich der Mann an der Seite der Schwarzgekleideten vor. Er war Ende vierzig, hatte einen Bart und das Gesicht eines Menschen, dessen Ehrgeiz es war, andere zu verstehen. Ein Mann mit Jesus-Appeal.

»Vielen Dank für eure Gastfreundschaft, Jakob«, sagte Bukowski.

Der nach wie vor gleichgültige Blick der Evangelistin ließ ihn erneut an seinem Vorhaben zweifeln. So sehr konnte er sich nicht verstellen, dass diese durchgeknallten Religionsfreaks ihm ein Gotteserlebnis abkauften. Und wenn doch, würde er die Religionsnummer weiterspielen müssen und vielleicht tagelang keine Zigarette mehr rauchen können. »Ich werde mich dann mal auf den Weg machen.«

»Wohin wirst du gehen?«

»Weiß nicht.« Bukowski zuckte mit den Schultern. »Passt auf euch auf und lasst euch nicht vermöbeln.«

»Warum bleibst du nicht bei uns?«

»Vielleicht weil mir Gott noch nicht begegnet ist.«

»Dennoch stelltest du dich auf seine Seite.«

»Ich konnte Halbstarke mit Bierdosen in der Hand noch nie leiden.«

»Es steht geschrieben, wer nicht für mich ist, ist gegen mich«, mischte sich Renata, die Evangelistin, ein. Sie hatte eine helle, fast kindliche Stimme. »Demnach stehst du auf unserer Seite. Was hast du mit denen draußen zu schaffen?«

»Nichts«, gab Bukowski zur Antwort. Wer hätte das gedacht?, wunderte er sich. Man muss ihnen nur die kalte Schulter zeigen, dann kommt man ihnen näher.

»Der Hass und das Unverständnis der Welt nehmen zu«, erklärte Jakob. »Wir haben ihnen nichts getan, aber sie greifen uns an, dringen in unsere Gemeinde ein und schlagen uns.«

»Warum hören sie uns nicht zu?«, fragte Decker. »Warum lassen sie uns nicht zu Wort kommen?«

»Wir haben mit Engelszungen geredet«, fügte die Frau im schwarzen Umhang hinzu, »aber sie haben nicht gehört. Es ist an uns, eine Sprache zu sprechen, die sie verstehen. Eine Sprache der Taten, nicht der Worte. Sonst werden sie nicht gerettet.«

»Ich bin nicht sicher, ob ich diese Sprache spreche«, meinte Bukowski.

Der Geruch nach Heu und Kuhmist wehte von der Scheune herüber.

Auch die scheue Rebekka gesellte sich jetzt zu ihnen. »Eine Welt, die sich taub geredet und blind gegafft hat«, zitierte sie mit leuchtendem, in die Ferne gerichtetem Blick, »braucht

Zeichen, die laut genug sind, dass die Gehörlosen lauschen, und grell genug, dass die Blinden hinsehen.«

Rosa van Ackeren nickte. »Mit diesen Worten hat es Joschua ausgedrückt«, sagte sie.

»Wer ist Joschua?«, fragte Bukowski.

18

Eine von Cora Willekes Stärken im Umgang mit anderen Menschen beruhte auf ihrer Begabung, gute Stimmung zu verbreiten. Natürlich hatte auch sie ihre schlechten Tage, aber man merkte es ihr nicht so an. Vielleicht hinderte sie diese Abgeklärtheit daran, Jungbluth zu glauben, dass die Nachricht von Bukowskis Alleingang kein Scherz war. Erst nachdem der Hauptkommissar es ihr zum zweiten Mal erläutert hatte, verschwand das gutgläubige Lächeln von ihrem Gesicht.

»Ich fasse es nicht. Ich fasse es einfach nicht«, wiederholte sie einige Male kopfschüttelnd, während sie nervös einen Bleistift in ihren Händen drehte.

Sie saßen in Coras Büro. Ein Kollege steckte den Kopf zur Tür herein und zog ihn wieder zurück, als er den finsteren Blick der Hauptkommissarin bemerkte.

»Carsten denkt immer erst nach, nachdem er gehandelt hat«, erläuterte Jungbluth lustlos. »So ist er nun einmal.« Beim Mittagessen war er noch fest entschlossen gewesen, Bukowskis verdeckte Ermittlertätigkeit vorerst für sich zu behalten und die Entwicklung abzuwarten. Er hatte Cora lediglich über sein Telefonat mit Wintzen informiert. Erst zwei Stunden später war ihm klar geworden, dass er Bukowski sowieso nicht lange würde decken können.

»Na schön.« Willeke stand abrupt von ihrem Stuhl auf. »Eigentlich haben wir mit seiner Aktion nichts zu tun«, sagte sie kalt. »Was der Kollege Bukowski in seiner Freizeit so treibt, ist schließlich seine Privatsache. Ob er eine Krankmeldung nachschiebt oder Urlaub beantragt, soll er mit der Personalstelle klären.«

»So siehst du das also.«

»Wie denn sonst?«

»Wenn es stimmt, was diese Pfarrerin sagt, spielt er ein ziemlich riskantes Spiel.«

»So, und warum?« Willeke warf den Bleistift auf den Tisch. »Was soll das Ganze? Was hat er sich dabei gedacht?«

»Was Sekten angeht, reagiert er in letzter Zeit etwas empfindlich.«

»Empfindlich! Nein, Dirk, das ist nicht empfindlich. Er hat einfach nur dämlich reagiert. Für wen hält er sich? Für Schimanski oder was?«

»Du hast ja Recht«, räumte Jungbluth ein. »Aber die Frage ist, was wir jetzt tun.«

»Nichts tun wir. Überhaupt nichts. Das ist seine Suppe, die soll er gefälligst auch allein auslöffeln.«

»Falls etwas schief geht, könnte es sehr schnell unsere werden.«

Cora Willeke antwortete nicht. Sie ließ sich wieder auf ihren Schreibtischstuhl fallen, nahm den Bleistift und kaute mürrisch darauf herum. Ihre gute Laune war endgültig dahin.

Jungbluth erhob sich.

»Wenn ich mir vorstelle, Bukowski wäre mein Freund«, mutmaßte die Hauptkommissarin, »dann hätte ich die Sache vielleicht mit ihm abgesprochen.«

»Abgespochen? Was meinst du damit?«

»Einer zieht die Sache durch und der andere spielt den Ahnungslosen, der aus allen Wolken fällt. Damit hält er seinem Kollegen den Rücken frei.«

»Ich wüsste nicht, wie und warum ich Carsten den Rücken freihalten sollte ...« Jungbluth war sauer. Nicht Coras Unterstellung ärgerte ihn, sondern die Tatsache, dass Bukowski offenkundig keinerlei Gedanken daran verschwendet hatte, ihn in sein Vorhaben einzubeziehen.

»Jedenfalls haben wir nur eine Chance«, sagte Willeke. »Wir müssen den Fall möglichst schnell aufklären. Guido ist noch knapp eine Woche weg, bis dahin haben wir Zeit. Für die anderen schiebt Kollege Bukowski normalen Dienst. Nur wir beide wissen von seiner Sondernummer.«

»Ich werde ihn heute treffen.«

»Wie willst du das anstellen?«

»Frau Kaspar hat mit Carsten einen Treffpunkt verabredet. Er wird auf einer Bank auf mich warten. Ich werde ihn dazu bringen, die Sache abzubrechen.«

Cora nickte bedächtig und knabberte wieder an ihrem Stift. »Vielleicht findet er ja auch etwas heraus.«

»Was sollte er herausfinden?«, wunderte sich Jungbluth. »Jetzt, wo wir wissen, wer der Tote ist, müssen wir sein Umfeld abgrasen. Diese Sekte jedenfalls hat nichts mehr mit dem Fall zu tun.«

»Vielleicht nicht«, sagte die Kommissarin zögernd. »Vielleicht aber doch.« Sie kramte auf ihrem Schreibtisch und schob Jungbluth zwei Computerausdrucke zu. »Ich habe inzwischen die üblichen Quellen angezapft.«

»Welche Quellen?«

»Ottmar Heym, Gelegenheitsschauspieler. Zweiunddreißig Jahre alt, ledig. Die Recherchen in seinem Umfeld werden nicht viel ergeben, weil er sich nie lange an einem Ort aufgehalten hat. Übrigens stammt er aus gutem Hause: Sein Vater war Richter und die Mutter Verlegerin, wohnhaft in Berlin. Beide sind inzwischen verstorben.«

»Also keine Angehörigen?«

»Er hat eine Schwester, die ist allerdings über zehn Jahre älter. Er pflegt seit Jahren keinen Kontakt mehr mit ihr.« Cora zeigte auf die entsprechende Stelle in dem Ausdruck. »Und jetzt kommt's: Heym war Mitglied einer Sekte. Das hat ihn hierher verschlagen.«

Jungbluth überflog das Dossier. »Aber das ist eine Weile her«, sagte er.

»1998. Die *Kinder des Lichts* waren eine Mixtur aus ökologischen Fundis und Möchtegernblumenkindern. Sie hatten sich auf dem Land niedergelassen, so wie unsere Johannistenbrüder. Nur nicht hier, sondern in der Nähe von Mittelagger, das ist mitten im Bergischen Land. Hast du nie von ihnen gehört?«

»Nicht dass ich wüsste.«

»Ich kann mich noch vage an die Geschichte erinnern. Es gab Ermittlungen der Polizei wegen angeblicher internationaler Drogengeschäfte. Sogar das BKA war daran beteiligt. Schließlich wurden einige der führenden Mitglieder verhaftet. Zwei setzten sich vorher ab, vermutlich ins Ausland. Knapp einen Monat später beging der Rest der Sekte kollektiv Selbstmord. Es waren immerhin über hundert Menschen. Einer erschoss den anderen in einer vorher festgelegten Reihenfolge und der Letzte erschoss sich selbst.«

»Warum? Wegen dieser Verhaftungen?«

»Darüber ist viel spekuliert worden, aber soviel ich weiß, hat man das nie klären können. Die Sache ist damals ausführlich durch die Medien gegangen. Eine Woche lang wurde intensiv darüber debattiert, ob man bei einem durch psychischen Zwang herbeigeführten Suizid nicht eigentlich von Mord sprechen müsse.«

Jungbluth versuchte nachzuvollziehen, was einen dazu bringen konnte, sich zusammen mit anderen das Leben zu nehmen. Den Selbstmord als liturgisches Ritual zu begehen. Aber das war die falsche Frage. Diese Leute hatten ihre Eigenständigkeit lange vorher aufgegeben, sodass von einem Handlungsmotiv nicht mehr die Rede sein konnte. Jungbluth verstand nicht, wie sich Bukowski in eine solch kranke Welt wagen konnte. »Wieso überlebte dieser Heym?«, fragte er.

»Weil er wenige Tage nach dem Polizeizugriff die *Kinder des Lichts* verließ. Er gehörte fast zwei Jahre zum engeren

Zirkel und kriegte kurz vor dem freiwilligen Gemetzel plötzlich die Kurve. Ein eigenartiger Zufall, nicht wahr?«

»Dann ist er wohl gerade noch rechtzeitig zur Vernunft gekommen.« Jungbluth überlegte. »Ottmar Heym war also Mitglied einer Sekte und ist ausgetreten. Das bedeutet aber nicht, dass er etwas mit den Johannisten zu tun hat.«

»Ich bin mir ja auch nicht sicher, es ist nur so ein Gefühl. Abgesehen davon, wenn Carsten jetzt schon mal da ist, dann kann er vielleicht auch ein bisschen Licht in die Sache bringen, meinst du nicht?«

Gegen halb vier nachmittags hatte Jo Wintzen den Toten als Ottmar Heym identifiziert und fand sich in Jungbluths Büro ein, um seine Aussage schriftlich zu Protokoll zu geben. Inzwischen hatte es aufgeklart und die Sonne schien. Jungbluth öffnete das Fenster seines Büros, um frische Luft hereinzulassen. Es wurde schnell kalt im Raum. In der kommenden Nacht würden die Temperaturen unter null rutschen.

Jo Wintzen war ein kleiner dicker Mann, der vergeblich versuchte, seine spärliche Haarpracht wie eine Künstlermähne aussehen zu lassen.

»Sie haben mir am Telefon erklärt«, sagte Jungbluth, »dass Ihr Freund mit Frömmigkeit nichts am Hut hatte.«

Der Schauspieler nickte. »Exakt.«

»Offenbar haben Sie ihn, was diesen Punkt angeht, doch nicht so gut gekannt.«

»Wie meinen Sie das denn?« Wintzen grinste. »Jetzt sagen Sie bloß, Otti ist als Kind Ministrant gewesen.«

»Er gehörte einer obskuren Sekte namens *Kinder des Lichts* an.«

Wintzens Überraschung schien nicht gespielt zu sein. »Wann soll denn das gewesen sein?«, erkundigte er sich ungläubig.

»Von 1996 bis 98.«

»Ach so.« Wintzen breitete theatralisch die Arme aus. »Ja,

dann ist die Sache klar. Damals kannten wir uns nämlich noch gar nicht.«

»Wann haben Sie Herrn Heym denn kennen gelernt?«

»Lassen Sie mich mal überlegen, Herr Kommissar ...« Der Schauspieler kratzte geräuschvoll die kahle Stelle auf seinem Schädel. »Wir sind uns bei einem Casting über den Weg gelaufen. Wie hieß denn das Stück noch ... das war so ein Schwank, keine berühmte Sache. Und wir haben den Job dann beide nicht gekriegt.« Plötzlich hob er den Zeigefinger. »Jetzt weiß ich's wieder«, sagte er. »Kurz vor dem Jahrtausendwechsel war das. Das Stück hatte irgendwie damit zu tun. Alle redeten davon, dass die Computer von einer Sekunde auf die andere schlappmachen würden, aber dann wurde doch nichts draus.«

»Also Ende 1999«, stellte Jungbluth fest. »Hat er niemals etwas über seine Vergangenheit erzählt?«

»Nee. Fragen Sie mich nicht, warum. Vielleicht wollte er nicht darüber reden. Mit solchen Sekten ist das ja immer 'ne Sache für sich. Aber so gesehen, hab ich ihn auch nicht danach gefragt.«

»Hat er einmal erwähnt, dass er für eine Zeitung schreiben wolle?«

Wintzen glotzte Jungbluth begriffsstutzig an.

»Oder ein Interview geben?«

»Was Sie sich so vorstellen, Herr Kommissar! Der gute Otti und ein Interview? Alle denken immer an Robert Redford, wenn sie hören, dass einer Schauspieler ist, aber schön wär's, das kann ich Ihnen sagen.« Der kleine Mann schüttelte enttäuscht den Kopf. »Für unsereins, Herr Kommissar, interessiert sich keine Sau.«

Jungbluth fiel es immer noch schwer, sich ein Bild von dem Ermordeten zu machen, der aller Wahrscheinlichkeit nach Ottmar Heym geheißen hatte. Sicher schien zu sein, dass er gut ausgesehen hatte. Vielleicht hatte er sich deshalb dazu verleiten lassen, eine Karriere als Schauspieler anzustreben. Ein junger Mann aus gutem Hause, seit seiner Kindheit daran gewöhnt, dass sich die Welt nur um ihn drehte, und der schnell die Lust an etwas verlor, wenn es nicht nach seinem Willen ging. Was hatte ihn in die Sekte getrieben? Das Gefühl existenzieller Langeweile? Der Kick, an etwas Verrücktes zu glauben, seine Eltern schockieren zu können? Oder war es die ernüchternde Erfahrung, dass Aussehen allein ihn nicht zum Schauspieler machte, sodass er mit Nebenrollen auf Provinzbühnen und in Werbespots ein unspektakuläres Dasein fristen musste?

Spekulationen. Heym konnte genauso gut ein strebsamer junger Mann gewesen sein, den naive Gutgläubigkeit zu den *Kindern des Lichts* geführt hatte und der trotz seines Aussehens keinen Erfolg als Schauspieler gehabt hatte.

Jungbluth verfügte noch über zu wenig Steine, um auf das fertige Puzzle schließen zu können. Gesicherte Tatsachen wie die, dass man Heym auf dem Autobahnparkplatz Wolfskull an der A 52 aufgefunden hatte. Bis jetzt wussten sie nicht einmal, wo er ermordet worden war.

Aber es gab noch einen Hinweis: Heym war eines Tages in der Redaktion einer Zeitung gesehen worden, wo er angeblich einen Termin mit einem Herrn Bergmann gehabt hatte, der davon aber nichts wissen wollte.

Eine Viertelstunde nachdem er Wintzen verabschiedet hatte, wählte Jungbluth die Nummer des *Rheinischen Morgen,* landete in der Zentrale und ließ sich mit Bergmann verbinden. Nach mehreren vergeblichen Versuchen wurde er endlich durchgestellt.

Leider sagte Bergmann der Name Heym tatsächlich nicht das Geringste. Er betonte jedoch in den knappen zwei Minuten, die das Telefonat dauerte, mindestens vier Mal, wie viel Arbeit er um die Ohren habe und dass er wahrhaftig Wichtigeres behalten müsse als irgendwelche Namen. Es stellte sich heraus, dass er sich nicht einmal mehr daran erinnerte, dass Frau Stöckel ihn nach dem Besucher gefragt hatte.

»Trotzdem danke für Ihre Hilfe«, sagte Jungbluth. Dann rief er die Journalistin an. Aber auch sie konnte mit dem Namen des toten Schauspielers nichts anfangen. Dafür versprach sie, Jungbluth eine Kopie des Lukatsch-Interviews zu faxen.

Wenige Minuten später hielt der Hauptkommissar den Faxausdruck in den Händen.

Er überflog die Seiten. Schon nach ein paar Sätzen verlor er das Interesse, weil Lukatschs Statement allzu sehr dem aus dem Fernsehen glich. Wieder einmal beschwor der Abgeordnete die fundamentalistische Bedrohung direkt vor den Augen der Bürger, die gerade deshalb gefährlich sei, weil keiner hinsehen wolle. Man sei schockiert über Gewalt und Blutvergießen in der Welt und weigere sich zu glauben, dass sich Ähnliches hier mitten in der alltäglichen Wirklichkeit abspielen könne.

»Der Kampf gegen Extremismus«, hatte er schließlich mit dem üblichen Politikerpathos formuliert, »geht uns alle an, wenn auch nur wenige ihn führen. Ich gehöre zu den wenigen. Doch die Werte, die ich verteidige, gehören allen. Man darf nicht darauf warten, dass die Fanatiker unsere freie Presse in die Luft sprengen, bis man endlich etwas unternimmt.«

Vier Tage später hatte es im Haus des *Rheinischen Morgen* gebrannt.

Jungbluth konnte den Abgeordneten Kranach verstehen. Wenn man Lukatschs Äußerungen an dem maß, was sich kurz darauf ereignet hatte, war die Idee, dass er über hellseherische Fähigkeiten verfügte, nicht ganz abwegig.

Um zehn vor fünf wartete Jungbluth immer noch auf die Wegbeschreibung für den Treffpunkt mit Bukowski. Ein letztes Mal wählte er Frau Kaspars Nummer, aber sie meldete sich nicht. Er entschloss sich schließlich, Lukatsch einen Besuch abzustatten. Vielleicht hatte er Glück und würde die Pfarrerin dort antreffen.

Als er von der Straße in den Kiesweg einbog, der zum Haus führte, verwehrte ihm ein Stahltor, das ihm beim letzten Mal nicht aufgefallen war, die Weiterfahrt. Jungbluth stieg aus dem Wagen und betätigte eine Klingel, wobei ihn eine seitlich des Tors angebrachte Kamera beobachtete.

Das Tor öffnete sich einen Spalt. Zwei junge Männer in dunklen Anzügen traten auf ihn zu.

»Jungbluth«, stellte sich der Hauptkommissar vor. »Kripo Mönchengladbach.«

»Einen Moment«, antwortete der eine der beiden, begutachtete den Polizeiausweis und reichte ihn an seinen Kollegen weiter, der zur Seite trat und in ein Funkgerät sprach. »Haben Sie einen Termin mit dem Herrn Abgeordneten?«

»Ich ermittele in einem Mordfall«, sagte Jungbluth. Er trat vor und klaubte dem zweiten Wachmann seinen Ausweis aus der Hand. »Es ist dringend. Herr Lukatsch kennt mich.«

Jungbluth stieg wieder ins Auto und wartete.

Endlich winkte ihm der mit dem Funkgerät zu.

Die beiden Torflügel gaben den Weg frei. Jungbluth trat aufs Gaspedal.

Lukatsch, der ihm öffnete, schien sich gerade zum Ausgehen fertig zu machen. Er trug einen beigefarbenen Anzug und eine blassgelbe Krawatte. An der Türfüllung lehnte ein kleiner silberner Handkoffer.

»Tut mir Leid für die kleinen Unannehmlichkeiten«, entschuldigte er sich hektisch, während er den Kommissar in das große Wohnzimmer führte. »Ich habe meine Mitarbeiter angewiesen, jeden Gast zu checken, und das gilt auch für die Kripo. Jedenfalls solange sie ihren Besuch nicht ankündigt.«

»Er war auch nicht geplant«, stellte Jungbluth klar. »Ich muss dringend Frau Kaspar sprechen, aber über das Telefon ist sie nicht zu erreichen. Ich hoffte, sie hier zu treffen.«

»Warum haben Sie mich nicht angerufen?«

»Ich musste sowieso hier herausfahren.«

»Es geht um die Johannisten, nicht wahr?«

Jungbluth nickte zögernd.

»Sie haben Glück, ich erwarte Henni tatsächlich jede Minute. Wir werden heute Abend gemeinsam eine Veranstaltung bestreiten.« Lukatsch musterte Jungbluth mit einem amüsierten Blick. »Sagten Sie nicht, Herr Kommissar«, erkundigte er sich mit einem spöttischen Unterton in der Stimme, »dass eine verdeckte Aktion gegen die Sekte für die Polizei nie und nimmer infrage kommt?«

»Nie und nimmer habe ich nicht gesagt«, gab Jungbluth zurück. »Man kann auch nicht im eigentlichen Sinne von einer verdeckten Aktion sprechen.«

»Nicht?« Lukatschs überlegenes Lächeln machte Jungbluth wieder deutlich, dass er diesen Mann nicht leiden konnte. Ich weiß doch längst, was vorgeht, teilte ihm das Lächeln mit. Warum windest du dich so?

»Jedenfalls ist es schön, dass Sie doch noch zu uns ins Boot gefunden haben.«

»Was mich angeht«, gab Jungbluth kühl zurück, »so habe ich nicht die Absicht, Boot zu fahren.«

Eine schlanke Frau in einem konservativ geschnittenen Kostüm betrat das Zimmer. Sie bedachte Jungbluth mit einem pflichtgemäßen Lächeln, näherte sich Lukatsch und flüsterte ihm etwas zu.

Jungbluth versuchte, an ihrer Körpersprache zu erkennen, ob sie Lukatschs Frau oder seine Angestellte war, aber es gelang ihm nicht.

Lukatsch nickte. »Wenn Sie mich für einen Moment entschuldigen, Herr Kommissar.« Zusammen mit der Frau verließ er den Raum.

Jungbluth machte ein paar Schritte und betrachtete die schwülstigen Ölgemälde an der Wand. Die rundlichen Gesichter zweier Herren undefinierbaren Alters sahen auf ihn herab, das eine barhäuptig mit Tonsur, das andere umgab eine prächtige Robe. Beide blickten ernst und mahnend drein. Der mit der Tonsur hatte ein aufgeschlagenes Buch vor sich liegen und der andere malte mit einer Feder einen Buchstaben auf ein einzelnes Blatt.

»Thomas von Aquin«, erläuterte Lukatsch, der unbemerkt von Jungbluth zurückgekehrt war. »Und Martin Luther. Menschen, die ihre Zeit und noch mehr die Zeit nach ihnen entscheidend geprägt haben. Sie standen für etwas und waren bereit anzuecken, auch als man sie als unmodern abtun wollte.«

»Verstehe«, sagte Jungbluth und wandte sich seinem Gastgeber zu. »Sie wollen auch anecken mit etwas, das unmodern ist.«

Lukatsch schüttelte den Kopf. »Erfinder wird es in jeder Zeit geben. Genies, Musiker oder bildende Künstler auch. Aber solche Größen, die sich um den Glauben verdient machen, die suchen Sie heutzutage vergeblich. Vergleichen Sie zum Beispiel ...« Lukatsch unterbrach sich, nachdem er einen Blick auf seine Armbanduhr geworfen hatte. »Tja, wenn sonst nichts mehr anliegt, dann ... Ich muss nämlich noch einmal ganz kurz weg. Warten Sie doch einfach hier, bis Henni eintrifft.«

Es ärgerte Jungbluth, dass Lukatsch so tat, als würden seine Ausführungen weit über den Horizont des Kommissars hinausgehen. »Da wäre noch etwas«, sagte er, geradezu aus Trotz. »Vor ziemlich genau vier Jahren gewährten Sie dem *Rheinischen Morgen* ein Interview, in dem Sie auf die Gefährlichkeit der Johannisten hinwiesen. Kurz darauf gab es einen Brandanschlag auf die Redaktion.«

Lukatsch, schon auf dem Weg zur Tür, blieb stehen. Er wartete ungeduldig. »Ja. Und?«

»Sie haben uns nichts davon erzählt.«

Der Abgeordnete hob spöttisch eine Augenbraue. »Wäre ich etwa dazu verpflichtet gewesen?«

»Nein, aber wir sprachen über den Johannismus und die Gefahr, die Ihrer Meinung nach von ihm ausgeht.«

»Und Sie betonten, dass die Kripo ausschließlich daran interessiert sei, einen Mordfall aufzuklären. Können Sie etwa einen Zusammenhang erkennen zwischen diesem Mord und einem Fall von Brandstiftung, der überdies schon Jahre zurück liegt?«

»Nicht direkt, aber …«

»Aber?« Lukatsch sah entschieden aus wie jemand, dessen Zeit man über Gebühr beanspruchte.

»Dieser Brandanschlag war doch wohl nicht nur als Antwort auf Ihre Äußerungen anzusehen, sondern sozusagen auch als Beweis für ihre Richtigkeit, nicht wahr?«

»Hätte ich mir eigentlich denken können, dass wir bei dieser alten Geschichte landen!« Tillmann Lukatsch machte seinem Unwillen mit einem lauten Seufzer Luft. »Die Täter wurden bis heute nicht gefasst. Stattdessen gab es Gerüchte ohne Ende. Dass die Johannisten dahinter steckten, war kein Fakt, sondern nur eine Vermutung, die der Presse allerdings gut in den Kram passte. Die Unterstellung des Kollegen Kranach setzte all dem noch die Krone auf. Wie dem auch sein, wir reden über Dinge, die Jahre her sind. Ich habe dazu keine Lust mehr.«

»Es wundert mich nur, dass Sie es nicht erwähnten«, beharrte Jungbluth. »Schließlich waren Sie darauf aus, uns ein Bild von der Gewaltbereitschaft der Sekte zu zeichnen.«

Lukatsch rückte seine Krawatte zurecht. »Ehrlich gesagt, Herr Kommissar, stimmt es mich besorgt, dass die Kripo kostbare Zeit mit verstaubten Geschichten verplempert, die selbst die Klatschpresse längst begraben hat.«

Nach der frostigen Verabschiedung hielt Jungbluth es für besser, draußen auf Henni Kaspar warten. Die Luft war klar und es wehte ein eisiger Wind, sodass er sich entschied, im Auto zu sitzen. Als er gerade die Tür öffnete, näherte sich ein roter Kleinwagen über den Kiesweg. Frau Kaspar winkte ihm vom Steuer aus zu.

Sie drückte eine Zigarette in den Aschenbecher und stieg aus. »Herr Kommissar! Gut, dass ich Sie hier treffe.«

»Ich habe den ganzen Nachmittag über versucht, Sie zu erreichen«, sagte Jungbluth leicht vorwurfsvoll.

»In unserem Büro ist die Telefonanlage samt Faxgerät ausgefallen. Eigentlich wollte ich Sie von woanders aus anrufen, aber dann kam noch so viel dazwischen.« Frau Kaspar trug enge, reichlich verblichene Jeans, eine dunkelgrüne Regenjacke und Turnschuhe.

Schlank, wie sie ist, könnte man sie für eine Marathonläuferin halten, dachte Jungbluth, dabei ist sie sozusagen das Gegenteil: eine Kettenraucherin.

Aus der Tasche zog Frau Kaspar ein Blatt Papier und entfaltete es. »Das ist die Wegbeschreibung«, erläuterte sie. »Hier sehen Sie das Grundstück der Johannisten, dort die Landstraße, die daran vorbeiführt. Ein paar hundert Meter weiter beginnt ein Waldstück. Die Stelle habe ich mit einem Kreuz markiert.«

Jungbluth nahm ihr das Blatt aus der Hand und studierte es flüchtig. »Das werde ich schon finden«, brummte er. »Also dann …«

Frau Kaspar deutete auf die Haustür. »Haben Sie mit ihm gesprochen?«

»Gesprochen wäre zu viel gesagt.«

»Wenn Herr Lukatsch kurz angebunden ist, dürfen Sie ihm das nicht übel nehmen. Zurzeit hat er einigen Stress wegen dieser Feyerabend-Geschichte.«

»Was für eine Geschichte?«

»In der Lokalpolitik scheinen Sie nicht auf dem Laufenden zu sein, Herr Kommissar.«

Jungbluth sah auf seine Uhr. »Der Herr Abgeordnete ist sowieso im Moment nicht zu Hause und ich habe noch etwas Zeit. Vielleicht können Sie mir die Geschichte erzählen.«

Die Pfarrerin holte ihren Tabak aus dem Auto. Sie rauchte, während beide Seite an Seite durch Lukatschs parkähnlichen Garten spazierten.

»Es ist ein Schmiergeldskandal der üblichen Art: Konrad Feyerabend, ein Stadtrat, soll einem Bauunternehmer den Auftrag für den Bau einer Kläranlage zugeschanzt haben. Angeblich hat er als Gegenleistung ein schönes Eigenheim am Bökelberg erhalten.«

»Was hat Herr Lukatsch damit zu tun?«

»Er und Feyerabend kennen sich aus der Schulzeit. Tillmann hat ihn vor etwa einem Jahr dazu überredet, unserer Initiative für Pluralismus und Toleranz beizutreten. Inzwischen ist öffentlich geworden, dass auch hier eine Spende Henkels eingegangen ist – das ist der Bauunternehmer. Man wittert unheilige Allianzen und spekuliert darüber, dass die Initiative eigentlich etwas anderes bezwecke als Toleranz.«

»Was könnte das sein?«

»Fragen Sie mich nicht. Die Initiative ist auf Spenden angewiesen und Henkel nur einer von vielen Geldgebern. Aber das interessiert keinen. Man will nicht Licht in die Angelegenheit bringen, sondern Zwielicht verbreiten.«

»Es wäre nicht das erste Mal, dass politische und private Belange sich vermischen.«

»Ich weiß, dass nichts hinter diesen Verdächtigungen steckt. Und ich kann verstehen, dass Tillmann gereizt reagiert, wenn man ihm unterstellt, er habe die Hand aufgehalten oder sein Engagement gegen religiösen Fundamentalismus sei reines Wahlkampftheater.«

»Ich dagegen kann die Zeitungen verstehen«, gab Jungbluth zurück. »Herr Lukatsch ist ein ehrgeiziger Mann. Er hat die Chance, Generalsekretär seiner Partei zu werden, vielleicht noch weiter nach oben zu kommen. Wenn er versichert, dass es ihm nicht um seine Karriere gehe, sondern um das Zusammenleben aller Konfessionen in Toleranz, dann fällt es mir schwer, ihm das abzukaufen.«

Henni Kaspar bückte sich und drückte ihre Zigarettenkippe auf einem Kieselstein aus. »Warum? Weil Sie denken, dass Politiker alle gleich sind?«

»Weil ich mich frage, was ihn so verbissen macht in seinem Kampf gegen die johannistische Sekte. Ich habe fast den Eindruck, dass er eine persönliche Rechnung mit diesen Leuten offen hat.«

»Das hat er ja auch in gewisser Weise.«

Jungbluth blieb stehen und sah die Pfarrerin fragend an.

»Er redet nicht darüber, weil er genau das verhindern will: dass man ihm vorwirft, Privates mit Politischem zu vermischen. Wenn Sie an die große Glocke hängen, dass Tillmann Lukatschs Tochter Mitglied der Sekte ist, glaubt doch keiner mehr, dass er eine politische Vision verfolgt.«

»Sagen Sie das nochmal. Seine Tochter gehört den Johannisten an?«

»Sie ist sechsundzwanzig Jahre alt und stieß vor zwei Jahren zu der Glaubensgemeinschaft. Vorher hatte sie etliche Semester Chemie und Physik studiert und dann mit der Promotion begonnen. Sie hatte eine Studentenwohnung, ein geregeltes Leben und den Ehrgeiz, etwas aus sich zu machen. Von einem Tag auf den anderen hat sie das alles weggeworfen.«

Gedankenverloren starrte Jungbluth auf die Kippe, die Henni Kaspar ausgedrückt hatte. Das kleine, hässliche Ding gab sich noch nicht geschlagen. Trotzig glimmte es im Wind auf. »Warum?«, fragte er. »Ich meine, was hat sie zu diesem Schritt veranlasst?«

»Das kann Ihnen nur Rebekka selbst erklären. Ich habe sie nie persönlich kennen gelernt, könnte Ihnen also nur das sagen, was ich von Herrn Lukatsch erfahren habe. Aber ich bin mir nicht sicher, ob das nicht vertraulich ist.«

»Ich würde es gern verstehen.«

»Als Rebekka zehn Jahre alt war, starb ihre Mutter. Ich glaube, weder sie noch Tillmann sind bis heute darüber hinweggekommen. Rebekka war sehr auf ihre Mutter fixiert, aber nach ihrem Tod entwickelte sie eine starke Beziehung zu ihrem Vater.«

Jungbluth wartete darauf, dass Frau Kaspar fortfuhr.

»Das wäre in meinen Augen eher eine Erklärung dafür«, sagte er, als sie weiter schwieg, »warum seine Tochter *nicht* in die Fänge der Sekte geraten ist.«

»Enge Beziehungen zwischen Menschen können eine starke Sprengkraft entwickeln«, erklärte die Pfarrerin. »Ich vermute, dass Rebekka sich von ihrem Vater wegbewegt und er das nicht zulassen will. Seine Zuwendung empfindet sie als beengend. Ein natürlicher Ablösungsprozess, nur etwas später als gewöhnlich und etwas heftiger.«

»Das war schon alles?«

»Wie gesagt, Herr Kommissar, das sind nur Erklärungsversuche.«

»Welche hat Herr Lukatsch denn unternommen?«

»Er redet nicht gern darüber. Das Thema ist für ihn so gut wie tabu.«

»Aber was Sie wissen, haben Sie doch von ihm erfahren.«

»Allerdings. Schließlich hat uns sein Problem zusammengeführt.«

Wieder schwiegen sie eine Weile.

»Würden Sie sagen«, erkundigte sich Jungbluth, »dass Sie ihm nahe stehen?«

Henni Kaspar schüttelte den Kopf. »Er lässt niemanden an sich herankommen.« Sie steckte ihren Tabak ein und deutete in Richtung Kiesweg, wo Lukatschs weißer Mercedes langsam heranrollte. »Ich muss jetzt leider los.«

»Ich auch«, sagte der Hauptkommissar. »Danke für die Wegbeschreibung.« Er setzte seinen Fuß auf die glimmende Zigarettenkippe und nahm ihn wieder weg. Endlich stieg keine Rauchsäule mehr hoch.

»Hat er Sie schon einmal zurückgestoßen?«, fragte Jungbluth, als sich Frau Kaspar schon fast außer Hörweite befand.

Die Pfarrerin drehte sich um. »Zurückgestoßen? Wer?«

»Herr Lukatsch.«

»Wie kommen Sie darauf?«

»Sie erwähnten, dass er niemanden an sich herankommen lässt. Das hört sich so an, als hätten Sie es versucht. Dass eine Tür verschlossen ist, stellt man doch nur fest, wenn man die Klinke hinunterdrückt.«

Henni Kaspar musterte ihn einen Moment lang mit einem misstrauischen Blick. Dann deutete sie ein Kopfschütteln an. »Richten Sie Herrn Bukowski aus, dass er auf sich aufpassen soll.«

19

Für religiöse Gemüter mochte es die reinste Idylle sein.

Frühmorgens um halb sechs aufstehen, zum Morgenappell auf der Wiese antreten, eine Predigt über sich ergehen lassen und danach seltsame, einschläfernde Lieder singen, die kein Ende nehmen wollen. Anschließend Frühstück und dann auf dem Feld, in der Küche oder in der Druckerei arbeiten, je nachdem, wozu man eingeteilt wurde, so lange, bis einen die Glocke zurück zum Mittagessen rief. Und danach natürlich wieder zum Gebet.

Dass man fast nie warmes Wasser zum Duschen hatte, in zugigen Baracken untergebracht war – Männer und Frauen streng getrennt – und nirgendwo auf diesem weitläufigen Gelände eine Zigarette rauchen durfte, nahm man gerne in Kauf. Schließlich bekam man dafür nicht nur ein weißes Bettlaken als Kutte, sondern auch das sichere Bewusstsein, zu den letzten wirklich guten Menschen auf dieser Erde zu gehören.

Doch Hauptkommissar Bukowski empfand es geradezu als physische Anstrengung, Andacht zu heucheln und sich die Häme zu verkneifen.

Er war jetzt nicht mehr Bukowski, sondern ein Novize namens Tobit. Sie hatten lange gesucht, bis sie eine passende Kutte gefunden hatten, in der er nicht aussah wie ein übergewichtiges Nachtgespenst – wie erleichtert war er, als er erfuhr, dass man den Fetzen nicht immer tragen musste.

Schon bald empfand er die Stimmung als beklemmend. Abgesehen von den wortreichen Gebeten und Gesängen waren die Menschen recht verschlossen und wirkten gehemmt, fast eingeschüchtert. Bukowski wurde das Gefühl nicht los, dass einer den anderen belauerte. Die Gemeinde der letzten guten Menschen erschien ihm wie eine verängstigte, aufgescheuchte Herde, die der Wolf umschleicht.

Nur war weit und breit kein Wolf zu sehen.

Renata, die unscheinbare Evangelistin mit der schwarzen Kutte, sah das anders und ihre Meinung war die Einzige in der Gemeinde. Sie malte den Wolf in Schockfarben an die Wand und beschwor in ihren Predigten den Hass und den Spott der Umwelt, die der Genusssucht und dem schönen Schein verfallen sei. In einer solchen Welt seien die Weißgekleideten mit ihrem Mut zur Wahrheit eine Provokation, der *Geist des Widerspruchs.* Lange sprach sie über den Tag der Verspottung, der genau das bewiesen habe, und stellte ausgerechnet den brutalen Decker als leuchtendes Vorbild hin. Er sei ein Mann der Tat, nicht des Wortes.

Auch Tobit, das begriff Bukowski, hielten sie für einen solchen Mann. Nur deshalb hatten sie ihn aufgenommen. Was hatte das zu bedeuten? Wollte Renata das Ende der weißen Kutten einläuten und die Stunde des großen Gegenschlags verkünden? Die Stunde des Weltuntergangs?

»Menschen, die im elitären Gefühl der Reinheit leben«, hatte ihm Henni Kaspar erklärt, »brauchen den Weltuntergang. Sein Ausbleiben ist für sie inakzeptabel. Es kränkt sie so sehr, dass sie ihn am liebsten selbst herbeiführen würden.«

Joab alias Decker mochte Bukowski nicht über den Weg trauen, dennoch hatte er sich für ihn eingesetzt, weil er hoffte, dass der Neue so war wie er: ohne geistliche Ambitionen, doch mit einer unerbittlichen Leidenschaft, wenn es darum ging, für eine Sache zu kämpfen. Worin diese Sache bestand, interessierte ihn nicht, solange er nur für sie kämpfen konnte.

»Zurzeit ist es leider so, dass wir keinem Neuankömmling trauen können«, meinte Joab düster.

»Dann hättet ihr mich lieber nicht hereinlassen sollen.«

»Wir brauchen Kämpfer, nicht nur Beter. Leute, die die Augen offen halten können. Draußen wie auch drinnen.«

»Drinnen? Wie meinst du das?«

Decker wandte sich Bukowski zu, aber er sah ihm nicht ins Gesicht. »Du wirst schon sehen«, sagte er. »Schon bald.«

Bukowski fühlte sich unbehaglich. Er mochte diesen Mann nicht, der ihn anstarrte, ohne ihm ins Gesicht zu sehen.

Lange würde er ihn nicht täuschen können.

Dem Hauptkommissar blieb nicht viel Zeit.

Dummerweise hatte er bis jetzt nicht den Ansatz eines Plans, wie er aus diesen scheuen, geistig gleichgeschalteten Leuten etwas über den Toten vom Autobahnrastplatz erfahren konnte.

Am Samstagabend – Bukowski war bereits seit anderthalb Tagen Johannist – fand eine Art Bibelgespräch statt. Die Schwestern und Brüder trafen sich in den Schlafbaracken und kauten in kleinen Gruppen Satz für Satz nach, was ihnen die Evangelistin morgens und mittags eingeimpft hatte. Zum wiederholten Mal kam die Rede auf einen gewissen Joschua, der für die Johannesgläubigen offenbar so eine Art Messias war. Sein Tod diente Renata immer wieder als Generalbeweis für die Falschheit und Lüge der Welt ›da draußen‹.

Neben Bukowski saß Rebekka, die zu seinem gestrigen Begrüßungskomitee gehört hatte. Sie wich seinem Blick aus, musterte ihn aber wieder aus den Augenwinkeln.

»Wer ist Joschua?«, fragte er sie, sobald sich die Gelegenheit ergab.

»Ein Mensch, der für einige Zeit unter uns gelebt hat.«

Rebekka flüsterte schon wieder, als wollte sie ihm etwas Vertrauliches mitteilen. »Und dann für uns gestorben ist.«

Es klang wie auswendig gelernt.

»Wie ist er gestorben?«, hakte er nach.

»Er wurde von den Menschen draußen getötet.«

»Aus welchem Grund?«

Rebekka bekam wieder diesen abschweifenden Blick. »Jetzt haben sie gesehen und mich und meinen Vater gehasst«, sagte sie. »Das Wort sollte sich erfüllen, das in ihrem Gesetz steht: Ohne Grund haben sie mich gehasst.« Sie nickte bekräftigend. »So steht es geschrieben.«

»Wann war das?«

Sie sah ihn an, als ob sie die Frage nicht verstünde.

»Ich meine Joschua. Wann starb er, war es vor einem Jahr oder vor ein paar Tagen?«

»Wozu ist das wichtig?«

»Ihr sprecht immerzu von ihm. Ich möchte mir vorstellen, wie es passierte.«

»Wir sprechen von ihm, weil er nicht tot ist.«

Bukowski wunderte sich. »Er lebt also noch?«

Rebekka deutete ein Nicken an. »In unseren Herzen.«

Es würde noch etwas dauern, bis er seine Frage so stellen konnte, dass er nicht nur Glaubenssätze als Antwort bekam. Sollte ihm das nicht gelingen, hatte Bukowski diese töricht riskante Aktion völlig umsonst angeleiert.

Das Abendessen wurde an langen Tischen im so genannten Altbau eingenommen, einem ehemaligen Landhaus, das die Johannisten für ihre Zwecke hergerichtet hatten. Die Einrichtung war spartanisch. Die Wände waren mit alter Raufaser beklebt, die sich stellenweise schon wieder ablöste. Im großen Speisesaal gab es nur zwei große Bilder, die beide das Gleiche zeigten: das recht schwülstig gemalte Porträt eines Bärtigen mit stechendem Blick.

Bukowski saß einem schmächtigen jungen Mann gegenüber, den er als den erkannte, der bei der Flucht vor den

Schlägertypen mit Decker aneinander geraten war. Er nannte sich Simeon. Mit seiner übergroßen Brille sah er aus wie die Karikatur eines Büchermenschen.

Simeon lächelte Bukowski schüchtern zu. »Ich gehöre auch noch nicht lange dazu. Am Anfang ist alles fremdartig«, sagte er. »Manches fällt einem schwer zu verstehen. Aber so muss es sein.«

»So wie deine Auseinandersetzung mit Joab?« Bukowski deutete auf die Brille seines Gegenübers. »Wie ich sehe, hat die keinen Schaden genommen.«

»Joab tut sein Bestes, ich glaube, es ist der Eifer, der manchmal mit ihm durchgeht.« Der Junge machte ein besorgtes Gesicht. »Joschua hat uns gesagt, dass die Zahl unserer Feinde groß ist. Und sein Tod gab ihm Recht.«

Bukowski deutete auf das Bild an der Wand. »Ist er das?«

»Nein, das ist unser Herr Jesus«, antwortete der Junge ernst.

»Ich habe den Eindruck, dass dieser Joschua für euch auch so eine Art Jesus ist«, sagte Bukowski und merkte am Gesichtsausdruck seines Gegenübers, dass dies eine falsche Bemerkung war. »Ich meine damit, jeder spricht mit größtem Respekt von ihm.«

Simeon ließ sich Zeit für seine Antwort. Er schien zu überlegen, aber vielleicht kaute er auch nur länger als andere. »Sein Mut zur Konsequenz hat mich fasziniert«, sagte er, nachdem er seinen Bissen hinuntergeschluckt hatte. »Er scheute sich nicht, einen Weg, den er eingeschlagen hatte, bis zum Äußersten zu gehen, vom Wort zur Tat, auch wenn ihm das Angst machte.«

»Angst machte? Was meinst du damit?«

»Eure Rede sei Ja oder Nein«, zitierte der Junge feierlich. »Nichts dazwischen. Die Bibel drückt sich klar und deutlich aus, das ist das Gute an ihr. So gibt es niemals Missverständnisse.«

Schon wieder nur Bibelsprüche. Bukowski stocherte mit

seiner Gabel in dem kalten Gemüse auf seinem Teller herum. »Ich finde, ein bisschen Fleisch dazu könnte nicht schaden.«

»Ich spüre deine Vorbehalte«, sagte Simeon. »Unverständnis über das, was dir begegnet. Vielleicht war die Weise, wie du zu uns kamst, ein wenig gewaltsam und du hast einen falschen Eindruck gewonnen. Aber ich bin der festen Überzeugung, dass sich die Idee einer Sache gerade dann bewährt, wenn sie in Gefahr ist. Wenn man ihr vertraut, braucht man sich nicht zu fürchten.«

Ein naiver Junge, dachte der Hauptkommissar, der sich die Wirklichkeit schönredet. Er glaubt ernsthaft, dass die Gesetze des Denkens auch für die Realität gelten. Ein typischer Intellektueller.

Am Sonntag fiel die Arbeit aus, dafür dauerte Rosa van Ackerens Predigt doppelt so lange wie sonst und den Rest des Tages verbrachten die Gläubigen in frommen Gesprächsgruppen.

Bukowski nahm nicht an ihnen teil. Joab alias Decker belegte ihn mit Beschlag und führte ihn über das ganze Terrain. Er war weniger abweisend als gestern, schien darauf aus zu sein, das Eis zwischen ihm und dem Neuling zu brechen. Als sie den äußeren Rand der Anlage erreicht hatten, bot er Bukowski eine Zigarette an.

»Ich dachte, dass Rauchen hier nicht gestattet ist«, wunderte sich der Hauptkommissar.

Decker grinste. »Richtig«, bestätigte er. »Aber das gilt nicht für die Wachtposten.«

Sie rauchten schweigend. Schließlich warf Decker seine Kippe über den Zaun. »Außerdem bleibt es unter uns.« Mit verschwörerischem Blick deutete er in die Richtung, in der die Baracken lagen.

»Klar«, versicherte Bukowski.

Decker hatte sich demnach entschieden, den Neuen ins Vertrauen zu ziehen.

Bukowski erfuhr genau, wann der Glatzkopf seine Kontrollgänge begann und welchen Verlauf sie nahmen. Joab plauderte darüber, wie er es mit randalierenden Eindringlingen aufgenommen hatte, zeigte detailliert, wo Schwachstellen in der Umzäunung waren und wie er plante, sie zu beheben.

»Das ist natürlich viel Arbeit«, sagte er. »Und das Dumme ist, du kannst unmöglich überall zur gleichen Zeit sein.«

Darin besteht ja meine Chance, dachte Bukowski. »Tja«, stimmte er laut zu. »Vier Augen sehen ja schon mal mehr als zwei.«

Nach dem Abendessen begann das, was die Sekte als Wüstenzeit bezeichnete. Bukowski wusste, dass das seine tägliche Chance war, das Areal zu verlassen und sich mit Dirk zu treffen, falls er überhaupt kommen würde. Bevor sich die Gläubigen jedoch in die Stillezeit begaben, rief die Evangelistin sie auf der Wiese zusammen.

Ihre Stimme war monoton und bewegte sich ausschließlich in einem hohen Singsang, den Bukowski als einlullend und gleichzeitig abstoßend empfand. Auf die anderen Zuhörer allerdings schien er seine beschwörende Wirkung nicht zu verfehlen.

Renata sprach von Treue und Verrat. Gott, der Herr, entschließe sich zu gegebener Zeit, seine Herde zu prüfen. Herauszufinden, wer wirklich für ihn sei, wer zaudere und wer sich im Herzen gegen ihn gewandt habe. Aus diesem Grunde lasse er zu, dass sich Judas in ihre allerheiligste Gemeinschaft einschleiche. Dieser solle die Herde für den Feind ausspähen, für Herodes, den König der Eitelkeit und Geschwätzigkeit, welcher Lügen und falsches Zeugnis in der Welt verbreite, damit diese über sie herfalle.

Aber der Allmächtige sorge auch dafür, dass man dem Verräter auf die Schliche komme. Damit sich zeige, wer von seinen Schafen für die Wahrheit sei und wer kleingläubig an falsch verstandenen Loyalitäten klebe.

Zum ersten Mal wurde Bukowski deutlich, dass diese Frau

über das Talent verfügte, eine Menschenmenge zu fesseln. Ihr fast starrer, in die Ferne gerichteter Blick, das Fehlen jeglicher Mimik, das ihr Gesicht wie eine Maske aussehen ließ. Es war etwas Eiskaltes, das ihre Faszination ausmachte. Vielleicht die Bereitschaft, konsequent und ohne Wenn und Aber zu etwas zu stehen. Rücksichtslos gegen sich selbst und ohne Gnade gegen andere. Das bewunderten diese Kinder an ihr, die jede Sekunde ihrer Existenz mit zermürbenden Selbstzweifeln und Sinnfragen verbrachten. So sehr hatten sie sich in sie verstrickt, dass sie nicht mehr ein noch aus wussten. Diese Frau zeigte ihnen, wie man klar und deutlich über jeden Zweifel erhaben sein und wie man mühelos über Leichen gehen konnte.

Es bereitete keine großen Schwierigkeiten, das Grundstück der Johannisten zu verlassen. Bukowski erreichte einen asphaltierten Landwirtschaftsweg, der auf die Straße mündete. Es machte ihm Spaß, sich zu bewegen. Im Rhythmus seiner Schritte atmete er ein und aus. Als er die Bank erreichte, die als Treffpunkt dienen sollte, war er entspannt und hatte das Gefühl, der Situation Herr zu sein.

Jungbluth traf acht Minuten später ein. Von weitem beobachtete Bukowski den Wagen, wie er die Abzweigung zum Feldweg zunächst passierte. Jungbluth wendete, nachdem er sich vergewissert hatte, dass sie keine ungebetene Gesellschaft hatten. Er stieg aus, kam zur Bank herüber und nahm neben seinem Kollegen Platz, der sich inzwischen eine Zigarette drehte.

»Wie konntest du das bloß machen?«, sagte Jungbluth, nachdem sie eine Weile geschwiegen hatten.

»Tut mir Leid, Dirk, dass ich dir nicht Bescheid gesagt habe.«

»So einfach ist das nicht.«

»Vielleicht nicht. Aber zu mehr haben wir jetzt keine Zeit.« Bukowski ließ sein Feuerzeug klicken.

Jungbluth schüttelte angewidert den Kopf. »Du willst doch nicht ernsthaft rauchen.«

»Natürlich will ich. Deshalb bin ich ja hier.«

»Du bist wegen mir hier. Glaubst du nicht, dass man das riecht?«

»Quatsch. Ich jogge zurück, und wenn ich durch den Zaun bin, ist alles weg. Außerdem ist das eine kleine paranoide Sekte und kein Gulag.«

»Wir wissen inzwischen, wer der Tote war: Ottmar Heym, Schauspieler. Er war früher einmal Mitglied einer Sekte, aber nicht dieser hier.«

»Das ist doch schon was.«

»Und wie steht's bei dir?«

Bukowski zuckte mit den Schultern. »Die Leute reden ziemlich geschwollen, als hätte sie jemand unter Drogen gesetzt. Daran musst du dich erst gewöhnen und jedes Wort von rosa Schleifchen befreien. Es gab einen gewissen Joschua, der inzwischen tot ist und den sie für eine Art Jesus halten. Jedenfalls verehren sie ihn als Märtyrer.«

»Joschua, was ist das für ein Name?«

»Da drin haben viele andere Namen. Ich zum Beispiel heiße Tobit.« Bukowski grinste. »Vielleicht kriege ich was über diesen Joschua heraus. Wenn er unser Toter ist, dann habe ich auch schon einen Verdächtigen.«

»Nämlich?«

»Decker alias Joab. Der Mann leidet unter Verfolgungswahn und ist gewalttätig. Mich hat er natürlich auch verdächtigt. Aber er ist nicht der Hellste. Inzwischen hat er sogar Freundschaft mit mir geschlossen. Nur weil ich Frau Kaspars Schlägertruppe so eindrucksvoll verdroschen habe.«

»Pass bloß auf, Carsten.«

Für eine Weile schwiegen sie wieder und sahen auf das Feld hinaus, das sich fast bis zum Horizont erstreckte. Da draußen stelzten ein paar schwarze Vögel durch das Korn, Elstern vermutlich oder Krähen, die nach Futter suchten.

»Was hat die Willeke gesagt?«, fragte Bukowski.
»Na was denn wohl? Sie hat getobt.«
»Und?«
»Was ›und‹?«
»Hat sie nicht alle Hebel in Bewegung gesetzt, die Aktion abzubrechen?«
»Warum sollte sie?«
Bukowski nickte. »Ich verstehe«, sagte er. »Sie will, dass ich erst mal weitermache, stimmt's?«
»Wie kommst du darauf?«
»Ganz einfach. Weil sie sonst nicht nur wütend gewesen wäre, sondern die bewussten Hebel in Bewegung gesetzt hätte.«
»Sie sagt, dieser Einsatz ist kein Einsatz, sondern dein Privatvergnügen.«
»Trotzdem.«
»Außerdem habe ich nochmal mit diesem Politiker gesprochen, den du so toll findest.«
»Du meinst Lukatsch?«
»Wusstest du, dass seine Tochter da drüben lebt?«
»Wo?«
»Na, wo schon?«
»Du meinst, seine Tochter ist Mitglied der Johannisten?«
»Ihr Name ist Rebekka. Sie promovierte an der Uni, als sie plötzlich alle Brücken abbrach.«
»Aus welchem Grund?«
»Keine Ahnung. Sie hatte wohl irgendein Gotteserlebnis, was weiß ich.«
»Rebekka.« Bukowski nickte. »Die habe ich schon getroffen. Sie ist wirklich seine Tochter?«
»Ja.«
»Dann verstehe ich so einiges.« Bukowski warf seine Kippe weg.
»Was verstehst du?«
»Weshalb er seinen Privatkrieg führt. Dieses Komitee

gründete und die Pfarrerin engagierte. Das ganze Spektakel anleierte.« Er nickte. »Klar, jetzt kapiere ich.«

»Für dich ist das klar?« Jungbluth lachte schnaufend. »Dass er so abgebrüht ist, auf einer familiären Krise sein politisches Süppchen zu kochen, ja?«

»Was würdest du denn machen? Wenn deine Tochter da drin wäre und die würden ihr täglich das Gehirn mit religiösem Quatsch durchspülen. Und du könntest nichts machen.«

»Er kann ja etwas machen, wie man sieht. Einer wie der kann immer was machen.«

»Eben. Das würde ich auch. Ich würde alles nutzen, was ich habe.«

Jungbluth nickte. »Vielleicht. Und du wärst so vernünftig und berechenbar wie ein verwundeter Elefant. Hättest nur Rache im Kopf, sonst nichts.«

»Du bist unverbesserlich, Dirk. Wenn du einen nicht magst, dann magst du ihn nicht. Wie wär's, wenn du deine Vorurteile dieses Mal hinunterschluckst? Gib Lukatsch eine Chance.«

Jungbluth rieb sich die Hände zum Zeichen, dass er sich auf den Rückweg machen wollte. »Sieh zu, dass du dieses Abenteuer möglichst bald beendest«, sagte er.

Bevor Bukowski sich wieder durch die Zaunlücke zwängte, drehte er noch eine gemütliche Runde und entschloss sich sogar, eine zweite Zigarette zu rauchen. Wer wusste schon, wann sich die Gelegenheit zur nächsten bieten würde?

Inzwischen hatte die Dämmerung eingesetzt. In den Baracken brannten die ersten Lichter. Wenn das Ganze hier nicht so hirngeschädigt wäre, dachte der Hauptkommissar, könnte man es geradezu als idyllisch empfinden.

Als er sich seiner Unterkunft näherte, löste sich eine Gestalt aus dem Schatten. Ein Glatzkopf schimmerte im Halbdunkel.

Bukowski spürte, wie ein Adrenalinstoß seinen Herzschlag auf Trab brachte. Sie haben mich, dachte er. Renatas düstere Andeutungen vorhin über einen Verräter – damit meinte sie mich!

»Ich habe dich schon gesucht«, sagte Joab leise.

»Ist denn die Wüstenzeit schon vorbei?«

Joab schüttelte den Kopf. »Hast du Renata nicht zugehört?«

»Renata? Doch, aber ... Weißt du, ich habe ein wenig gejoggt. Eine alte Angewohnheit, und ich dachte, es kann mir nicht schaden.«

Decker zeigte keine Reaktion. Für den lockeren Plauderton schien er nichts übrig zu haben. Sein Gesicht blieb ernst und unbewegt, so wie das von Renata, als sie in ihrem Singsang zu der Gemeinde gepredigt hatte.

»Wir brauchen dich jetzt«, sagte er.

Bukowski nickte und deutete auf seine Turnschuhe. »Ich werde mich rasch umziehen.«

Wenige Minuten später folgte er Decker über den leeren Versammlungsplatz hinüber zur Scheune, die sich neben den Stallungen befand. Sie gingen hinein.

Eine Hand voll in weiße Laken gekleidete Johannisten saß auf Stühlen in einem Halbkreis um einen einzelnen von ihnen herum, den Bukowski als Simeon identifizieren konnte. Ihnen gegenüber hatte die schwarze Evangelistin Platz genommen. Vier Fackeln tauchten den großen Raum in ein flackerndes Licht und vermittelten eine unwirkliche, pseudosakrale Atmosphäre.

Noch so eine Andacht und der Tag ist gelaufen, ärgerte sich Bukowski, während er mit Joab auf den beiden freien Stühlen Platz nahm.

Eine Weile war es still. Es roch nach Heu und Kerzenwachs.

Bukowski räusperte sich.

»Ich weiß immer noch nicht, was ihr mir vorwerft«, beklagte sich Simeon mit seiner kindlichen Stimme.

Offenbar hielt die Sekte eine Art Gerichtsverhandlung ab. Der Junge, der offenkundig die Rolle des Angeklagten innehatte, schien allerdings keine Angst zu haben. Er klang so unbekümmert wie beim Abendessen, als er Bukowski gegenübergesessen hatte.

»Am Tag der Verspottung hast du uns alle in Gefahr gebracht«, warf Joab ihm vor. »Und das nur, weil du es mit denen da draußen gehalten hast.«

»Gehalten? Ich habe es nicht mit ihnen gehalten. Und steht denn nicht geschrieben: Liebet eure Feinde?«

»Du wolltest dich ihrer Gerechtigkeit ausliefern. Also wolltest du uns ihnen ausliefern. Hast du nie zugehört, wozu die fähig sind? Was sie über uns denken? Hast du überhaupt begriffen, worum es hier geht?« Decker stand auf. »Zu allem Überfluss dann auch noch das.« Er hielt ein Handy hoch, worauf ein erschrecktes Murmeln durch die Versammlung ging, gerade so, als präsentiere er eine Schusswaffe. »Uns hast du nichts zu sagen, aber mit ihnen redest du? Worüber? Sag es uns!«

Simeon schüttelte den Kopf, aber er schwieg.

»Ist das dein Gerät?«, erkundigte sich Jakob, der Verständnisvolle, vom anderen Ende des Halbkreises aus.

»Nein, ich habe kein Handy. Weiß nicht einmal, wie so ein Ding funktioniert.«

»Aber ich habe es unter deiner Matratze gefunden«, erklärte Decker mit Schadenfreude in der Stimme. »Wie kommt es dahin, wenn es nicht dein Gerät ist?«

Simeon schüttelte erneut den Kopf. Dieses Mal grinste er sogar, als könnte er nicht glauben, was geschah.

Jakob stand auf und hob die Hand. »Ich bitte für ihn«, sagte er. »Wir wissen nicht genau, ob er Judas ist. Also sollten wir ihm eine Chance geben.«

»Dass wir es nicht wissen«, erwiderte Joab düster, »ist das Problem.«

»Wir sollten nicht übereilt handeln, so wie bei Joschua.«

»Eben deshalb sollten wir entschlossen durchgreifen.«

Beide äußerten sich in Richtung Renata, so wie Anwälte sich während einer Verhandlung an den Richter wenden.

Doch an der steinernen Miene der Evangelistin konnte man nicht einmal ablesen, ob sie dem bizarren Tribunal überhaupt folgte.

Bukowski fühlte sich unwohl. Auch wenn sich vor seinen Augen etwas Lächerliches abspielte, war ihm das Lachen vergangen. Unbedacht, wie es seine Art war, hatte er sich vorher nicht überlegt, wie teuer ihn seine Tarnung zu stehen kommen konnte.

»Gott will, dass du in dich gehst«, sagte Renata schließlich. Ihre singende Stimme klang unbeteiligt wie das Delphische Orakel. »Dass du dich selbst prüfst und uns später Rechenschaft ablegst.« Damit erhob sie sich und machte Anstalten, die Scheune zu verlassen.

In die bizarre Versammlung kam Bewegung. Zunächst nur Räuspern und Hüsteln. Dann standen die Weißgekleideten nach und nach auf und gingen hinaus.

»Heißt das, dass er nochmal Glück gehabt hat?«, raunte Bukowski Joab zu.

Joab musterte den Neuling mit einem undefinierbaren Blick. »Das heißt, dass es an uns ist, ihm dazu zu verhelfen.«

»Wozu zu verhelfen?«

»In sich zu gehen. Rechenschaft abzulegen.«

»Leider verstehe ich nicht, was das bedeutet.«

»Es ist eine Form der Buße«, erklärte Renata. Sie war direkt vor ihn getreten, in der schwarzen Kleidung wie eine Rachegöttin. Einen ganzen Kopf kleiner als er, fixierte sie ihn mit ihrem starren Blick. Bukowski war unbehaglich zu Mute. »Und damit eine Hilfe zur Vergebung. Eine ausgestreckte Hand.«

Bukowski atmete leise auf. Es hätte viel schlimmer kommen können …

»Ich zeige dir schon, was du tun musst«, sagte der Glatzkopf zu ihm, während sein Blick auf die Evangelistin gerichtet blieb.

»Ich?«

»Du tust es«, bekräftigte Joab. »Du wirst Simeon dazu verhelfen, dass wir ihm vertrauen können. Ihm und dir.«

Renata wandte sich wortlos ab und ging zur Tür.

Joabs Augen hatten plötzlich etwas Listiges.

Schlagartig begriff Bukowski, dass er Decker auf den Leim gegangen war.

Alle Achtung, dachte er. Ich Esel habe dich für beschränkt gehalten, und jetzt hast du mich im Sack.

20

Gegen Viertel nach sieben kehrte Jungbluth ins Präsidium zurück. Während der Fahrt hatte er über Carstens Bemerkung nachgedacht. Sein Kollege schien der Ansicht zu sein, dass er, Jungbluth, von Vorurteilen beherrscht wurde. Es stimmte, dass Jungbluth diesen Politiker nicht mochte. Ich habe nie Kinder gehabt, dachte er, wie soll ich sein Verhalten beurteilen? Weiß ich denn, wie ein Vater sich fühlt? Die Pfarrerin sagte, dass ihn etwas Besonderes mit seiner Tochter verbunden hat, wenn sie auch nicht zu sagen wusste, was. Der Tod der Mutter? Ich weiß, es ist meine Schwäche, zu sehr nach Sympathie oder Antipathie zu gehen. Ich mag den Mann nicht und fände es passend, wenn er schuldig wäre. Was folgt daraus? Dass Lukatsch wahrscheinlich ein guter Vater ist. Und ich ein schlechter Bulle.

Als Jungbluth auf seinem Schreibtisch die Lampe anknipste, fiel sein Blick auf eine Zeitung, es war ein Exemplar des *Rheinischen Morgen.* Am oberen Rand hatte jemand mit einer roten Büroklammer einen Zettel befestigt: *Der Berghoff-Artikel auf Seite drei. Solltest du mal durchlesen. Cora.*

Jungbluth nahm Platz, strich die Zeitung glatt und blätterte vor. Wer war Berghoff? Er stieß auf die Überschrift: *Die Judas-Intrige. Von K. Berghoff.*

Der Artikel beschäftigte sich mit den Vorfällen im Zusammenhang mit der Auflösung der Sekte, die sich *Kinder des Lichts* genannt hatte. Jungbluth stellte fest, dass er eine Ausgabe aus dem Jahr 1998 in der Hand hielt. Berghoff, der Autor, spekulierte über eine mysteriöse Judas-Strategie, derzufolge damals ein V-Mann eine entscheidende Rolle gespielt hatte. Das BKA habe sich angeblich eines Spitzels bedient, der für die Beweise sorgen sollte, die die Polizei als Legitimation für ihr Einschreiten brauchte. Darüber hinaus mutmaßte Berghoff, dass das Bundeskriminalamt auch bei dem anschließenden kollektiven Selbstmord der Gruppe seine Hände im Spiel gehabt hatte.

Jemand berührte Jungbluths Schulter. Er fuhr zusammen.

»Tut mir Leid, ich wollte dich nicht erschrecken«, sagte Cora Willeke, die hinter ihm stand. »Ich war schon dabei zu gehen und wusste nicht, ob du noch kommst. Deshalb hab ich dir die Zeitung hingelegt.«

»Was soll das?«, fragte sich Jungbluth zweifelnd, während er sich wieder dem Artikel widmete. »Judas-Strategie? Das hört sich ziemlich abgedreht an.«

»Stimmt. Aber ich fand es interessant, dass Berghoff der Verfasser ist.«

»Kennst du ihn?«

»Nein, aber ich vermute, dass das der Mann ist, den Heym laut Aussage dieser Journalistin bei der Zeitung aufsuchen wollte.«

»Berghoff?«, wiederholte Jungbluth. »Soweit ich mich erinnere, hieß der Mann anders …«

»Bergmann. Jedenfalls hat Heym nach einem Bergmann gefragt.«

»Genau, Bergmann. Ich habe mit ihm gesprochen.«

»Aber es gibt beim *Rheinischen Morgen* auch einen Berghoff. Die Namen kann man doch leicht verwechseln.«

Endlich begriff Jungbluth. »Die Stöckel behauptet, Heym vor einem Jahr beim *Rheinischen Morgen* gesehen zu haben. Und dieser Artikel ist schon sechs Jahre alt.«

»Mag sein. Heym gehörte einer Sekte an und Berghoff schrieb über genau diese Sekte. Soll das ein Zufall sein?«

Jungbluth sah von seiner Lektüre auf. »Könnte Heym dieser mysteriöse Spitzel gewesen sein?«

»Vor sechs Jahren flogen die *Kinder des Lichts* auf. Angeblich soll das BKA Hilfe von innen gehabt haben. Und was ist jetzt? Dieses Mal ist es die *Johannistische Gemeinde.* Vielleicht gab es eine Panne. Vielleicht war Heym dieses Mal unvorsichtig. Da haben sie ihn umgebracht. Wäre doch denkbar.«

»Carsten erzählte etwas von einem Joschua, den sie bei den Johannisten als Märtyrer verehren. Das passt nicht so recht zu einem Spitzel.« Jungbluth faltete die Zeitung zusammen, trat ans Fenster und sah hinunter in den kargen, von Neonröhren erhellten Innenhof. Er schüttelte den Kopf. »Außerdem kann ich mir nicht vorstellen, dass die Herren in Wiesbaden bei den Johannisten irgendetwas am Laufen haben.«

»Genau das sagen die auch.«

»Wer?«

»Ich habe einen Bekannten beim BKA. Wir waren früher mal zusammen. Er hat mich eben zurückgerufen.«

»Ja, und?«

»Eindeutig negativ, hat er gesagt. Aus welchem Grund sollten wir uns mit einer kleinen Schar religiöser Spinner beschäftigen? Abgesehen davon arbeiten sie angeblich grundsätzlich nicht mit Spitzeln zusammen.«

Jungbluth nickte. »Nichts anderes habe ich erwartet.«

»Er räumte allerdings ein, dass seine Behörde die Gefahr, die von einer christlich-fundamentalistisch ausgerichteten Gruppierung ausgeht, inzwischen deutlich höher einschätzt als vor fünf Jahren.«

»Der elfte September«, murmelte Jungbluth. »Viele sind danach ganz schön hysterisch geworden. Sie wittern überall Verräter und Terroristen.«

»Enzo ist ehrgeizig. Er ist die Karriereleiter ziemlich weit hochgeklettert und bildet sich ein, zu denen zu gehören, die Bescheid wissen. Auch über die Dinge, die offiziell gar nicht passieren.«

»Dann wäre das ja geklärt.«

»Das Dumme ist nur«, sagte Cora, »dass ich ihm nicht traue.«

»Weshalb nicht?«

»Damals hat er behauptet, er schliefe nicht mit einer anderen. Aber das war gelogen. Deshalb habe ich ihn verlassen.«

»Na gut, aber warum sollte er dich in dieser Sache belügen?«

»Bevor ich es vergesse«, sagte Cora. »Könntest du Carsten ausrichten, dass er sich nach Heu umsehen soll?«

»Heu?«

»Das könnte ein Hinweis auf den Tatort sein. Ein Kuhstall oder eine Scheune.«

»Na gut«, nickte Jungbluth. »Ich werde es weitergeben.«

Cora Willeke lächelte. »Übrigens hat Enzo mich auch gefragt, ob wir irgendetwas am Laufen haben.«

»Und was hast du geantwortet?«

»Na, was wohl? Eindeutig negativ.«

»Hat er dir geglaubt?«

Hauptkommissarin Willeke grinste verschwörerisch. »Warum sollte ich ihn in dieser Sache belügen?«

Am nächsten Morgen gegen halb neun war Jungbluth, die 98er-Ausgabe des *Rheinischen Morgen* unter dem Arm, in dem Zeitungshaus auf dem Weg zu Berghoff. Zunächst verirrte er sich ordentlich und fühlte sich, wie sich seinerzeit Ottmar Heym gefühlt haben musste, der schließlich Evelyn Stöckel nach dem Weg gefragt hatte.

Jungbluth fand den Redakteur aber ohne Hilfe.

Berghoff war ein kleiner, dicklicher Mann, der einen Anzug trug und sein Jackett über den Schreibtischstuhl gehängt hatte. Er saß im gebügelten Hemd mit Krawatte an seinem Computer, vor sich auf dem Tisch einen Becher Kaffee und ein angebissenes Wurstbrot. Die Heizung lief bei geschlossenem Fenster auf Hochtouren. Als Jungbluth eintrat, atmete er den abgestandenen Geruch von Essen und Achselschweiß ein.

»Gleich«, sagte Berghoff, ohne sich umzudrehen. »Bin gleich so weit. Eine Sekunde.«

Der Hauptkommissar wartete eine Minute, dann wedelte er mit der Zeitung. »Kripo Mönchengladbach«, stellte er sich vor. »Ich hätte ein paar Fragen.«

Das Klicken der Tastatur verstummte augenblicklich. Der Journalist drehte sich auf seinem Stuhl und wandte sich Jungbluth zu. »Die Kripo?«, fragte er neugierig. »Das ist natürlich was anderes.«

»Sagt Ihnen der Name Heym etwas? Ottmar Heym?«

»Heym ...?« Berghoff ließ sich Zeit mit der Antwort, während Jungbluth wie immer versuchte herauszufinden, ob der andere wirklich nachdachte oder nur so tat. »Nein, tut mir Leid«, sagte der Zeitungsmann schließlich.

»Er gehörte den *Kindern des Lichts* an, einer Sekte, über die Sie einmal geschrieben haben.« Jungbluth reichte dem Journalisten die Zeitung.

»Ach das!« Berghoff verzog genervt den Mund, sobald er einen Blick darauf geworfen hatte. »Na, hören Sie mal, Herr Kommissar. Wissen Sie, wie lange das her ist?«

»Sechs Jahre. Aber vor einem Jahr hat besagter Heym dem *Rheinischen Morgen* einen Besuch abgestattet. Er wollte zu Ihnen.«

Wieder überlegte Berghoff angestrengt, wobei er sich mehrmals über das Kinn strich. Schließlich nickte er bedächtig. »Doch, ja«, sagte er. »Ich erinnere mich. Der Mann war

Schauspieler. Er kam auch wegen des Artikels und bot mir an, gegen Honorar ein paar Details zu enthüllen, die bislang unerwähnt geblieben waren.«

»Was waren das für Details?«

»Keine Ahnung, Herr Kommissar. Es interessierte mich nicht. Erstens ist die Sache viel zu lange her und lockt keinen mehr hinter dem Ofen hervor. Und zweitens wurde schon damals viel zu wild spekuliert.«

»Sie haben ihn also wieder weggeschickt?«

»Was sollte ich machen? Der Junge tat mir zwar Leid, denn es war offensichtlich, dass er ziemlich durchhing. Aber wir machen hier seriösen Journalismus. Ich gab ihm damals den Rat, sich an die Yellow Press zu wenden.« Berghoff zuckte mit den Achseln. »Weiß nicht, ob die was gekauft haben.«

»Heym wurde vor ungefähr zehn Tagen ermordet auf einem Parkplatz aufgefunden. Sein Bild wurde übrigens in der Zeitung veröffentlicht.«

»Tja, wissen Sie, Herr Kommissar«, entschuldigte sich Berghoff augenzwinkernd, »ich lese leider keine Zeitung.« Er machte eine Geste in Richtung Schreibtisch. »Komme einfach nicht dazu.«

»Aber vielleicht haben Sie schon einmal von der *Johannistischen Gemeinde Deutschlands* gehört. Einer Sekte, die möglicherweise in den Fall verwickelt ist. Tillmann Lukatsch hat ihnen in seiner Wahlkampagne den Kampf angesagt.«

»Lukatsch? Sie meinen den Landtagsabgeordneten?« Berghoff wirkte ratlos.

Sein Telefon klingelte.

»Vielleicht komme ich in der Sache noch einmal auf Sie zurück«, sagte Jungbluth, während der Journalist den Hörer abnahm, und machte sich auf den Rückweg.

Ein Schauspieler, der in einer Sekte eine dubiose Rolle gespielt hatte, versuchte in schlechten Zeiten, daraus Kapital zu schlagen. Nicht mehr steckte hinter dem Zufall, der Cora

Willeke so merkwürdig erschienen war. Dass Heym die gleiche dubiose Rolle auch bei den Johannisten gespielt hatte, war bisher nur Spekulation.

Während Jungbluth im Lift abwärts fuhr, wurde ihm klar, dass er nichts hatte außer dem Eindruck, dass Berghoff ziemlich lange gebraucht hatte, sich daran zu erinnern, dass der junge Mann ihn damals aufgesucht hatte.

Im zweiten Stock stoppte der Aufzug. Eine Frau stieg zu und begrüßte Jungbluth mit einem Lächeln. Evelyn Stöckel. »Herr Kommissar, das ist ja eine Überraschung. Wollen Sie etwa zu mir?«

Jungbluth schüttelte den Kopf. »Ich komme gerade von Herrn Berghoff.«

»Berghoff?«

»Er ist derjenige, den Ottmar Heym damals hatte aufsuchen wollen, als Sie ihn hier im Aufzug trafen. Berghoff, nicht Bergmann. Wahrscheinlich hat er die Namen verwechselt.«

Frau Stöckel schien eine Sekunde zu brauchen, um diese Information aufzunehmen. »Ja, klar!«, nickte sie. »Natürlich. So macht alles überhaupt erst Sinn.«

»Was meinen Sie damit?«

»Ecki Berghoff und Lukatsch. Als Lukatsch noch der Chef war, haben die beiden immer zusammengehangen. So kommt auch diese Sekte mit ins Spiel. Würde mich nicht wundern, wenn die gemeinsam etwas ausgeheckt haben.«

»Moment mal«, hakte der Hauptkommissar ein. »Wollen Sie damit etwa sagen, dass Lukatsch Chefredakteur des *Rheinischen Morgen* war?«

Frau Stöckel sah ihn ungläubig an. »Und wollen Sie damit sagen, Herr Kommissar, dass Sie das nicht wussten? Er war es lange Jahre, bis er sich entschloss, in die Politik zu gehen. Ich glaube, Berghoff hat sich damals Hoffnungen gemacht, dass sein Gönner ihm auch einen Job im Landtag verschaffte.«

»Was meinten Sie damit, dass sie etwas ausgeheckt haben könnten?«

Sie zuckte mit den Schultern. »Ich dachte nur, wenn ein Sektenflüchtling Berghoff aufsuchen wollte, könnte Lukatsch dahinter stecken. Diese Johanneskirche ist sein Leib- und Magenthema.«

Der Aufzug stoppte.

»Sie denken doch an mich, wenn Sie Neuigkeiten haben?«, erinnerte ihn Frau Stöckel, während sie den Lift verließ.

»Ja, mach ich«, antwortete Jungbluth. Eigentlich hätte er sie hinausbegleiten können, stattdessen blieb er geistesabwesend vor dem Aufzug stehen.

Da waren sie doch wieder, die Zufälle.

Kurz entschlossen drückte er noch einmal auf den Knopf.

Berghoff war nicht in seinem Büro, aber der Computer war noch eingeschaltet und vom Wurstbrot ein Happen übrig. Wahrscheinlich ist er auf der Toilette, dachte Jungbluth und beschloss zu warten.

Es dauerte nur einige Minuten. »Haben Sie etwas vergessen, Herr Kommissar?«, wunderte sich der Reporter.

»Warum haben Sie eben so getan, als würden Sie Herrn Lukatsch nicht kennen?«

Berghoff zog irritiert eine Braue hoch. »Das habe ich doch gar nicht. Im Gegenteil, ich habe Sie noch gefragt, ob Sie den Landtagsabgeordneten meinen.«

»Sie sind sogar mit ihm befreundet.«

»Das ist nicht verboten.«

»Demnach haben Sie also auch schon einmal von den Johannisten gehört, gegen die sich Lukatschs Kampagne richtet?«

»Augenblick, Herr Kommissar.« Berghoff hob beschwichtigend beide Hände. Dann ging er zur Tür und vergewisserte sich, dass sie geschlossen war, als habe er vor, Jungbluth ein brisantes Geheimnis anzuvertrauen. »Sehen Sie, Herr Dr. Lukatsch ist unserem Blatt traditionell sehr verbunden. Darüber hinaus bin ich mit ihm befreundet, deshalb kann ich es ihm nicht abschlagen, wenn er mich um einen Gefallen bittet.«

Jungbluth runzelte die Stirn. »Ich verstehe nicht, was daran so delikat ist, dass Sie es mir ins Ohr flüstern müssen.«

»Tillmann – Herr Lukatsch – will nicht, dass es gleich wieder heißt, der Mann benutzt die Presse für seine Kampagne.«

»Denn das würde der Kampagne nur schaden«, nickte der Kommissar.

»Exakt. Es ist Ihnen wohl nicht verborgen geblieben, dass diese Johannistengeschichte für Herrn Lukatsch ein sehr sensibles Thema ist. Er hat sich da ziemlich verrannt. Ihm schwebte vor, dass der *Rheinische Morgen* Sekten und ihre Machenschaften zum Schwerpunktthema macht, und hatte die Idee, mit den *Kindern des Lichts* anzufangen.«

»Verstehe. Deshalb luden Sie Ottmar Heym in die Redaktion.«

Der Journalist grinste. »Entschuldigen Sie, Herr Kommissar, dass ich mich eben etwas ungenau ausgedrückt habe.«

»Ungenau? Sie haben mir nicht die Wahrheit gesagt.«

»Zugegeben, die Enthüllungsgeschichte war nicht Heyms, sondern unsere Idee gewesen. Genauer gesagt, die Lukatschs. Aber gleich nach dem Vorgespräch war mir klar, dass wir da nichts draus machen konnten. Also habe ich abgewinkt.«

»Was hat man sich unter der Judas-Intrige vorzustellen?«, fragte Jungbluth.

Der andere seufzte. »Nichts als ein Hirngespinst, Herr Kommissar.«

»Sie haben aber darüber geschrieben.«

»Ja, und deshalb hält mich Tillmann fatalerweise für kompetent, was dieses Thema angeht. Zu Unrecht.«

»Sie wollen also sagen, schon damals in diesem Artikel haben Sie sich – wie nannten Sie es – etwas ungenau ausgedrückt?«

»Ich will damit sagen, dass er eine Art journalistischer Ausrutscher war. Nichts weiter. So etwas passiert jedem mal.

Ich habe mich von den zu dieser Zeit überall hofierten Verschwörungstheorien mitreißen lassen.«

»Sie meinen eine Verschwörung der Polizei gegen die Sekte?«

»Alles, was Sie wollen.« Berghoff machte eine vage Handbewegung. »Von V-Leuten war die Rede. Die gibt's aber nur beim Verfassungsschutz, und der hatte mit der Sache nun wirklich nichts zu tun. Das BfV darf nur gegen Gruppen aktiv werden, von denen Gefahr für die Verfassung droht. Die dürfen ja nicht mal die Scientology Church ins Visier nehmen, ohne vorher die Verfassung zu ändern.«

»Sie schrieben etwas von einem Spitzel«, sagte Jungbluth, »obwohl die Kripo auch nicht mit Spitzeln zusammenarbeiten darf. Aber wir wissen beide, dass es dennoch geschieht.«

»Nein, davon war nicht die Rede. Es ging um ein übergreifendes Konzept gegen fundamentalistische Zellen, das bei den *Kindern des Lichts* angeblich ausprobiert werden sollte. Darüber wurde fantasiert.«

»Die Judas-Intrige?«

»Genau die.«

»Und wenn doch etwas dran war?«

Berghoff machte sich über den Rest seines Wurstbrots her. »Die *Kinder des Lichts* waren Fanatiker, denen war nicht zu helfen. Und die Polizei hatte keine andere Wahl, als so zu handeln, wie sie gehandelt hat. Doch dann kam der kollektive Selbstmord und schon wurde gerätselt und spekuliert, was das Zeug hielt. Darin unterscheiden sich nun einmal die Skandalmagazine von uns Journalisten: Die bringen auch dann was, wenn sie nichts haben.«

»Ich frage mich«, sagte Jungbluth, »ob es diesen Unterschied nicht auch bei der Polizei gibt: Die einen suchen nach Beweisen gegen den Verdächtigen. Die anderen schieben sie ihm unter und verhaften ihn.«

»Dass die *Kinder des Lichts* mit Drogen handelten, wussten doch alle. Aber man konnte es ihnen nicht nachweisen.«

»Also war es nur eine Vermutung.«

»Ja, aber eine, die sich als zutreffend herausstellte.«

Gegen Mittag begann es zu nieseln und um drei regnete es in Strömen. Jungbluth fürchtete um das abendliche Treffen mit Bukowski, denn wenn der mit durchnässten Klamotten auf das Gebiet der Sekte zurückkehrte, würde er den Ausflug schlecht verheimlichen können. Jungbluth fuhr trotzdem zum Treffpunkt.

Als er ihn erreichte, hatte der Regen eine kleine Pause eingelegt. Der Hauptkommissar wartete zehn Minuten im Wagen. Dann gab er auf und startete den Motor, um zurückzufahren.

In diesem Moment sah er Bukowski auf der regennassen Straße heranjoggen.

»Tolle Tarnung«, witzelte Carsten, nachdem er zugestiegen war. »Bei dem Sauwetter bist du weit und breit der Einzige, der hier herumkurvt.«

Jungbluth fuhr los. »Was ist? Rauchst du nicht?«

»Ich dachte, in deinem Wagen darf man nicht rauchen.« Bukowski drehte die Rückenlehne herunter, um sich auszuruhen. »Was liegt an?«

»Gibt es auf dem Gelände zufällig einen Kuhstall oder eine Scheune?«

Bukowski nickte. »Beides.«

»Besorgst du mir eine Probe von dem Heu, das da herumliegt? Könnte ein Beweis sein.«

»Mach ich. Weißt du, die Scheune haben sie zu einer Art Versammlungsraum umfunktioniert. Da halten sie ihre Verhöre ab.«

»Was für Verhöre?«

»Zum Beispiel beschuldigen sie einen Jungen, der noch grün hinter den Ohren ist, des Verrats. Jetzt soll er bereuen.«

»Wie hat man sich das vorzustellen?«

»Keine Ahnung. Bis jetzt haben sie ihm noch kein Haar

gekrümmt. Aber wenn doch … Das Dumme ist, dass ich mit drinhänge.«

Sein Freund fuhr rechts ran und stoppte. »Du hängst mit drin? Was soll das heißen?«

»Dieser Nazi hat mir von Anfang an misstraut. Dann machte er einen auf Kumpel und ich Depp bin drauf reingefallen.«

»Scheiße!« Jungbluth schüttelte den Kopf und gab ein zischendes Geräusch von sich. »Ich hab's dir gleich gesagt.«

»Klar, Dirk, das ist nun mal dein Schicksal: der zu sein, der es gleich gesagt hat.«

»Hat er mitgekriegt, dass du gestern weg warst?«

»Vermutlich. Aber in die Pfanne hauen wollte er mich schon vorher.«

»Die Sache ist zu heiß. Am besten, du gehst gar nicht erst wieder zurück.«

»Und dann? Wie stellst du dir das vor? Ich hab doch schon gesagt, ich hänge da mit drin. Sie haben irgendwas Fieses mit dem Jungen vor. Das muss ich verhindern.«

»Du solltest diese Leute nicht unterschätzen.«

»Nur ruhig. Das ist nicht die Mafia. Im Grunde sind die harmlos, bis auf Decker, und mit dem werde ich schon fertig.« Seine Hand umfasste die Türklinke. »Du kannst mich hier aussteigen lassen.«

»Übrigens, dieser Heym war möglicherweise ein BKA-Mann«, sagte Jungbluth.

Bukowski machte ein ungläubiges Gesicht. »Ein Spitzel?«

»Einer von denen, die es offiziell nicht gibt. Leider haben wir nichts Konkretes, nur Mutmaßungen.«

»Also nicht Lukatsch, wie du vermutet hast?«

Jungbluth zuckte mit den Schultern. »Ich habe immer noch das Gefühl, dass er uns etwas verheimlicht. Auf dem hohen Ross, auf dem er sitzt, glaubt er, sich das erlauben zu können.«

»Immerhin hatte er den richtigen Riecher, was die Sekte angeht.« Bukowski stieg aus. Es hatte erneut angefangen zu regnen. »Jede Wette, Dirk, dass Heym von denen kaltgemacht wurde.«

Jungbluth schlug in die Handfläche, die sein Freund ihm zum Abschied hinhielt. »Das müssen wir allerdings noch beweisen.«

21

Nicht alle in der Gemeinde waren für Joschua. Jetzt, nachdem offenbar geworden ist, wer er war, fällt es leicht, sich zu ihm zu bekennen. Ich habe mich am meisten von allen geirrt, auch wenn Renata mir zuredet, mich nicht zu wichtig zu nehmen. Ich sei lediglich ein Werkzeug für das gewesen, das geschehen musste und auch ohne mich geschehen wäre. »Denk daran«, sagt sie, »dass auch mein Herz von Enttäuschung und Rachsucht verblendet war.«

Doch ich weiß, sie will nur, dass ich mich nicht weiter quäle.

»Für diese Welt da draußen«, sagte Joschua, »die dem bloßen Schein und der platten Oberflächlichkeit wie einem Götzen huldigt, müssen wir wie Gift sein. Stattdessen sperren wir uns selbst ein und predigen große Worte über fromme Dinge, die uns längst vertraut sind. Die da draußen hören uns nicht und wir belästigen sie nicht weiter. Wie eine Mücke sind wir, die glaubt, eine Kuh peinigen zu können, indem sie sich selbst sticht.«

Jakob und seine Freunde, die immer alles so lassen wollten, wie es war, hörten so etwas nicht gern. »Wer bist du überhaupt?«, forderten sie ihn heraus. »Keine sechs Wochen wohnst du hier und schon predigst du zu uns, als seist du unser Evangelist. Sag uns, für wen du sprichst.«

»Es geht nicht darum«, gab Joschua zurück, »wer man ist. Sondern darum, wer man wird. Die Welt entwickelt sich und es ist an uns, ob wir uns verstecken oder ihren Lauf ändern.«

Jakob verlangte, dass er im Stall und auf dem Feld arbeite wie alle anderen. Und Joschua arbeitete und sprach weiter zu uns. Wir hörten ihm zu.

Immer öfter sah ich ihn und Renata zusammensitzen. Wie zwei Geschwister schienen sie zu sein, die sich nach einer langen Zeit des Getrenntseins endlich wiedergefunden hatten.

Renatas Predigten wurden klarer und drängten uns mehr und mehr zum Handeln.

»Warum lassen wir uns regelmäßig an einem Tag der Verspottung von ihnen auslachen und bespucken?«, rief sie uns zu. »Reicht uns das, dieses Gefühl, abgelehnt zu werden? Gibt uns das vor ihnen Recht? Wir haben so vieles in uns, von dem sie nicht das Geringste ahnen! Aber wir bewahren es, sind ängstlich wie ein Geizhals, der seinen Reichtum vor der Welt versteckt. Gott aber will, dass wir ihn herzeigen. Er soll leuchten über die ganze Welt und allen von der Herrlichkeit unseres Herrn künden. Die Menschen mögen glauben, dass sie uns überlegen sind und ihre dummen Scherze über uns machen. Warum legen wir nicht endlich Zeugnis ab, dass ihnen hören und sehen vergeht?«

Einige begegneten Joschua zunächst mit unverhohlener Abneigung. Joab zum Beispiel. Aber auch er konnte der offenherzigen Art und der Ausstrahlung der Persönlichkeit Joschuas nicht lange widerstehen. Joschua brachte das Wunder fertig, diesen feindseligen, verschlossenen Mann als seinen Freund zu gewinnen.

Ich glaube nicht, dass Joab sich in seinem Leben jemals einem Menschen geöffnet hat. Außer Joschua.

Hin und wieder folgte ich ihm und fand heraus, dass er gern abends zum Teich hinausging. So nennen wir einen kleinen Baggersee, der hinter dem Acker liegt, auf dem unsere Kühe weiden. Man kann ihn leicht erreichen, wenn man über den Zaun klettert, der an dieser Stelle beschädigt ist, und zweihundert Meter querfeldein läuft. Joschua schien diese Stelle zu mögen. Er saß am Ufer, ließ seinen Blick über das Wasser schweifen und dachte nach.

Später wurde dies unser Treffpunkt, wenn wir reden wollten.

Mir wurde immer klarer, dass ich viel für Joschua empfand. Mehr als eine Schülerin für ihren Lehrer, den sie verehrt. Manchmal hatte ich das Gefühl, nicht mehr ohne ihn sein zu können. Er verkörperte all das, wonach ich immer gesucht hatte. Geradlinigkeit und Überzeugungskraft, die auf die Macht der Argumente baute. Männlichkeit. Joschua war nicht so wie mein Vater, der sich arrogant über die Meinung anderer hinwegsetzt und für dessen Selbstwertgefühl es notwendig ist, Menschen, die von ihm abhängen, leiden zu lassen.

Joschua schien nichts davon zu ahnen, wie es um mich stand, und ich wollte auch nicht, dass er es erfuhr. »Was Männer und Frauen füreinander empfinden«, sagt Renata, »kann rein und klar sein wie der Quell eines Bergbachs. Aber der Bach bleibt nicht rein. Wenn wir nicht aufpassen, zieht er alles andere, unsere Gefühle für Gott und unsere Mitmenschen, in den Schmutz. Unsere Gefühle sollten stets bei Gott sein.«

Eines Abends hatten wir ein seltsames Gespräch. Es war ein langer Sommerabend, an dem es nicht dunkel werden wollte und die Mücken zu tausenden über den Wiesen tanzten.

Renata hatte in ihrer Predigt über falschen Glauben gesprochen und über Menschen, die andere, unschuldige Menschen mit in den Tod nahmen, nur um für die Lüge, der sie anhingen, blutiges Zeugnis abzulegen. Deshalb sei es wichtig, wachsam zu sein und nicht falschen Propheten ins Netz zu gehen.

Wie so oft traf ich mich mit Joschua am Baggersee. Wir saßen nebeneinander im Gras. Seine Nähe beruhigte mich und versetzte mich gleichzeitig in seltsame Aufregung.

»Genau genommen gibt es gar keinen falschen Glauben«, sagte er, während er die Mücken beobachtete.

»Was meinst du damit?«

»Nur wenn man, wie unsere Evangelistin, denkt, dass es um Worte geht. Worte sind Worte.«

»Und worum«, sagte ich ärgerlich, da ich fand, dass er kein Recht hatte, so zu reden, »geht es deiner Meinung nach?«

»Um Taten. Die Zeit der Worte ist vorbei. Niemand hört mehr auf Worte.«

»Aber das sind doch auch nur Worte.«

»Als ich noch da draußen war, vor einigen Jahren, haben einige Fanatiker Flugzeuge als Bomben benutzt. Sie steuerten sie in riesige Hochhäuser hinein, die daraufhin in Flammen aufgingen und einstürzten. Die Bilder gingen um die Welt und die Welt sah atemlos zu. Selbst Jahre später lief den Leuten noch ein Schauer über den Rücken beim Gedanken daran.«

»Aber viele Menschen mussten sterben.«

»Es waren Opfer. Auch unser sinnentleerter Alltag fordert Opfer. Der Straßenverkehr, ausschweifender Lebenswandel, Alkohol- und Zigarettensucht. Jene Opfer aber wurden zum Zeichen. Sie waren nicht sinnlos, denn sie hielten die Zeit an.«

Ich war mir nicht sicher, worauf er hinauswollte. »Du meinst, es war so wie ein Glaubensbekenntnis?«

Joschua antwortete nicht. Mit der Hand fuhr er durch sein blondes Haar und sah auf das Wasser.

Dann stand er auf und reichte mir die Hand. »Komm mit, ich zeige dir etwas.«

Wir kehrten in die Gemeinde zurück. Inzwischen war es fast dunkel. Seitlich der Wohnbaracken, in der Nähe des Tores, durch das man auf die Baustelle des Tagungshauses gelangt, befindet sich ein Geräteschuppen. Soweit ich mich erinnerte, war er bisher immer mit einem Vorhängeschloss gesichert. Heute fehlte das Schloss.

»Joab ist auf seinem Rundgang«, erklärte Joschua, während er die Tür öffnete und mich in den Schuppen hineinzog. »Das dauert eine Weile.«

Joschua schien sich auszukennen. Von einem Haken nahm er eine große Taschenlampe und leuchtete auf eines der schiefen Regale.

Unter einer Plane versteckt lagen dort kleine, unscheinbare Klumpen, die wie Knetgummi aussahen.

»Damit kann man ganze Häuser in die Luft sprengen«, erklärte er.

Ich nickte. Schließlich habe ich studiert und kenne mich ein wenig mit solchen Dingen aus. »Wie kommt das hierher?«, fragte ich.

»Joab hat das Zeug mitgebracht. Wer sonst? Er hat noch andere Sachen.«

»Das sind tödliche Waffen«, sagte ich. »Es ist Unrecht, sie zu benutzen.«

Joschua nickte. »Nur diese Fanatiker tun es, wir nicht. Ihr Glauben gebietet ihnen, es zu tun. Wir unterscheiden uns voneinander. Doch nicht nur darin.« Er sagte das in einem Ton, als ob er etwas anderes meinte.

»Worin noch?«, fragte ich.

»Renata hat Recht, dass sie einem falschen Glauben anhängen. Aber sie würden alles für ihren Glauben tun, und damit haben sie Recht, verstehst du? Sie würden alles geben. Ihr Leben. Selbst dieser Sprengstoff jagt ihnen keine Angst ein.«

»Aber mir«, sagte ich. »Ich werde der Evangelistin davon berichten.«

Joschua trat wieder hinaus, ich folgte ihm. Wir gingen ein paar Schritte über die Wiese und setzten uns auf den Boden.

»Warum reden wir nur darüber?«, ärgerte er sich kopfschüttelnd. »Es ist ein schöner Sommerabend und wir streiten uns über politische Dinge. Warum nur?«

»Ich möchte jetzt zu Bett gehen«, sagte ich.

»Bleib noch.«

»Warum?«

»Was würdest du davon halten«, fragte er unvermittelt, »wenn wir zusammen weggingen? Wir beide?«

Ich sah ihn mit offenem Mund an. Was sagte er da?

»Ich weiß, du verstehst mich nicht. Noch kannst du mich nicht verstehen. Aber schon bald werden Ereignisse eintreten, dann wirst du Bescheid wissen.«

»Ereignisse?«

Joschua beugte sich zu mir. »Vertrau mir.« Er kam mir ganz nahe. Bevor er mich küsste, spürte ich seine Locken auf meinem Gesicht.

»Aber warum sollen wir von hier fortgehen? Das ist mein Zuhause. So wie deins.«

»Ruhig«, meinte er. »Sorge dich nicht. Ich hätte das nicht sagen dürfen.« Er küsste mich noch einmal und legte den Arm um mich. Beinahe wäre ich zurückgezuckt, als ich spürte, dass seine Hand meine Brust umfasste.

Mein Herz raste.

Ich musste Atem holen, wagte es aber kaum, denn ich hatte das Gefühl, dass man es meilenweit hören würde. Mit aller Macht konzentrierte ich mich darauf, ruhig zu bleiben, denn ich wollte auf keinen Fall, dass er seine Hand wegnahm.

Eine lange Zeit saßen wir so da. Schließlich küsste er mich noch einmal und wir trennten uns wortlos.

In meine Baracke zurückgekehrt, lag ich wach. Mein Herz klopfte immer noch spürbar und es beschleunigte, sobald ich an das zurückdachte, was eben vorgefallen war. Immer wieder ging mir durch den Kopf, was Joschua gesagt hatte. »Noch kannst du mich nicht verstehen. Aber schon bald wirst du mich begreifen. Vertrau mir …«

Es war doch ganz einfach. Jemand, der mir alles bedeutete, wollte nichts weiter, als dass ich ihm glaubte. Ich stellte ihm stattdessen Fragen über Fragen. War das etwa blindes Vertrauen …?

Ich setzte mich auf. Ein wenig mochte ich eingedämmert sein, aber ich hatte nicht fest geschlafen. Von draußen hörte ich das laute Zirpen der Grillen. Es rief mich förmlich hinaus.

Leise zog ich mich an und schlich auf Zehenspitzen an den Betten der anderen Mädchen vorbei. Trat nach draußen.

Die Nacht war schwül. Es roch nach sattem Gras und Löwenzahn.

Ich wusste nicht wohin, aber wahrscheinlich gerade deshalb zog es mich zu unserer Stelle am Weiher. Wenn ich ihn irgendwo treffen konnte, dann dort. Wenigstens würde ich ihm da am nächsten sein.

Es war nicht schwer, im Dunkeln den Weg zu finden. Das Mondlicht war so hell, dass Bäume und Gebäude lange Schatten warfen. Das Gras, das wir auf dem Weg niedergetreten hatten, hatte sich noch nicht wieder aufgerichtet.

Wenige Augenblicke später sah ich den See, die glänzende schwarze Wasseroberfläche, in der sich der Mond wie eine bläuliche Sonne spiegelte. Ein wunderschöner, geheimnisvoller Anblick, den ich nur kurz genoss und von dem ich schon eine Sekunde später wusste, dass ich ihn nie wieder würde genießen können.

Joschua war da, die blonden Locken und seine goldene Haut leuchteten im Mondlicht. Er lag an der Stelle im Gras, an der wir am Abend nebeneinander gesessen hatten, und schien zu schlafen. Und er war nicht allein. Eine Frau war bei ihm, die beiden lagen aneinander gekuschelt, ja, waren wie ein Knäuel ineinander verschlungen.

Ich brauchte einen kurzen Moment, um die Frau zu erkennen, denn ich hatte sie noch nie nackt gesehen.

Es war Renata, unsere Evangelistin.

22

Bukowski hatte den Glatzkopf unterschätzt. Allem voran sein Misstrauen, denn das fungierte offenbar als eine Art Dynamo für seine Intelligenz. Es beherrschte sein gesamtes Handeln und Denken. Joab traute niemandem, vermutlich nicht einmal der Evangelistin.

Es war Dienstagabend gegen neun Uhr, als der Hauptkommissar ihm auf einem schmalen Pfad folgte, der an der Rückseite der Schlafbaracken entlangführte.

Es war kalt. Der Atem stand wie Qualm vor ihren Mündern. Sie durchquerten ein Gebüsch und erreichten eine ungemähte Wiese, die von Brennnesseln und Brombeerbüschen umstellt war. In der Mitte ragte ein Holzkreuz auf, sodass der Ort im Kleinen an den Versammlungsplatz erinnerte.

Joab deutete auf ein fensterloses Holzhäuschen, das sich am rechten Rand befand. »Dort ist er.«

Die Bude war etwas größer als eine Außentoilette. Immerhin konnte man sich darin ausstrecken.

Als sie die Tür öffneten, schlug ihnen abgestandene Luft entgegen. Simeons bleiches Gesicht erschien im Kegel der Taschenlampe. Im ersten Moment kniff er die Augen zusammen und bedeckte sie mit dem Ellbogen. Er hatte sich in eine Decke gewickelt.

»Deine Wasserration bis morgen«, erklärte Decker und stellte eine Flasche auf den Boden. »Wenn was ist, wende dich an Tobit.« Er deutete auf Bukowski.

»Ehrlich gesagt, verstehe ich immer noch nicht, was ihr ihm zur Last legt«, sagte Bukowski, sobald sie wieder draußen im feuchten Gras standen.

»›Ihr‹? Du meinst ›wir‹.«

»Ja. Also was?«

»Wir werfen ihm nichts vor. Er soll herausfinden, was er sich selbst vorzuwerfen hat.«

»Zum Beispiel?«

»Illoyalität. Seine Empfänglichkeit für die Versuchungen Satans. Ihn muss er besiegen.«

»Was soll ich mit ihm machen?«

»Du sollst nichts mit ihm machen. Nur für ihn da sein.«

»Aber er wird erfrieren.«

»Er unterzieht sich einer innerlichen Reinigung. Vielleicht wird ihm der Satan einflüstern, dass es leichter ist, die Prüfung abzubrechen und über den Zaun zu klettern. Hinaus zu den Verlockungen der Welt zu fliehen.« Der Glatzkopf schüttelte den Kopf. Trotz der Dunkelheit glaubte Bukowski, ein Grinsen auf seinem Gesicht zu bemerken. »Aber dann bist du ja da. Du hilfst ihm, standzuhalten und nicht zu fliehen.«

»Und wenn er doch flieht?«

Decker wandte sich dem Hauptkommissar zu, sah ihm aber nicht in die Augen. Das Grinsen um seine Mundwinkel war jetzt eindeutig zu erkennen. »Das wird er nicht.«

Der Mann mit der Glatze überreichte Bukowski eine Kerze und eine Bibel – einziger Lesestoff für den Häftling. Dann drückte er ihm die Taschenlampe in die Hand und entfernte sich.

»Und was wird aus meinem Schlaf?«, rief Bukowski ihm nach.

»Betrachte es auch für dich als eine Übung. Schließlich steht geschrieben: Seid wachsam.«

Bukowski knipste die Lampe aus. Es war eine klare Nacht. Ein fast voller Mond goss sein fahles, unwirkliches Licht über dem seltsamen Ort aus. Das überdimensionale Holzkreuz warf einen langen, gespenstischen Schatten.

Hier könnte es stattgefunden haben, vermutete er. Ein Holzverschlag für die Isolationshaft. Wozu nutzen sie den Platz davor? Als Hinrichtungsstätte? Haben sie hier Heym umgebracht?

Ich brauche einen Beweis. Vermutungen helfen nicht weiter.

Dumm war nur, dass der Glatzkopf ihn in diese Lage manövriert hatte. Entweder Bukowski beteiligte sich an der Menschenquälerei oder er würde auffliegen.

Er musste den Jungen befreien und noch heute Nacht mit ihm fliehen. Kein Risiko eingehen.

Schon morgen Vormittag könnte das SEK alles auf den Kopf stellen. Das hieß, nur wenn sie den Staatsanwalt davon überzeugen konnten, dass die Beamten etwas finden würden. Was nach Lage der Dinge reichlich unwahrscheinlich war.

Bukowski seufzte. Er vermisste eine Zigarette, die hätte ihm bestimmt geholfen, die richtige Entscheidung zu fällen.

Unsinn, dachte er im selben Augenblick. Ich drücke mich nur um die Entscheidung. Die Sache wird zu heiß. Ein Menschenleben zu riskieren ist indiskutabel.

Er knipste die Taschenlampe wieder an und kehrte zu den Baracken zurück. Da Decker diese Konstellation bewusst herbeigeführt hatte, war damit zu rechnen, dass er auf eine Aktion Bukowskis wartete. Ein zweites Mal würde der Hauptkommissar sich aber nicht so leicht ausmanövrieren lassen. Er entschied sich dafür, ein paar Stunden zu warten und den Ausbruch in den frühen Morgenstunden zu wagen.

Auf der Rückseite der Schlafbaracken befanden sich enge Verschläge, in denen Decken gestapelt waren. Es war nicht schwer, den rostigen Riegel zu verbiegen und die Holzklappe zu öffnen. Bukowski nahm drei der muffigen Decken. Für eine Nacht musste das reichen.

»Was ist das?«, stammelte Simeon, als sich seine Augen an das Licht gewöhnt hatten. Er kauerte immer noch in der Ecke der Hütte.

»Decken.« Bukowski warf die muffigen Stofflaken auf den Boden. »Damit du nicht erfrierst.«

»Ich habe schon eine Decke.«

»Die reicht aber nicht. Es gibt Frost in der Nacht.«

»Man gestattet mir keine zwei Decken.«

»Ich schon. Wenn du willst, bringe ich dir etwas zum Essen. Davon erfährt keiner was.«

»Ich bin nicht hungrig.« Simeon quälte sich ein Lächeln ab. »Vertraue mir, ich werde diese Prüfung bestehen.«

»Prüfung?« Bukowski ereiferte sich. »Verdammt nochmal, was glaubst du, was hier abläuft! Die wollen dich fertig machen, aus welchem Scheißgrund auch immer!«

»Nein, du verstehst das nicht ...«

Bukowski gab auf. Er beugte sich zu dem Jungen hinunter und tätschelte seine Backe. »Halte durch, Kleiner«, sagte er. »Ich bin bald wieder da. Lauf in der Zwischenzeit bloß nicht weg.«

Essen zu organisieren erwies sich als schwieriger als die Decken. Bukowski versuchte es im Haupthaus, wo sich der Speisesaal und die Küche befanden. Da in Letzterer noch Licht brannte, hielt er es für zu riskant, sie zu betreten. Glücklicherweise stieß er im dunklen Eingangsflur auf mehrere Kisten mit Äpfeln und einer mit Möhren. Bukowski stopfte sich die Taschen voll und verschwand wieder.

Sicherheitshalber nahm er den Rückweg am Zaun entlang. Er wagte es nicht, die Taschenlampe zu benutzen, weshalb er hin und wieder über eine Wurzel oder einen Baumstrunk stolperte.

Er erstarrte mitten in der Bewegung, als er einen Schatten bemerkte. Eine Sekunde, zwei verharrte er, ohne zu atmen. Nichts. Er musste sich geirrt haben.

Doch dann sah er sie. Es war Rebekka, er erkannte sie zweifelsfrei. Ihr langes blondes Haar schimmerte im Mondlicht. Sie schien Bukowski nicht bemerkt zu haben. Mit traumhafter Sicherheit fand sie im Dunkeln die Lücke im Zaun, durch die sich Bukowski auch schon hinausgeschlichen hatte.

Wo in aller Welt wollte sie hin?

Ohne lange zu überlegen, folgte der Hauptkommissar der jungen Frau. Nachdem sie den Zaun hinter sich gelassen hatte, wandte sie sich nicht, so wie er es getan hatte, nach links in Richtung Straße, sondern überquerte den Acker. Bukowski stolperte erneut und die Taschenlampe fiel ihm aus der Hand. Als er sich wieder aufrichtete, hatte er Rebekka aus den Augen verloren. Unschlüssig machte er noch ein paar Schritte und entschloss sich umzukehren.

Doch in diesem Moment bemerkte er sie. Ihre Silhouette hob sich gegen eine Wasserfläche ab, einen kleinen Tümpel, in dem sich das Licht der Gestirne spiegelte.

Rebekka stand unbeweglich wie eine Statue, den Blick auf den Teich gerichtet. »Wie geht es ihm?«, fragte sie, als Bukowski auf nur wenige Schritte herangekommen war.

»Wem?«

»Simeon. Er ist mein Schützling.«

»Schützling?«, wunderte sich Bukowski. »Warum hast du ihn dann nicht beschützt?«

»Man muss ihn nicht schützen. Niemand tut ihm etwas zu Leide. Die Buße ist ein fester Bestandteil unseres Lebens.«

»Ach ja? Hast du auch schon einmal gebüßt?«

Das Mädchen schwieg.

»Weißt du, wie die Leute draußen diese Buße nennen würden? Sie würden sie Freiheitsberaubung nennen. Isolation. Eine Form der Folter.«

»Was man draußen sagt, braucht uns nicht zu stören.«

»Ach nein? Hast du keine Angst, dass Simeon erfriert?«

»Du hast doch die Aufgabe, nach ihm zu sehen.«

»Unsinn. Ich soll ihn bewachen, dass er nicht abhaut.«

Rebekka drehte sich endlich um. Sie sah ihn lange an. »Warum bist du hier bei uns?«

»Jedenfalls nicht, um andere büßen zu lassen. Und du?«

Sie antwortete nicht.

»Ich kenne deinen Vater.«

Der Blick, den sie ihm plötzlich zuwarf, war geradezu feindselig. »Hat er dich geschickt?«

»Warum sollte er?«

»Weil er nicht ertragen kann, dass ich ohne ihn glücklich bin. Weil sein Herz voller Hass und Verblendung ist.«

»Könnte der Grund nicht sein, dass ihm etwas an dir liegt?«

Rebekkas spöttisches Lachen klang wie ein leises Zischen.

»Und dass er nicht will, dass eines Tages du zur Buße abgeholt wirst ... Oder gesteinigt.«

»Gesteinigt?« Rebekka schüttelte den Kopf. Der spöttische Zug um ihre Mundwinkel war nicht verschwunden. »Wer wird gesteinigt?«

»Keine Angst«, sagte Bukowski. »Er hat mich nicht geschickt. Ich kenne ihn nicht wirklich. Er ist nur oft im Fernsehen.«

»Warum bist du dann hier?«

»Ich habe den Mann gesucht, den ihr Joschua nennt. Warum hat man ihn getötet und nicht nur eingesperrt wie Simeon?«

»Das begreifst du nicht.«

»Na gut, dann erkläre es mir.«

»Man fand ein Telefon bei ihm.«

»Deswegen musste er sterben?«

»Unsere Evangelistin sagte, es sei erwiesen, dass er unseren Feind damit angerufen habe. Joschua sei auf frischer Tat ertappt worden.«

»Wen meint sie mit ›Feind‹?«

»Den Mann, den du meinen Vater nennst. Ein Mensch, der uns bei jeder Gelegenheit ins Gesicht spuckt, kann ja wohl nicht mein Vater sein.« Sie schüttelte verächtlich den Kopf.

»Aber Simeon hatte auch ein Telefon.«

»Joschua versuchte obendrein zu fliehen. Er wollte nicht bereuen. Viele glauben, dass er damit seine Schuld bekannte.«

»Was glaubst du?«

»Ich weiß, dass es einen starken Glauben erfordert.«

»Was?«

»Die Wahrheit zu sehen. Dass Joschua fliehen musste, damit er der Welt ausgeliefert wurde.«

»Aber das wurde er doch nicht. Eure Leute haben ihn getötet.«

»Das ist nicht wahr! Einige von uns haben ihm wehgetan. Auch das musste sein. Joschua musste leiden, damit die Wahrheit an ihm offenbar wurde.«

Bukowski verlor die Beherrschung. »Ich kann das nicht mehr hören! Was ist eigentlich mit euch los, steht ihr unter Drogen oder was?«

Das Mädchen wandte sich ihm zu. Sie presste die Lippen aufeinander. Ihre Augen waren von Tränen gerötet. »Ich war nicht dabei, als sie es taten.«

»Es ist drüben auf der Wiese passiert, neben dem Schuppen, in dem sie den Jungen eingesperrt haben, stimmt's?«

»Ich war nicht dabei«, beteuerte Rebekka wieder. »Trotzdem trage ich die Schuld daran.« Sie langte unter ihren Umhang, zog ein zusammengefaltetes Foto hervor. »Das ist er«, sagte sie, entfaltete das Papier und ließ Bukowski einen Blick darauf werfen. »Er hat es mir gegeben. Ich mochte ihn sehr.« Sie schniefte.

Das Foto war schon älter und zeigte einen Lockenkopf, der wohl Heym gehörte, inmitten einer Gruppe junger Leute.

»Die anderen auf dem Bild«, fragte Bukowski, »seid ihr das?«

»Nein. Ich weiß nicht, wer die sind.« Rebekka wischte mit dem Ärmel über ihr Gesicht und steckte das Foto wieder ein. »Ich habe gelogen. Er hat es mir nicht geschenkt. Ich habe es unter seiner Matratze gefunden. Es ist eine Art Erinnerung an ihn. Ich …«

Sie sprach nicht zu Ende.

Bukowski folgte ihrem Blick und bemerkte zwei Lichter, die sich aus der Richtung, in der die Baracken lagen, näherten. Leute mit Taschenlampen. Sein Gefühl sagte ihm, dass das nichts Gutes bedeuten konnte. Abhauen, solange es noch geht, forderte es. Aber er blieb.

Insgesamt waren es vier Männer. Decker wollte offenbar nichts dem Zufall überlassen. Er baute sich vor Bukowski auf und verschränkte die Arme ineinander. »Darf ich fragen, was du hier zu suchen hast?«, erkundigte er sich kalt.

»Wir beide«, Bukowski deutete auf Rebekka, »fanden ein Loch in der Umzäunung. Daraufhin sind wir dem Weg gefolgt, genau wie ihr.«

»Wiederhole noch einmal, was er zu dir gesagt hat.« Joab richtete die Bitte nicht an Bukowski, obwohl er ihm zum ersten Mal direkt ins Gesicht starrte.

»Er gab mir Decken, weil er glaubte, dass ich friere«, sagte Simeon, er war einer der beiden, die eine Taschenlampe in der Hand hielten. »Ich sagte ihm, dass ich die Prüfung gern bestehen würde, aber er fluchte und sagte, dass man mich fertig machen wolle.«

Decker nickte. »Fertig machen.« Er deutete auf Bukowskis pralle Manteltaschen. »Was hast du da drin?«

»Obst, nichts weiter.«

»Er bot mir etwas zu essen an«, erklärte Simeon.

Bukowski fragte sich, ob Decker dem Jungen Gewalt angedroht hatte. Aber so wie Simeon antwortete, schien er sich nicht darüber bewusst zu sein, was er tat. Was sollte schließlich falsch daran sein, die Wahrheit zu sagen?

»Sonst noch etwas?«, fragte Joab.

»Er sagte, dass das unter uns bleiben sollte.«

Der kahlköpfige Mann grinste säuerlich. »Von Anfang an habe ich dir nicht getraut. Du bist ein Verräter, nicht der grüne Junge hier.« Decker winkte mit einem Revolver, den er in der Hand hielt. »Ich rate dir, keinen Ärger zu machen.« Er nickte den anderen beiden Männern zu. »Ab mit ihm.«

Sie nahmen Bukowski in die Mitte und eskortierten ihn auf das Grundstück der Johannisten zurück. Die Scheune, in der Simeons abstruser Prozess stattgefunden hatte, wurde von schwachem Lichtschein erleuchtet.

Bukowski schätzte seine Chancen ab. Seine beiden Bewacher waren kräftig, aber höchstwahrscheinlich nicht auf eine körperliche Auseinandersetzung vorbereitet. Trotzdem zögerte er, einen Befreiungsversuch zu unternehmen. Immer noch fühlte er sich relativ sicher und sah keinen Anlass zu panischer Flucht.

Decker betrat die Scheune. Seine beiden Helfer fesselten Bukowski auf einen Stuhl.

»Ich bin bei der Kripo«, erklärte Bukowski. »Wir ermitteln im Mordfall Heym. Das ist der Mann, den ihr gesteinigt habt.«

»Du lügst.« Decker schüttelte den Kopf. »Die Kripo schleicht sich nicht unter falschem Namen ein.«

»Wenn mir was passiert, dann könnt ihr den Laden hier dichtmachen.«

Eine Frau betrat den Raum. Sie war klein und trug das Haar kurz. Aber es war nicht Renata.

»Darf ich dir Rachel vorstellen?«, sagte Decker. »Sie kümmert sich um die Kranken und Hinfälligen in unserer kleinen Gemeinde.«

»Um die Kranken? Ich bin nicht krank.«

»Alles, was wir von dir wollen, ist, dass du bereust. Weiter nichts.«

Bukowski begann zu schwitzen. »So wie ihr es von Joschua erwartet habt, was?«

»Joschua? Der hat bis zum Schluss behauptet, dass alles gelogen sei. Tat so, als sei er besser als alle hier. Angeblich war er spazieren, wenn er sich jeden Tag um dieselbe Zeit verdrückte. Als er bereuen sollte, fing er plötzlich mit der Jammerei an, dass wir das nicht machen könnten und dass wir ihn gehen lassen sollten. Er hat versucht, sich zu verdrücken, aber das klappte nicht.«

»Da habt ihr ihn umgebracht.«

»Hättest du wohl gern.« Decker trat zurück, um Rachel Platz zu machen, die eine gefüllte Spritze gegen das Licht hielt.

»Was zum Teufel soll das werden?«

»Es tut nicht weh«, versicherte Joab. »Nur ein kleiner Piks.«

Die Frau beugte sich zu Bukowski hinunter.

23

Jungbluth sah auf seine Armbanduhr. Vier Minuten nach halb sieben. Er schaltete den Scheibenwischer ein, um freie Sicht zu bekommen, aber die Scheibe war von innen beschlagen. »Du solltest langsam antraben«, murmelte er. »Ich kann hier nicht unauffällig parken.«

Keine Spur von Carsten weit und breit. Der Himmel war klar, es war kalt, um die null Grad.

Wenn Bukowski heute nicht zum Treffpunkt kam, hatte das wahrscheinlich nichts zu bedeuten. Vielleicht war er gerade dem entscheidenden Beweis einen wichtigen Schritt näher gekommen, vielleicht schätzte er die Lage nicht so ein, dass er sich unbemerkt davonmachen konnte.

Vielleicht hatte es aber doch etwas zu bedeuten.

Jungbluth nahm einen blauen Stofflappen aus dem Handschuhfach und wischte die Frontscheibe von innen. Dann drückte er wahllos einige der Knöpfe des Autoradios, bis er eine vertraute Stimme hörte.

»... Schauplatz eines heimtückischen Verbrechens war, das bis heute nicht aufgeklärt werden konnte, obwohl die Kriminalpolizei ihr Bestes tut.«

Das war Tillmann Lukatschs Stimme. Jungbluth drehte das Radio lauter.

»Sie bezeichnen die Einweihung der Kapelle als ein Fanal für die Freiheit«, sagte die Interviewerin. »Was ist mit diesem etwas pathetischen Ausdruck gemeint?«

»Pathos ist nichts Schlimmes«, tönte Lukatschs Antwort über ein Telefon. »Nur wenn er unangebracht ist. Sehen Sie, ich persönlich hege keinerlei Zweifel daran, dass die *Johan-*

nistische Gemeinde Deutschlands einen Mord zu verantworten hat. Vermutlich wird sie jetzt versuchen, mich für diese Aussage zu belangen, aber das stört mich nicht, denn hier geht es um die Frage, ob wir in unserem Rechtsstaat rechtsfreie Räume dulden wollen. Es geht ferner darum, ob in nicht allzu ferner Zukunft solide Frömmigkeit und religiöse Gesinnung in Verruf geraten, weil sie mit blindem Hass und skrupellosem Fanatismus verwechselt werden.«

»Die Opposition wirft Ihnen vor, über keinerlei Beweise gegen die Sekte zu verfügen. Glauben Sie, dass, wenn man Angst schüren will, mit Gerüchten mehr zu gewinnen ist als mit Beweisen?«

»Diesen Einwand höre ich mir täglich an. Fraglos stehe ich zum Prinzip der Rechtsstaatlichkeit. Aber bedenken Sie bitte, dass eine totalitär angelegte Gruppe dieses Prinzip für sich ausnutzen kann. In unserem konkreten Fall bedeutet das, dass man sich alles erlauben kann, solange man nichts nach außen dringen lässt. Die Polizei muss sich damit zufrieden geben, dass man sie an der Tür abfertigt mit der Versicherung, dass alles in Ordnung sei.«

»Wie stehen Sie zu der Behauptung, dass Sie mit Ihrer Kampagne für religiöse Toleranz von der Feyerabend-Affäre ablenken wollen?«

»Diese Affäre ist eine Erfindung des Infotainments. Die Nachrichtenindustrie braucht solche Chimären, dafür habe ich sogar Verständnis. Doch mir geht es ausschließlich darum, die Einweihung der Autobahnkapelle zum Anlass zu nehmen, den Feinden von Toleranz, Freizügigkeit und friedlichem Pluralismus den Kampf anzusagen. Ich halte es wie der alte Cato, der durch seine –«

Jungbluth schaltete das Radio ab.

Es war jetzt beinahe dunkel draußen. Zwanzig vor sieben. Wenn Bukowski noch kam, würde er es kaum schaffen, rechtzeitig vor dem Ende der Wüstenzeit wieder zurück zu sein. Es machte keinen Sinn mehr zu warten.

Jungbluth wendete und fuhr zurück. Da die Belüftung nicht richtig funktionierte und die Straße nur spärlich beleuchtet war, hatte er Mühe, den Weg zu finden. Seine linke Hand hielt das Steuer, während die rechte mit dem Lappen versuchte, die beschlagenen Scheiben frei zu bekommen.

Währenddessen ging ihm der alte Cato durch den Kopf. Hatte er auch eine Tochter gehabt, die zum Feind übergelaufen war? Hatte er deshalb so auf die Zerstörung Karthagos gedrängt? Unwahrscheinlich. Also war sein Gehabe nur Wahlkampfgetümmel gewesen, nichts weiter? Auch das schied aus. Cato war einfach nur starrsinnig gewesen. Starrsinnig und unbelehrbar.

Jungbluth machte eine Vollbremsung, als unmittelbar vor ihm eine Frau mit Kinderwagen die Straße überquerte. Durch die Schlieren auf der Frontscheibe bemerkte er einen beleuchteten Zebrastreifen, kurz dahinter eine Straßenkreuzung.

Im Schritttempo fuhr er weiter. *Trenchard Road* las er auf einem Straßenschild. Demnach hatte er die Hardter Straße bereits überquert und befand sich auf dem Gelände des Natohauptquartiers.

Statt den Wagen auf der Straße zu wenden, bog er nach links ab, dann wieder links. Ein Fehler – er landete in einer Sackgasse. Also wieder zurück. Dieses Mal versuchte er es rechts herum, fuhr auf die Queensavenue bis zum kleinen Zentrum des Hauptquartiers und dann nach links auf die Marlborough Road. So klappte es. Er passierte eine Schule, einen Kindergarten. Ein Pub namens *Old Piccadilly.* Die Leuchtschrift hatte einen Wackelkontakt und das zweite *i* war ausgefallen.

Einmal falsch abgebogen und schon ist man in England, dachte Jungbluth. Das ist das Schöne an der Provinz: Inmitten von Kühen, elektrischen Zäunen und vermufften Bauernhäusern versteckt liegt die große weite Welt.

Etwa fünf Minuten später, er fuhr längst wieder auf der Hardter Straße in Richtung Rheindahlen, stoppte er plötzlich am Straßenrand. Hinter ihm hupte es empört. Im Vorbeifahren zeigte ihm der Fahrer, ein junger Spund, den ausgestreckten Mittelfinger, bevor er Gas gab.

Ein Zeuge hatte behauptet, dass er den Toten vom Autobahnrastplatz aus England kenne. Er wollte ihn in London getroffen haben. Bukowski hatte davon erzählt. Sie hatten der Aussage keine Beachtung geschenkt, da sie wie eine Räuberpistole klang. Dafür sprach ja auch, dass sie von einem Mann stammte, der sich gern mit haarsträubenden Geschichten wichtig tat. Von Joseph Hambroich, den man auch den ›fussen Jupp‹ nannte.

Jungbluth hatte es plötzlich eilig. Er fuhr schneller als erlaubt, überholte riskant und zwang einen Wagen zur Vollbremsung, als er ihn schnitt. Im Vorbeifahren erkannte er den Mann, der ihm eben noch den Stinkefinger gezeigt hatte.

Eine knappe Viertelstunde später erreichte der Hauptkommissar das Präsidium. Es war keine leichte Aufgabe, Hambroichs momentanen Aufenthaltsort herauszufinden, aber Jungbluth hatte Glück. Seit zwei Tagen gönnte sich der Alte mal wieder eine seiner Genesungswochen im Maria-Hilf Krankenhaus.

»Eigentlich is die Besuchszeit ja vorbei«, informierte Jupp den Hauptkommissar, als er ihn im Raucherzimmer der Station empfing.

Jungbluth wollte das Gleiche hören, was Hambroich damals Bukowski erzählt hatte. Es dauerte eine Weile, bis sich der Mann im Bademantel daran erinnerte. »Ja, jetz wo Sie dat sagen. Mir war sofort klar, wat dat für ein Typ war.« Hambroich beugte sich vor. Sein Atem roch nach Schnaps. »Ich sage nur: Mob.«

»Mob?«

»In Amerika is dat so wat Ähnliches wie die Mafia. Ich kann Ihnen sagen ...«

»Wissen Sie noch, wo Sie Herrn Heym getroffen haben?«

»Heym? So hieß dat arme Schwein?«

»Ja. War es in einer Bar?«

Der fusse Jupp nickte.

»Und die Bar hieß *Old Piccadilly,* nicht wahr?«

»Janz jenau, Herr Kommissar.« Hambroich deutete anerkennend mit dem Finger auf Jungbluth. »Sie sind ja schneller als Scotland Yard persönlich, wenn man so sagen darf.«

Jungbluth zog ein Foto aus der Tasche und schob es dem Alten hin.

»Ja richtig!« Der fusse Jupp gestikulierte eifrig. »Dat is der Mafiatyp. Absolut.«

»Sie erkennen ihn, obwohl er eine Sonnenbrille trug?«

»Als er reinkam, da hatte er eine auf. Aber in der Spelunke – der hätte doch die Hand vor Augen nicht jesehen. Der und so 'n kleiner, schmächtiger. Hatte fast ne Plääť.«

»Vielen Dank, Herr Hambroich.« Jungbluth erhob sich und steckte das Foto von Lukatsch wieder ein. »Sie haben uns sehr geholfen.«

»Für Sie doch immer, Herr Kommissar.«

Es war riskant, zu dieser späten Zeit dem Landtagsabgeordneten einen unangekündigten Besuch abzustatten. Jungbluth rechnete nicht damit, dass er willkommen geheißen würde.

Immerhin ließen ihn die Türsteher nur eine Minute warten, bevor er passieren durfte.

Lukatsch empfing ihn in legerer Freizeitkleidung. In der Hand hielt er ein leeres Glas. »Ich hoffe, Sie haben einen triftigen Grund, mir den wohlverdienten Feierabend zu stehlen, Herr Kommissar«, sagte er frostig. »Ich muss Sie bitten, sich kurz zu fassen.«

Jungbluth wartete, bis sie im großen Wohnzimmer angelangt waren. »Uns liegen neue Erkenntnisse vor, denenzufolge Sie Herrn Heym kannten. Sie haben sich sogar getroffen.«

»Heym? Wer ist das?«

»Der Mann, der ermordet worden ist.«

»Wann soll ich ihn getroffen haben?«

»Etwa vor einem Jahr. Es war in einer Kneipe namens *Old Piccadilly*.«

Der Abgeordnete lachte zischend. »Herr Kommissar, ich habe ein für alle Mal genug davon, mir solche wirren Verdächtigungen anzuhören. Meine Zeit ist kostbar und meine Nerven sind es auch.«

»Sie haben Heyms Bild doch in der Zeitung gesehen. Kam er Ihnen nicht bekannt vor?«

»Warum sollte er das?«

»Wir haben einen Zeugen, der Sie im Natohauptquartier bei dem Treffen beobachtet hat.«

»Was für einen Zeugen?«

»Er hat Sie anhand eines Fotos identifiziert.«

»Anhand eines Fotos! Was ist denn das für ein Zeuge, Herr Kommissar? Mein Bild kennt Hinz und Kunz aus dem Fernsehen. Was wird Hinz oder Kunz wohl tun, wenn ihm die Kripo mit konspirativer Attitüde ein Prominentenfoto unter die Nase hält?«

»Ich weiß es nicht.«

»Tun Sie doch nicht so! Natürlich wird er die Gelegenheit nutzen, den arroganten Sack in die Pfanne zu hauen. Ja, das ist der Mann, mehr braucht er nicht zu sagen. Ganz einfach.«

»Nicht ganz so einfach. Er wird es unter Eid beschwören müssen.«

»Ach, hören Sie auf!«

»Sagt Ihnen die Judas-Strategie etwas?«

»Verschwörungstheorien, Herr Kommissar! Was machen wir hier eigentlich? Untersuchen Sie den mysteriösen Mord an Präsident Kennedy? Ich hatte weiß Gott immer eine hohe Meinung von der Kriminalpolizei. Aber es ist ja in Mode, Affären und Verschwörungen aufzudecken. Kranach-Affäre, Feyerabend-Affäre – Hauptsache da ist irgendwo Dreck, mit dem man jemanden bewerfen kann!« Nervös schritt Lukatsch in seinem Wohnzimmer auf und ab, wobei er immer noch sein leeres Glas in der Hand hielt. Schließlich blieb er vor dem Ölgemälde stehen, das Thomas von Aquin darstellte. »Als Sie das erste Mal hier auftauchten, belehrten Sie mich darüber, dass die Polizei sich an Beweise zu halten hat. Sicher, solange es um diese Sekte geht. Da muss man ja auch vorsichtig vorgehen. Bei mir dagegen begnügen Sie sich mit haltlosen Verdächtigungen, was?«

Dass der Abgeordnete Jungbluth nicht mochte, war dem Kommissar klar und beruhte auf Gegenseitigkeit. Obendrein hatte er sich bis jetzt dem Kommissar immer weit überlegen gefühlt und ihn das spüren lassen. Was war der Grund, dass er plötzlich seine souveräne Distanz aufgab und um sich schlug wie ein Tier, das sich in die Enge getrieben sah? Die anfängliche Befürchtung, dass der fusse Jupp Jungbluth ein Lügenmärchen aufgetischt hatte, wich von Minute zu Minute der Gewissheit, dass Hambroich die Wahrheit gesagt hatte. Gleichzeitig schwand auch, wie Jungbluth überrascht registrierte, seine Abneigung gegen den Politiker, das Bedürfnis, ihn unbedingt als überheblichen Schwätzer zu entlarven.

»Was steckt wirklich hinter Ihrem Kampf gegen diese Sekte?«, fragte er betont freundlich.

Lukatsch lachte abfällig. »Na, was denn wohl? Nackter politischer Ehrgeiz. Ein Ablenkungsmanöver von meiner Person und dem hässlichen Schmiergeldsumpf, in dem ich bis zum Hals stecke. Am besten, Sie bedienen sich bei der Regenbogenpresse.«

Jungbluth schüttelte den Kopf. »Ich weiß, dass es das nicht ist. Jedenfalls nicht allein.«

»So, und was noch?«

»Sie können sich doch denken, dass wir inzwischen wissen, dass Ihre Tochter Johannistin ist.«

»Und jetzt glauben Sie, das Motiv zu kennen? Meine Tochter ist kein Kind mehr.«

Jungbluth nickte. »Sie kann selbst verantworten, was sie tut.«

»Aber sicher doch.« Lukatsch schnaufte wütend. »Jeden Tag verpassen sie ihr eine Gehirnwäsche und alles, was man sagt und denkt, wird einem eingetrichtert. Das meinen Sie mit selbst verantworten, nicht wahr?«

»Gibt es einen Zusammenhang zwischen dem Tod Ihrer Frau und dem Sekteneintritt Ihrer Tochter?«

Lukatsch warf Jungbluth einen Blick zu, als wollte er sich auf ihn stürzen. Dann wandte er sich ab und hielt seinen Blick auf Thomas von Aquin gerichtet. »Ich wüsste nicht, was Sie das angeht.«

»Vielleicht haben Sie Recht«, gab der Kommissar zu.

»Abgesehen davon würde ich schon sagen, dass es einen unmittelbaren Zusammenhang gibt.«

Jungbluth wartete.

»Meine Frau litt an einer Art religiösem Wahn. Man kann sich das schwer vorstellen. Es war wie eine Krankheit. Sie schloss sich von der Außenwelt ab und verbrachte ganze Tage nur mit Beten. An allen Wänden in diesem Haus hingen Kreuze. Wenn sie ihr Zimmer verließ, schlug sie ständig Kreuzzeichen. Oder sie zischelte Stoßgebete, wenn man sie zum falschen Moment ansprach. Die Frau, Herr Kommissar, die ich vor langer Zeit geliebt hatte, war schön und intelligent. Musisch hoch begabt. Aber sie entschloss sich, mich zu verlassen auf einem Weg, auf dem ihr niemand folgen konnte. Mit einer Ausnahme.«

»Ihrer Tochter.«

Lukatsch seufzte. »Sie holte Rebekka zu sich in ihr Zimmer, in dem sie halbe Tage auf Knien verbrachten. Rebekka konnte beten, bevor sie lesen und schreiben lernte. Die Bibel kannte sie fast auswendig. Mich trifft Schuld, dass es mir nicht gelang, sie aus diesem Strudel zu erretten.«

Lukatsch hatte sich wieder gefangen. Es war seltsam, aber gerade da, wo es um sein persönliches Versagen, um den Tiefpunkt seiner Familiengeschichte ging, wirkte er in wachsendem Maße souverän und unangreifbar.

Jungbluth kam der Verdacht, dass der Politiker sich diese Antworten schon seit langem zurechtgelegt hatte.

»Wie ist sie gestorben?«, fragte er.

»Sie hat sich das Leben genommen.«

Der Kommissar wunderte sich. »Eine Frau, die Sie als durch und durch religiös bezeichnen, begeht Selbstmord?«

»Religiös!« Lukatsch wandte sich seinem Gast zu. »Sie haben wohl nicht verstanden, wovon ich spreche. Meine Frau war nicht religiös, ebenso wenig wie diese hirnverbrannten Fanatiker. Sie befand sich in einem Dämmerzustand, der sich allmählich zu einer Finsternis verdichtete, aus der es kein Entrinnen gab.«

Es klopfte an der Tür.

»Ja?«, meldete sich Lukatsch.

Die Tür öffnete sich.

Die Dame, die Jungbluth zwei Tage zuvor für Lukatschs Frau gehalten hatte, steckte den Kopf herein. »Das Aufnahmeteam vom *Westdeutschen Rundfunk* ist da«, sagte sie.

Lukatsch sah auf die Uhr. »So spät noch?«

»Sie hatten einen Termin um zwanzig Uhr dreißig.«

»Also dann, Herr Kommissar.« Erleichtert aufatmend wies der Abgeordnete mit der Hand zur Tür. »Schluss mit der unerfreulichen Debatte. Ich habe noch ein Feature zu drehen.«

24

Er behauptete immer, dass er noch geschäftlich in der Redaktion zu tun habe. Schließlich sei er der Chef einer angesehenen Zeitung, da könne man es sich nicht leisten, auf die Uhr zu sehen oder pünktlich zum Abendessen zu erscheinen. Von Mutter erwartete er, dass sie dafür Verständnis hatte. Obwohl sie genau wusste, dass er sich mit einer Volontärin vergnügte. Und er wusste, dass sie es wusste. Später gab er sich kaum noch Mühe zu verheimlichen, was er tat. Es war ihm zu viel Aufwand, Ausreden zu erfinden.

Sie wollte ihn zum Teufel jagen, aber er schloss sie kurzerhand in ihrem Zimmer ein. Ich weinte und schrie ihn an, dass er sie gehen lassen müsse, da sperrte er mich ins Kinderzimmer. Ich konnte brüllen und gegen die Tür treten, so viel ich wollte.

So einfach war das für ihn.

Später, als sie sich selbst einschloss, weil sie ihn nicht mehr sehen wollte, nannte er es einen religiösen Tick.

»Uns beiden kann es egal sein, wie er es nennt«, meinte Mutter. »Hauptsache, dass wir beide uns haben.«

Sie konnte nicht ahnen, wie weit er gehen würde. Sicher hat er uns dafür gehasst, dass wir beide uns hatten.

Ich weiß, dass er sie getötet hat, weil er es nicht ertragen kann, dass es Menschen gibt, die er als seinen Besitz betrachtet und die trotzdem unabhängig von ihm existieren können. Natürlich hat er nicht auf sie geschossen. Er hat ihr nicht einmal die Tabletten eingeflößt. Dazu hätte er niemals den Mut aufgebracht.

Er hat sie verhungern lassen. Nicht physisch. Sie wurde seelisch ein Wrack, nach fast einem Jahrzehnt, in dem das Gefühl nach und nach von ihr Besitz ergriff, belanglos zu sein. Ein Gegenstand zu sein, den man wegsperrt, nicht weil er wertvoll ist, sondern weil man Ruhe vor ihm haben will.

Er hat mich nicht zu ihr gelassen. Damals kam ich von der Klassenfahrt zurück. Ich hatte jeden zweiten Abend angerufen und er hatte mich angelogen. Also fuhr ich vorzeitig nach Hause. »Sie ist von uns gegangen«, erklärte mir mein Vater und schluckte, als ob ihm ein Kloß im Hals säße. Er stand mit dem Rücken zu mir im Wohnzimmer, hielt ein Glas in der Hand und betrachtete sein geliebtes Lutherporträt.

»Von uns gegangen. Wie soll sie denn von uns gehen«, brüllte ich ihn an, »wenn du sie immer einsperrst? Kannst du mir das erklären? Außerdem wäre sie niemals von mir gegangen, ohne es mir vorher zu sagen! Niemals, merk dir das!«

Ehrlichkeit. Das ist Vaters Lieblingswort. Ehrlichkeit war sein Motto, als er Chefredakteur wurde. Ungeschminkte Wahrheit, Dinge beim Namen nennen – solche Worte machten ihn zum Politiker. Dabei kann er gar nicht ehrlich sein. Er ist ein schwacher Mensch, den der Erfolg korrupt gemacht hat. Er will, dass die Menschen ihn bewundern, weil er sich insgeheim darüber im Klaren ist, dass nichts Bewundernswertes an ihm ist. Er will, dass alle ihn anhimmeln, und dafür würde er ihnen alles erzählen, nur nicht die Wahrheit.

Ebenso wenig wie Joschua.

Nachdem ich in jener Sommernacht ihn und Renata eng umschlungen am Baggerloch beobachtet hatte, war mir klar, dass er ein Lügner war. Ich rannte zurück, und noch bevor ich bei den Baracken angekommen war, kam mir die Idee, dass er auch Renata betrog. Was, wenn er auch sie gebeten hatte, ihm zu vertrauen?

Mein Vorteil war, dass er nicht ahnte, dass ich sein doppeltes Spiel entdeckt hatte. In den nächsten Tagen wich ich Joschua aus. Ich wollte ihn nicht mehr treffen, aber er gab sich damit nicht zufrieden. Immer wieder passte er mich ab und fragte mich, warum ich ihm ausweiche, was ich einfach abstritt.

Nach ein paar Wochen, dachte ich, werde ich alles vergessen haben. Aber die Sache ließ mir keine Ruhe. Ich konnte nicht mehr schlafen und nahm nicht mehr mit dem Herzen am Gemeindeleben teil.

Heimlich ging ich Joschua nach und beobachtete ihn. So stellte ich fest, dass er die Wüstenzeit nicht in der Kapelle oder in der Baracke verbrachte, sondern unbemerkt von den anderen das Gemeindegelände verließ. Meist blieb er eine Stunde weg, manchmal auch bis zum Nachtgebet. Welches Spiel spielte er? Es war schon fast Herbst, als ich seine Abwesenheit dazu nutzte, seine Sachen zu durchsuchen.

Wir verpflichten uns dazu, kaum private Dinge zu besitzen. Unter den Betten steht ein kleiner Korb, in dem wir Habseligkeiten aufbewahren, Schreibzeug, Zahnbürste, Spangen und dergleichen. Joschuas Korb war leer. Ich durchwühlte sein Bettzeug. Und schließlich fand ich unter der Matratze einen Briefumschlag mit einem Foto darin. Und ein Handy.

Telefone bedeuten nichts anderes, als dass einer mit Menschen spricht, die nicht seine engsten Schwestern oder Brüder sind, sagt Renata. Er bespricht mit ihnen Dinge, die seine Nächsten nichts angehen. Und so baut er eine Mauer zwischen sich und die anderen.

Ich wusste nicht, was ich unternehmen sollte, aber da ich das Foto eingesteckt hatte, fürchtete ich, dass Joschua die Durchsuchung bemerken könnte. Also beschloss ich, noch am gleichen Abend zu handeln.

Ich fand Joab beim Tagungshaus. Er war damit beschäftigt, Leitungen für das elektrische Licht zu legen.

»Was willst du?«, fragte er, als er mich bemerkte. Seine Stimme hallte in dem unverputzten Raum.

»Ich glaube«, sagte ich, »jetzt ist die Zeit zum Handeln gekommen.«

»Handeln?« Joab ließ das Kabel fallen und kam zu mir herüber.

Ich reichte ihm das Handy.

»Woher hast du das?«

»Joschua bewahrt es unter seiner Matratze auf. Ich habe … ich wollte nicht …«

Joab starrte das Mobiltelefon in seiner Hand an. »Gut«, sagte er schließlich. »Du warst sehr aufmerksam und hast uns allen einen Dienst erwiesen. Geh jetzt.«

»Was wird denn mit ihm geschehen …?«

»Geh.«

Am nächsten Tag, nach der morgendlichen Unterweisung, beobachtete ich, wie Joab und Jakob Joschua abholten und zur Scheune brachten, um ihn zu befragen. Renata erkundigte sich, ob ich an der Befragung teilnehmen wollte, aber ich lehnte ab und behauptete, dass ich heftige Kopfschmerzen hätte.

In der Versammlung warf man Joschua vor, ein Judas zu sein.

»Er ist wie einer, der sich in das Bett der Königin schleicht, um sie zu täuschen. Der wartet, bis sie schläft, dann geht er und öffnet die Tore, um den Feind hereinzulassen«, vertraute mir Renata gegen Mittag an. »Er muss bereuen und ein anderer Mensch werden.« Ich bemerkte Wut in ihrer Stimme. Wut und grenzenlose Enttäuschung. Niemals vorher und nie mehr danach habe ich sie so erlebt. Auch sie hat er hintergangen, dachte ich.

Wie sich später herausstellte, hatte einer der Brüder Joschua zwei Mal dabei beobachtet, wie er während der Wüstenzeit das Gelände verließ. Eine Schwester wollte gesehen haben, dass er sein Handy benutzt hatte. Joab bestand darauf, dass die übliche Prozedur des Bereuens für so einen Verräter nicht ausreiche.

Am Wochenende froren wir zum ersten Mal nach diesem Sommer, als wir uns am Morgen auf der Wiese versammelten.

»Wer ohne Sünde ist«, hallte die klare Stimme der Evangelistin über den Platz, »der werfe den ersten Stein. So steht es geschrieben. Ich frage euch: Wer ist damit gemeint? Wer ist derjenige, der ohne Sünde ist, wenn nicht wir? Wir leben in der Welt der Sünde, ohne selbst an der Sünde teilzuhaben. Der Herr ermutigt uns, den Stein zu erheben, weil er sonst niemanden hat, der ihm ein würdiges Werkzeug wäre. Der Herr erwartet es von uns, denn er will Gericht halten und die Gerechten von den Ungerechten scheiden. Er fordert es von uns, denn er ist nicht gekommen, den Frieden zu bringen, sondern das Schwert …«

Heute bin ich mir nicht mehr sicher, ob ich Joschua jemals gehasst habe. Vielleicht tat ich es und ich schämte mich dafür. Damals dachte ich so. Es war gut, dass ich Renata hatte. Ohne sie ist der Glaube meines Erachtens nicht zu ertragen. Dass man den Tod erleiden muss, damit sich das Leben offenbart. Den Schmutz und die Lüge erdulden, die Falschheit, dass sich der Himmel auftut, das kann niemand aushalten, ohne daran zu verzweifeln. Aber ich hatte Renata.

Die Älteren unserer Gemeinde verlangten, dass Joschua bereute. Aber er fragte, was er bereuen solle? Gott wisse, dass er ohne Sünde sei. Joab brachte ihn dennoch auf die Wiese, damit Joschua sich dort seinen Versuchungen stellte. Und Joschua entschloss sich, uns zu verlassen. Joab fasste ihn jedoch, als er über das Tor klettern wollte.

»Er wollte uns nicht den Rücken kehren«, erklärte Renata. »Aber er musste die ganze Strafe auf sich nehmen, verstehst du? Den Becher bis zur Neige ausleeren. Stellvertretend für uns, seine Schwestern und Brüder.«

Sie allein hat ihn verstanden. Und nur dank ihrer weiß ich, dass ich mich in Joschua täuschte.

Ich werde für immer unglücklich sein.

25

Jungbluths Nacht war unruhig. Nachdem er das Licht ausgeknipst hatte, konnte er nicht einschlafen, weil ihm klar wurde, wie lang die Zeit zwischen heute Abend und morgen Abend sein würde. In dieser Zeit konnte viel passieren. Immer hartnäckiger verfolgte ihn die Vorstellung, dass die Johannisten Bukowski enttarnt hätten. Und dass sie mit ihm das anstellen würden, was sie diesem Heym angetan hatten. Jungbluth versuchte, sich die Sorge auszureden, aber das machte sie nur noch widerspenstiger. Als er eindöste, führte sie in seinen Träumen Regie.

Morgens um halb sechs stand er auf und verschlang einen Teller Cornflakes. Eine Weile starrte er gedankenverloren aus dem Fenster. Es sah nach Schnee aus, aber er konnte sich täuschen. Dann duschte er und zog sich an. Endlich war es sechs Uhr.

Er wählte Cora Willekes Nummer.

»Weißt du, wie spät es ist?,« meldete sie sich verschlafen.

»Wir müssen etwas unternehmen wegen Carsten.«

»Was denn?«

»Das will ich ja mit dir besprechen.«

»Also gut.« Sie gähnte ausgiebig. »Wir treffen uns in zwanzig Minuten am Marienplatz und frühstücken in einem Café, falls schon eins offen hat.«

Leider war noch nichts offen außer einem Stehcafé in der Fußgängerzone.

»Wo warst du gestern Abend?«, fragte Cora, während Jungbluth seine Tasse Kaffee zu ihrem Tisch balancierte. »Ich habe dich gesucht.«

»Ich war in Lüttelforst, um unserem sauberen Abgeordneten einen Besuch abzustatten. Jetzt bin ich mir sicher, dass er irgendwie in diesen Mord verwickelt ist.«

»Wie?«

»Das weiß ich noch nicht. Jedenfalls lügt er wie gedruckt.« Jungbluth schlürfte seinen Kaffee. Er war glühend heiß und so stark, dass man schon vom Einatmen des Geruchs Herzklopfen bekam. »Dieser Einsatz von Carsten«, wechselte Jungbluth das Thema. »Ich habe den Eindruck, dass er aus dem Ruder läuft.«

»Das ist kein Einsatz.«

»Ich weiß, ja.«

»Nein, Dirk, das ist der springende Punkt. Carsten zieht allein etwas ab und wir können nichts machen.«

»Natürlich nicht offiziell. Aber irgendwas …«

Cora schüttelte den Kopf. »Nein.« Sie bot ihm ein Croissant an. »Wir können nur hoffen, dass nichts schief geht.«

Jungbluth nahm das Hörnchen, legte es auf seinen Teller und starrte es an. »Das ist eine schöne Scheiße.«

»Ich habe dich gewarnt.«

»Gewarnt?«, fuhr Jungbluth auf. »Wovor denn gewarnt? Was hätte ich denn deiner Meinung nach machen sollen? Carsten hat das völlig allein angeleiert.«

»Genau. Und jetzt sieht er mal, wohin das führt, wenn man den einsamen Rambo spielt.«

»Aber das kann doch, verdammt nochmal, nicht heißen, dass wir ihn vor die Hunde gehen lassen?« Jungbluth machte ein zerknirschtes Gesicht. »Was sind wir nur für Kollegen …«

Cora legte ihre Hand auf seine Schulter. »Bukowski wird die Sache schon durchstehen, Dirk. Er ist ein erfahrener Bulle. Bis jetzt gibt es keinen konkreten Grund, sich um ihn Sorgen zu machen.«

»Ach nein?«

»Er ist nicht zum Treffpunkt erschienen, na schön, das kann viele Gründe haben.«

»Wir dürfen ihn nicht hängen lassen. Warum nehmen wir die ganze Gemeinde nicht hoch?«

»Jetzt redest du schon wie er.«

»Es ist ein Notfall.«

»Wir haben nichts in der Hand.«

»Das wird sich schon machen lassen«, beharrte Jungbluth.

»Eben hast du noch gesagt, dieser Lukatsch sei verdächtig. Was ist jetzt richtig?«

»Wir bezichtigen die Johannisten ja nicht, den Mord begangen zu haben. Alles, was wir brauchen, ist Zutritt auf ihr Grundstück.«

»Keine Chance. Ich habe mit dem Staatsanwalt gesprochen.«

»Du hast schon mit ihm gesprochen?«

»Denkst du vielleicht, mich lässt die Sache kalt? Dr. Müngersdorf ist keiner dieser Paragrafenheinis. Man kann mit ihm reden.«

»Was hat er gesagt?«

»Dass wir uns nichts Dämlicheres hätten einfallen lassen können. Wenn irgendetwas davon herauskommt, dass wir illegalerweise einen Mann eingeschleust haben, dann haben die gewonnen. Egal was sie auf dem Kerbholz haben mögen.«

»Das glaubt er doch selbst nicht«, meinte Jungbluth trotzig.

»Er hat es jedenfalls gesagt. Bukowski sei das Beste, was denen passieren konnte. Und das wissen sie wahrscheinlich auch.«

»Quatsch«, sagte Jungbluth.

Fast zwei Stunden brauchte Hauptkommissar Jungbluth, bis sich sein Ärger gelegt hatte. Natürlich hatte Cora Recht. Eine panische Überreaktion würde niemandem etwas nützen. Und eine Intervention zum Preis, Carsten zu enttarnen, konnte allen sogar erheblich schaden.

Es sei denn, Carsten steckte wirklich in Schwierigkeiten …

Der Ärger war verflogen, aber das ungute Gefühl ließ sich nicht vertreiben.

Am frühen Nachmittag fand sich Jungbluth vor dem Eingang der *Johannistischen Gemeinde* wieder. Er klingelte, aber niemand öffnete. Er hämmerte mit den Fäusten an das Tor.

Schließlich tat sich auf der anderen Seite doch etwas. Ein bärtiger Mann in einer weißen Kutte machte das Tor einen Spalt breit auf.

»Kriminalpolizei«, sagte Jungbluth. »Ich muss die Chefin sprechen, aber plötzlich.«

»Die Chefin?«

»Renata van Ackeren, Ihre Evangelistin.«

»Einen Moment, bitte.«

Die Tür schloss sich wieder.

Jungbluth wartete.

Nichts tat sich.

Wenn ihr glaubt, ihr könnt die Sache einfach aussitzen, dachte er, dann habt ihr euch getäuscht.

Etwa fünfzehn Minuten später sauste ein weißer Sportwagen heran und hielt hinter Jungbluths Auto.

Magat, der Anwalt mit der gepflegten Glatze, stieg aus. Er trug weiße Joggingklamotten mit gelben Streifen. »Herr

Kommissar«, begrüßte er Jungbluth mit gewohnter Freundlichkeit. »Entschuldigen Sie den Aufzug, aber ich drehte gerade meine tägliche Runde, als der Anruf kam.«

»Ich will nichts weiter als hereingelassen werden«, sagte Jungbluth wenig höflich.

»Warum, wenn ich fragen darf?« Magat lächelte. »Ich habe Sie doch neulich erst herumgeführt.«

Jungbluth deutete auf die Zäune, die mit Stacheldraht gekrönt waren. »Den Gefängnistrakt habe ich aber noch nicht gesehen.«

Beleidigt verzog der Anwalt das Gesicht. »Sie wissen, dass dies kein Gefängnis ist, sondern ein Schutzraum für eine friedlich gesinnte Gemeinschaft vor einer nicht sehr toleranten Umwelt.«

»Warum kann ich dann nicht rein in diesen Schutzraum?«

»Weil es so etwas wie eine Privatsphäre gibt, Herr Kommissar.«

»Die respektiere ich.«

»Aber Sie sind kein Privatmann, sondern die Polizei.«

Jungbluth verlor die Geduld. Im Grunde war ihm klar, dass er den falschen Ton anschlug, aber er hatte die Feilscherei satt. »Hören Sie, Herr Anwalt, wir beide brauchen eigentlich nicht um den heißen Brei herumzureden«, sagte er barsch. »Ich möchte meine Arbeit tun und Sie wollen zu Ihrer täglichen Runde zurück. Also hören wir auf damit.«

»Womit?«

»Ich ermittele in einem Mordfall und verlange Zutritt zum Grundstück der Sekte.«

Das Tor öffnete sich.

Eine Frau in einem schwarzen Gewand trat heraus. Sie machte eine grüßende Bewegung in Richtung des Anwalts.

»Sie haben eine konkrete Spur?«, erkundigte sich Magat.

Jungbluth nickte.

»Wenn das so ist, Herr Kommissar, dann frage ich mich, warum wir nur die Ehre Ihres Besuchs haben.«

»Wie meinen Sie das?«

»Nun, wieso stehen dort nicht mindestens fünf Streifenwagen? Wo bleibt das Sondereinsatzkommando?«

»Bis jetzt besteht dafür noch keine Notwendigkeit.«

Magat kratzte sich an der Backe und Jungbluth hoffte inständig, dass er sich das joviale Grinsen vom Gesicht kratzen würde. »Sehen Sie, Herr Kommissar, ich denke, dass Sie mit Ihrem Verdacht, in dieser friedlichen Gemeinde etwas Strafbares zu finden, in Ihrer Behörde ziemlich allein dastehen. Bitte, haben Sie keine Scheu, mich zu korrigieren, wenn ich mich irre.«

Jungbluth kochte innerlich. Normalerweise glaubte er, sich halbwegs in der Gewalt zu haben, aber es hatte sich zu viel aufgestaut. »Ich werde Ihnen jetzt einmal etwas sagen, Herr Winkeladvokat. Sie werden mir sofort Zutritt zu Ihrem privaten Gefangenenlager gewähren oder ich werde dafür sorgen, dass Sie Ihre Zulassung als Anwalt nicht mal mehr als Klopapier benutzen können!«

Magat grinste nur.

»Herr Kommissar«, meldete sich die Frau in Schwarz und trat näher. Ihr Blick, der seltsam leblos wirkte, fixierte ihn. »Wir sind es gewohnt, von Leuten Ihres Schlages verdächtigt zu werden. Beschuldigt und mit Füßen getreten. Das Licht erleuchtet die Finsternis, doch die Finsternis empfindet dies als tödliche Bedrohung. Deshalb –«

»Sparen Sie sich Ihre Worthülsen«, fuhr Jungbluth ihr über den Mund. »Ich bin nicht hier, um mir eine Predigt anzuhören.«

»Beschuldigen Sie uns oder beschuldigen Sie uns nicht, verantwortlich für den Tod eines Mannes zu sein?«

»Sein Name ist Ottmar Heym«, erwiderte Jungbluth. »Allerdings geht es bis jetzt nur darum, Hinweise zu finden. Auch um Ihre Unschuld zu beweisen.«

»Also sind wir angeklagt?«

»Nein. Im Haar des Ermordeten wurde Heu gefunden.

Ich möchte eine Heuprobe von Ihrem Grundstück nehmen und sie vergleichen.«

»Und wir möchten einen richterlichen Durchsuchungsbeschluss sehen«, sagte Magat.

»Können Sie haben«, bluffte Jungbluth.

»Ausgezeichnet. Wir warten«, nickte die Evangelistin.

Jungbluth war sich bewusst, dass er versagte. Der Bluff verfing nicht. Harter Cop sein, Clint Eastwood spielen und Türen eintreten, das war Bukowskis Spezialität, nicht seine. Ihm kaufte man nicht einmal eine Lüge ab, auch nicht, wenn er pampig wurde. Zu leicht zu durchschauen. »Tun Sie das«, brummte er.

»Sie kommen doch nicht auf dumme Gedanken?«, hakte Magat nach. »Zum Beispiel, einen Ihrer Beamten hinter dem Rücken der Behörden hier einzuschleusen, oder? So etwas hätte üble Folgen für Sie.«

Sie wissen alles, durchfuhr es Jungbluth. Sie haben Bukowski enttarnt, kein Zweifel. Aber sie können ihm nichts tun. Wenn sie ihm auch nur ein Haar krümmen, dann sind sie geliefert. Und ich werde diesen Kerl hochstpersönlich umbringen.

Er lenkte ein. »Also gut. Ich werde wiederkommen.«

»Ein kleiner Tipp«, raunte ihm Magat zum Abschied zu. »Wenn Sie erfolgreich Poker spielen wollen, sollten Sie Ihre Karten hochhalten, damit Ihre Mitspieler nur die Rückseite sehen können.« Er grinste noch breiter als zuvor. »Dann macht das Spiel auch mehr Spaß.«

Ich bin ein Idiot, dachte Jungbluth, während er unter den höhnischen Blicken van Ackerens und Magats ins Auto stieg. Alles habe ich vermasselt. Wieso musste ich nur hier aufkreuzen?

Er startete den Wagen, wendete und fuhr die Ausfahrt bis zur Straße. Bog rechts ab.

Doch schon hinter der nächsten Kurve hielt er an und schaltete den Motor aus.

26

Als Bukowski die Augen öffnete, sah er alles um sich herum unscharf und verschwommen. Dabei blieb es auch, nachdem er mehrmals geblinzelt hatte. Es schien so, als hätten seine Augen etwas abbekommen.

»Da bist du ja wieder«, hörte er eine Stimme, die er kannte, aber trotzdem keiner Person zuordnen konnte. »Ich dachte schon, du wachst überhaupt nicht mehr auf.«

Der Kommissar rieb sich die Augen. Dann stützte er sich auf die Ellbogen. Die Umrisse wurden allmählich deutlicher.

Er lag ausgestreckt auf einer Liege oder einem Bett. Daneben saß jemand und beobachtete ihn. Ein junger Mann mit einem länglichen Gesicht und dichten Augenbrauen. Die Brille war überdimensional groß.

»Simeon, bist du das?«, riet Bukowski.

Das Gesicht nickte. »Weißt du noch: Wir beide, draußen auf der Wiese? Ich in der Hütte und du draußen als Wachhund? Jetzt haben wir die Rollen getauscht.«

»Wo bin ich? Was haben sie mit uns gemacht?«

»Mit uns?« Simeon setzte ein Lächeln auf. »Rachel musste dir ein Medikament verabreichen. Du fühltest dich nicht gut.«

»Ich fühlte mich nicht gut?« Bukowski setzte sich ganz auf. Jetzt sah er noch schärfer. Nur sein linkes Auge tränte noch. »Was war denn los?«

»Joab sagt, dass du dich nicht bewährt hast. Ich dagegen soll noch eine zweite Chance bekommen. Als Dank für meine Loyalität.«

»Was redest du da?« Langsam konnte Bukowski die Erinnerungsfetzen zu einem Bild zusammenfügen. »Na, immerhin haben sie dich aus dem Käfig gelassen. Jetzt müssen wir nur noch nach draußen kommen.«

Simeon schüttelte den Kopf. »Du hast nicht begriffen, was Glauben heißt, Tobit. Das ist ein Fehler.«

»Glauben?«

»Es heißt vertrauen. Kompromisslos vertrauen. Sich ausliefern. Das ist eine sehr harte, schwierige Übung. Aber wenn du sie bestehst, kann dir nichts mehr passieren.«

»Bring mich hier weg!«, verlangte Bukowski. Er versuchte aufzustehen. Seine Beine fühlten sich an wie Pudding.

Der schmächtige Simeon drückte ihn ohne Mühe wieder auf die Liege zurück. »Wir werden anhören, was du zu sagen hast«, erklärte er geduldig. »Genauso, wie wir Schwester Rebekka angehört haben.«

»Rebekka? Was ist mit ihr?«

»Sie wollte unsere Familie an den Widersacher ausliefern. An den Mann, der früher einmal ihr Vater war.«

Bukowski schnaubte. »So ein Unsinn! Sie hasst ihn doch glühend, habt ihr das nicht mitbekommen?«

»Immerhin hat sie mit dir gesprochen.«

»Na und?«

»Du solltest dich nicht aufregen, Tobit. Jeden Moment wird Rachel hier sein. Es ist Zeit für die Medizin.«

Der Hauptkommissar begann zu schwitzen. »Wollt ihr mich umbringen?«, brüllte er. Er hasste diesen verbohrten Jüngling, der sich für religiös hielt und im Grunde nur beispiellos dumm war.

Er nahm alle Kraft zusammen und rappelte sich noch einmal auf. Dieses Mal fühlte er sich schon kräftiger. Doch nach zwei Schritten verschwamm wieder alles vor seinen Augen.

Es wurde dunkel.

Er wusste nicht, ob Tage vergangen waren oder Wochen. Oder vielleicht nur Minuten. Über ihm schwebte erneut ein Gesicht. Dieses Mal war es nicht das Simeons, sondern Deckers. Es sah zufrieden aus.

»Damit kommt ihr nicht durch«, flüsterte Bukowski. Sein Mund war trocken. Er hatte einen schlimmen Traum gehabt.

»Ich an deiner Stelle würde mir nicht den Kopf über uns zerbrechen«, sagte Decker. »Du hast selbst genug Probleme.«

»Ihr könnt mich hier nicht ewig festhalten.«

»Niemand hält dich hier fest.«

»Dann werde ich jetzt gehen.« Bukowski schwang die Beine aus dem Bett. Sie schienen Tonnen zu wiegen. Ihm wurde schwindelig.

»Dazu bist du wohl kaum in der Lage. Als Polizist solltest du doch wissen, dass Verbrechen bestraft werden müssen. Immerhin hast du beinahe einen Menschen umgebracht.«

»Was habe ich?«

Der Glatzkopf deutete auf ein zweites Bett. Darin lag Simeon. Er schien ohne Bewusstsein zu sein. An der Schläfe hatte er eine blutige Wunde. Neben dem Bett stand Rebekka und starrte Bukowski an.

»Ein Wunder, wenn er durchkommt«, sagte Decker. »Du hast ihn mit einem Stein erwischt.«

»Nein …« Er versuchte, sich zu erinnern, aber da war nur dieser Streit, den er mit dem Jungen gehabt hatte. Es war wie ein Film, den er vor langer Zeit gesehen hatte und dessen Ende er sich nicht mehr ins Gedächtnis rufen konnte. »Ich dachte«, stammelte er, »ich hätte geträumt. Es war so … unwirklich …«

»Unwirklich«, wiederholte der Mann, der sich Joab nannte. »Soll ich dir sagen, was unwirklich ist? Dass du zu deinen Leuten da draußen gehst und ihnen weismachen willst, wir seien Fanatiker, die Menschen mit Steinen töten. Du hättest dich erleben sollen. Drei Männer schafften es nicht, dich zu bändigen. Kennst du überhaupt den Unterschied zwischen Traum und Wirklichkeit?«

»Nein.« Bukowski schüttelte den Kopf. Er merkte, dass seine Unterlippe zitterte. »Es tut mir Leid. Ich …«

»Wir geben ihm noch eine Spritze«, verlangte Decker und

winkte Rebekka heran. »Nur zur Sicherheit. Damit er uns nicht wegläuft.«

Das Mädchen reichte ihm die Ampulle. Als Decker sie gegen das Licht hielt, griff sie urplötzlich zu und zog ihm den Revolver aus dem Gürtel. »Du warst es! Du hast Simeon so zugerichtet«, zischte sie. »Ich habe es gesehen. Er ist mein Schützling.«

Decker schäumte. »Los, gib die Knarre her!« Ungeduldig streckte er seinen Arm aus. Nicht eine Sekunde glaubte er daran, dass sie wirklich schießen würde.

Obwohl er praktisch schachmatt gesetzt war, dämmerte Bukowski, dass dies eine Chance war. Vielleicht die einzige, die er haben würde. Es kostete ihn viel Kraft, einen Schritt auf Rebekka zu zu machen, ihr den Revolver aus der Hand zu nehmen und ihn auf den Glatzkopf zu richten. »Aus dem Weg, Decker« , forderte er schwer atmend.

»Sie haben dir ein Mittel verabreicht«, erklärte Rebekka schniefend. »Man bekommt davon Halluzinationen. Aber seit zwei Stunden habe ich dir nichts mehr gegeben. Die Wirkung müsste langsam nachlassen.«

Der Hauptkommissar hielt die Waffe weiter auf Decker gerichtet.

Der machte keine Anstalten, die Tür freizugeben. »Sei doch vernünftig, Dicker«, sagte Decker fast mitleidig. »Wie willst du denn hier herauskommen?«

Das war eine gute Frage.

In diesem Moment betrat noch jemand den Raum. Renata, wie immer ganz in Schwarz.

Bukowski zögerte keinen Moment. Er packte die Evangelistin und hielt ihr den Revolver an die Schläfe. »Ganz einfach«, flüsterte er. »Du bringst mich zur Tür. Und dann sagst du noch nett auf Wiedersehen. Denn ich werde bald zurückkehren.«

Renata hielt still. Bukowski spürte ihren erhöhten Herzschlag.

»Los, mach schon«, befahl die Predigerin Decker. »Tu, was er sagt.«

Langsam, ganz langsam trat der Glatzkopf beiseite. »Das wirst du bereuen.«

Bukowski nickte in Richtung Rebekkas. »Sie kommt mit.«

»Nein«, widersprach das Mädchen. »Warum ...?«

»Ich brauche dich«, beharrte der Hauptkommissar. »Ich muss wissen, was los war.«

»Aber –«

»Keine Diskussion.«

Zu dritt verließen sie die Scheune und traten auf den Versammlungsplatz hinaus.

Die Luft war kalt, es war um die null Grad. Bukowski atmete durch. Langsam kam sein Kreislauf wieder auf Touren. Die Sonne stand schon tief, vermutlich war es später Nachmittag.

»Ich habe nichts mit Decker zu tun«, stieß Renata leise hervor. »Du vergreifst dich an einer Unschuldigen.«

»Das werden wir sehen.«

Langsam, Schritt für Schritt, überquerten sie den Platz. Bei den Baracken standen einige Weißgewandete und verfolgten wie paralysiert das Geschehen, aber sie machten keine Anstalten einzugreifen.

Wie eine Fieberwelle kam die Erinnerung über Bukowski. Er schloss die Augen und sah plötzlich einen großen Stein in seiner Hand. Er war mit Blut befleckt. Dann hörte er ein dumpfes Geräusch, das entstand, als der Stein gegen einen menschlichen Schädel knallte. Das war kein Traum gewesen. Wie sollte man so etwas träumen, wenn man es nicht erlebt hatte? »Wie konnte ich das tun ...?«, stammelte er.

»Bitte, lass mich gehen«, bettelte das Mädchen. »Das ist mein Zuhause.«

»Du brauchst Hilfe«, zischte Renata und machte sich schwer. »Merkst du nicht, was mit dir los ist?«

»Dein Zuhause?«, ereiferte sich Bukowski. »Begreifst du

denn nicht, dass Joschua, den du als Heiligen verehrst, nichts weiter als ein Spitzel war? Wessen Spitzel, werden wir noch herausfinden. Ob vom BKA oder wem sonst ...« Die Gedanken und Bilder in seinem Kopf schienen immer schneller durcheinander zu wirbeln. Absurde, unmögliche Figuren trafen aufeinander. Aber auch einzelne Puzzlesteine, die plötzlich ineinander passten.

»Ich glaube dir nicht«, sagte Rebekka. »Du lügst.«

»Sag du's ihr!« Bukowski schüttelte den Körper der Evangelistin. »Sag ihm, wer dieser Mann war! Hast du nicht von Herodes gepredigt, dem König der Eitelkeit und Geschwätzigkeit!«

»Du verstehst nicht das Geringste«, schnaubte Renata.

»O doch. Seine Nummer war auf dem Handy gespeichert, das ihr Joschua abgenommen habt, nicht wahr? Der Mann, den ihr euren Feind nennt, wollte euch ausspionieren, um herauszufinden, wie er euch vernichten kann, so war es doch, oder nicht? Und warum? Weil ihr seine Tochter habt!«

»Das ist nicht wahr«, stammelte Rebekka.

»Mach die Augen auf, Rebekka. Dein Vater hat Joschua Geld bezahlt, damit er sich bei euch einschleicht. Und ihr habt ihn umgebracht.«

»Nein.« Das Mädchen schüttelte heftig den Kopf. »Nein.«

Sie hatten das Tor fast erreicht. Noch zirka zwanzig Meter, da stolperte Bukowski über einen Trittstein und fiel hin.

Renata reagierte sofort. Sie rannte los und war eine Sekunde später hinter einem Gebüsch in Deckung gegangen.

»Halt!«, schrie Bukowski und rappelte sich auf. Er riss den Revolver hoch. Ihm wurde übel.

»Woher weißt du das?«, wollte Rebekka wissen.

»Was, zum Teufel?«

»Das mit meinem Vater. Sag, dass du das erfunden hast.«

»Es ist mein Job, so etwas herauszufinden. Ich bin bei der Kripo.« Bukowski winkte mit der Waffe. »Hilf mir, schnell.«

Er stützte sich bei Rebekka auf.

Noch etwa zehn Schritte bis zum Ausgang. Sie hatten es so gut wie geschafft.

»Da wäre noch etwas«, sagte Decker hinter ihnen.

Bukowski blieb stehen und drehte sich um.

Der Glatzkopf stand ihm grinsend gegenüber und nahm ihm ohne Hast den Revolver aus der Hand. »Ich habe dir gesagt, du schaffst es nicht.«

»Ja«, sagte Bukowski. Auch wenn es ihm nicht passte, er sah das nun auch so.

»Dann folge mir mal unauffällig.« Decker packte ihn am Arm und schob ihn vorwärts. »Ich zeige dir, wo du wohnst.«

»Einen Moment noch!«, rief eine andere Stimme.

Bukowski hörte, wie eine Waffe entsichert wurde. Deckers konnte es nicht sein, denn der hatte seine hinten in seinen Gürtel gesteckt, weil er sich auch so Bukowski überlegen fühlte.

Jetzt zog er sie heraus und warf sie auf den Boden. Er hob beide Arme.

»Claude Decker«, sagte die neue Stimme, »ich nehme Sie fest wegen Mordverdachts.«

Die Stimme gehörte Dirk Jungbluth.

27

Dr. Tillmann Lukatschs negative Meinung über die Presse bekam neue Nahrung. Ohne dass wirklich Eindeutiges zu Tage kam, warteten die Blätter mit immer neuen Enthüllungen im Feyerabend-Skandal auf. Nicht nur Lukatschs Intimfreund habe Zuwendungen vom Baulöwen Henkel erhalten, hieß es ganz aktuell, sondern ebenso Lukatsch selbst, mochte er den Betrag auch geschickt als Spende für die Initiative für Pluralismus und Toleranz getarnt haben.

Der gemeinnützige Verein hatte seine Unschuld verloren und drohte nun, politisch mehr Schaden anzurichten, als er an Image eingebracht hatte. Man nannte ihn *Initiative für gesellschaftliche Toleranz gegenüber persönlicher Bereicherung.* Einige Stimmen orakelten über das nahende politische Ende des ehrgeizigen Abgeordneten.

Wir haben uns ja schon lange daran gewöhnt, kommentierte eine Zeitung, *dass heutzutage nur noch Gutes geschieht, wenn es dem persönlichen Ehrgeiz eines unserer Volksvertreter dient. Ob Visionen etwas taugen oder bunte Luftblasen sind, stellt sich erst heraus, wenn sie zerplatzen oder zufällig in ein Karrierekonzept passen. Ebenso ist es mit den Ängsten: Man kann sie aus der Luft greifen und harmlose Bürger damit erschrecken. Dann schlafen sie unter Umständen nicht mehr gut, werden aber sicher einen Mann wählen, der die Gespenster, die er erfunden hat, wieder vertreiben kann. Einen Mann wie Herrn Lukatsch.*

An dem Tag, als die beiden Hauptkommissare seine Tochter nach Hause begleiteten, wirkte der Abgeordnete angespannt. Die politischen Abwehrgefechte, die er zu kämpfen hatte, hinterließen Spuren. Es war kurz vor halb neun Uhr abends, als er mit einem Glas Cognac in der Hand am Fenster stand und sich vornahm, die Anzahl der Drinks künftig zu reduzieren. Er stellte den Schwenker auf der Fensterbank ab, als er die Scheinwerfer des Wagens bemerkte, der sich über die Auffahrt näherte.

Rebekka hatte kein Wort gesagt, seitdem sie das Gelände der *Johannistischen Gemeinde* verlassen hatte. Sie starrte vor sich hin, ohne einen bestimmten Punkt zu fixieren. Jungbluth erinnerte sie an ein seltenes Tier, das man aus seiner angestammten Umgebung in der Wildnis herausgerissen und in einen Großstadtzoo verpflanzt hatte. Oder glichen ihre Augen denen eines Fisches, der im Netz zappelte?

Der Wagen stoppte.

Willenlos ließ Rebekka es zu, dass Bukowski ihr aus dem Auto half, sie unterhakte und die Treppe zur Haustür hinaufführte. Erst als sie sich öffnete und Lukatsch heraustrat, um seine Tochter mit offenen Armen zu empfangen, spürte Bukowski, wie sich ihr Körper sträubte.

Lukatsch machte einen Schritt auf sie zu. »Mein Kind«, flüsterte er. »Endlich …«

Rebekka gab ihren Widerstand auf. Sie ließ sich von ihrem Vater umarmen und wirkte leblos wie eine Puppe.

»Was ist mit dir?« Lukatsch presste die Lippen aufeinander, während er ihren Begleitern einen kurzen, besorgten Blick zuwarf.

»Sie hat einiges durchgemacht«, erklärte Bukowski. Auch er selbst war noch nicht ganz wiederhergestellt. Der Arzt hatte ihn kurz durchgecheckt, ihm ein Medikament verabreicht und ihm bis zum Wochenende Ruhe verordnet.

Wäre es nach Jungbluth gegangen, hätte sich Bukowski sofort nach Hause begeben. Aber Jungbluth hatte einsehen müssen, dass er seinen Kollegen nur mit Gewalt daran hindern konnte, Lukatsch einen Besuch abzustatten. Also hatte er ihn einsteigen lassen und ihn unterwegs über den Stand der Ermittlungen informiert.

Tillmann Lukatsch schloss seine Tochter erneut in die Arme. Dass sie sich so passiv verhielt, schien ihn ratlos zu machen. Er hielt sie von sich weg, versuchte, ihr in die Augen zu sehen. »Was ist mit dir, Kind …?«

»Was erwarten Sie?«, mischte sich Bukowski wieder ein. »Lassen Sie ihr Zeit.«

Lukatsch nickte. Vorsichtig, doch – wie Jungbluth fand – recht schnell für einen Vater, der seine Tochter so lange vermisst hatte, gab er Rebekka frei. »Henni, könntest du …«

Frau Kaspar, die Pfarrerin, trat aus dem Haus und legte ihren Arm um das Mädchen. »Das braucht seine Zeit«, flüsterte sie dem Abgeordneten zu. »Manche leiden an einer Art Sektentrauma. Man kann nie sagen, wie lange sie brauchen, um in unsere Welt zurückzukehren.«

Sie strich Rebekka das Haar aus dem Gesicht. »Komm,

mein Kind. Es ist alles in Ordnung. Du bist zu Hause.« Behutsam führte sie sie ins Haus.

»Treten Sie ein«, lud Lukatsch die beiden Beamten ein. »Ich möchte Ihnen meinen Dank aussprechen.«

Jungbluth und Bukowski folgten ihm in den großen Raum mit den Ölgemälden.

»Dann können Sie ja jetzt Ihre Kampagne abblasen«, stellte Jungbluth fest.

Lukatsch machte einen gelösteren Eindruck als eben noch, als er seiner Tochter gegenübergestanden hatte. »Das meinen Sie doch nicht im Ernst«, sagte er.

»Spricht etwas dagegen?«

»In der Tat, eine ganze Reihe von Dingen. Erstens und vor allem lege ich Wert darauf, dass ich als Politiker nicht nur für mich selbst handle, sondern auch für viele andere, die betroffen sind. Zweitens haben Sie selbst gerade mit angesehen, was diese Fanatiker aus meinem Kind gemacht haben. Und drittens: Sie, meine Herren Kommissare, haben doch den Beweis dafür erbracht, dass diese angeblich harmlose Sekte vor einem Mord nicht zurückschreckt.«

»Beweise haben wir noch nicht«, korrigierte Jungbluth.

»Bedeutet das etwa, Sie hegen Zweifel daran, dass die Johannisten diesen Heym umgebracht haben?«

»Nein«, gab Jungbluth zu. »Aber solange wir nichts Konkretes in der Hand haben, ist das lediglich eine Vermutung.«

Lukatsch zeigte sein gewohnt professionelles Lächeln. »Noch einmal muss ich Ihnen danken, meine Herren. Wenngleich wir auch anfangs in vielen Punkten unterschiedlicher Meinung waren, so kann sich das Ergebnis Ihrer Aktivitäten nun doch sehen lassen, nicht wahr?«

»Eine Frage«, sagte Bukowski. »Wen glauben Sie eigentlich mit diesem Theater beeindrucken zu können?«

Damit brachte er Lukatsch aus dem Konzept. »Ich verstehe nicht …«

»Wie lauteten die Instruktionen des Mannes, den Sie ›diesen Heym‹ nennen? Oder kalkulierten Sie sogar ein, dass die Sekte ihn töten würde, damit Sie endlich den Beweis bekamen, dass diese Leute vor nichts zurückschrecken?«

Der Landtagsabgeordnete schwieg. Er verzog keine Miene, sodass schwer zu sagen war, was in ihm vorging. Profi, der er ist, dachte Jungbluth, wird ihn Carstens Breitseite nicht ernstlich in Verlegenheit bringen.

»Ich hoffe«, sagte Lukatsch leise, »Sie sind sich darüber im Klaren, Herr Kommissar, was für eine ungeheuerliche Behauptung Sie da äußern.«

»Ungeheuerlich allerdings«, setzte Bukowski ungestüm nach. »Aber es ist keineswegs nur eine Behauptung. Leugnen Sie etwa, Herr Abgeordneter, dass Sie Heym gekannt haben? Sie haben sich mit ihm getroffen und uns gegenüber so getan, als sei der Mann für Sie ein Unbekannter. Warum? Ich werde es Ihnen sagen: Sie haben Ottmar Heym als Scharfmacher eingeschleust. Er sollte sicherstellen, dass die Ängste, die Sie gegen die Sekte schürten, sich als berechtigt erwiesen.«

»Wie sollte ich das angestellt haben?«, erkundigte sich Lukatsch. Im Gegensatz zu Bukowski hatte er sich schon wieder in der Gewalt.

»Wahr ist«, sagte Bukowski, »dass Sie diese religiösen Spinner schon lange auf dem Kieker hatten. Was weiß ich warum, wahrscheinlich haben Ihnen Ihre Wahlkampfstrategen dazu geraten. Alles lief ja auch wie geschmiert, sogar die Redaktion der Zeitung, über die Sie Ihre Attacken gegen die Sekte verbreiten ließen, ging programmgemäß in Flammen auf.«

Lukatsch lächelte so, wie man einen Verrückten belächelt.

»Aber dann erlitten Sie einen herben Gegenschlag. Ihre eigene Tochter lief zum Feind über. Jetzt hatten Sie ein ernstes Problem, nicht wahr? Glücklicherweise kam Ihnen die rettende Idee: Man musste nicht nur von außen, sondern auch von innen operieren. Und da traf es sich gut, dass Herr Berghoff, Ihr alter Freund beim *Rheinischen Morgen*, einen

Mann empfehlen konnte. Einen drittklassigen Schauspieler ohne Engagement, der allerdings über ein gewisses Charisma verfügte.«

»Worauf warten Sie?«, wandte sich Lukatsch an Jungbluth. »Wollen Sie Ihren offenbar gestörten Kollegen nicht stoppen?«

»Herr Berghoff berichtete vor Jahren vom Ende einer anderen Sekte«, fuhr Jungbluth stattdessen fort. »Außerdem über Gerüchte, denen zufolge das BKA eine so genannte Judas-Strategie angewandt hatte. Die Kollegen schleusten einen Mann ein, der sich bis in die obersten Ränge der Sekte hocharbeitete und dort uneingeschränktes Vertrauen und damit intimes Wissen erwarb. Seine Erkenntnisse sollte er dann an die Polizei weitergeben.«

»Gerüchte«, sagte Lukatsch verächtlich. »Verschwörungstheorien aus dem Gruselkabinett drittklassiger Politmagazine. Sie tun mir Leid.«

»Haben Sie oder haben Sie sich nicht mit Heym an einem verabredeten Ort getroffen, als er der Sekte angehörte?«, erkundigte sich Bukowski.

»Wo Sie doch alles wissen«, entgegnete Lukatsch, »werden Sie es mir gleich sagen.«

»In einem Pub im Natohauptquartier«, erklärte Bukowski. »Er nennt sich *Old Piccadilly.* Ein idealer Treffpunkt. Völlig anonym und in erreichbarer Nähe.«

»Dummerweise wurden Sie beobachtet«, fügte Jungbluth hinzu.

»Richtig, das erwähnten Sie ja bereits«, erinnerte sich Lukatsch. »Ein Nichtsesshafter, der heute von Außerirdischen faselt und morgen von der Mafia.« Er lächelte. »Ich habe mir erlaubt, Informationen über den armen Teufel einzuholen. Nur für den Fall.« Versöhnlich breitete er die Arme aus. »In einem Punkt bekenne ich mich allerdings schuldig.« Sein Gesichtsausdruck erkaltete. »Ich habe mir zum Ziel gesetzt, Rosa van Ackeren und ihr pseudoreligiöses Experiment zu beenden. Sollte mir das gelingen, wird mir das Genugtuung bereiten. Nicht nur, aber auch Rebekkas wegen.«

»Und weil Sie unter Druck stehen«, sagte Jungbluth. »Die Presse bewirft Sie mit Schmutz wegen der Feyerabend-Affäre. Wirft Ihnen vor, dass Sie nichts als Panik schüren, ohne dass etwas dahinter steckt. Also müssen Sie etwas in Gang setzen, schrecklich genug, um die Öffentlichkeit davon zu überzeugen, dass Ihre Befürchtungen nicht jeder Grundlage entbehren.«

»Ich muss Sie bitten zu gehen. Ich habe heute meine Tochter wiederbekommen und betrachte somit den Tag als einen Glückstag. Sie verstehen sicher, dass ich mir von Ihnen ungern die Feierlaune verderben lasse.«

Lukatsch schien sich von den Beschuldigungen nicht einmal beleidigt zu fühlen. Es ist verrückt, dachte Jungbluth, aber selbst zwei erfahrene Bullen wie wir schaffen es nicht, diesen Mann auch nur zum Stolpern zu bringen. Dabei hat er all das, was wir ihm vorwerfen, wahrscheinlich getan.

»Komm, Carsten«, sagte er. »Das bringt nichts.«

Bukowski zögerte, das Feld zu räumen, also ging Jungbluth zur Tür und wollte sie öffnen.

Im selben Augenblick wurde sie von außen aufgerissen.

Henni Kaspar stürzte in den Raum und stieß Jungbluth beiseite. »Till, kommst du bitte!«, keuchte sie. An der Stirn hatte sie eine rote Schramme.

»Henni!« Lukatsch lief auf sie zu. »Was ist denn mit dir passiert?«

»Es ist nichts. Ich bin nur gestolpert. Deine Tochter. Sie ist …«

»Was denn? Rede!«

»Geflohen!«

»Was soll das heißen?«

»Sie hat mich aus ihrem Zimmer gestoßen und sich eingeschlossen. Jetzt ist sie aus dem Fenster geklettert.«

Lukatsch nickte. »Als Kind hat sie das oft gemacht.«

»Haben Sie sie denn oft eingesperrt?«, erkundigte sich Bukowski kalt.

Lukatsch ballte die Fäuste, als wollte er sich auf den Kommissar stürzen. »Gehen Sie«, stieß er hervor. »Sie haben hier nichts mehr verloren. Raus!«

Auf dem Weg zum Auto bückte sich Bukowski. »Ein Foto«, stellte er fest. »Anscheinend hat Rebekka es unterwegs verloren.«

Jungbluth startete den Wagen und ließ ihn den Kiesweg entlangrollen. »Musste das sein?«, sagte er. »Was hast du dir dabei gedacht, ihn so wütend zu machen? Glaubst du, dass uns das irgendwas außer Scherereien einbringt?«

Bukowski hörte ihm nicht zu, sondern starrte mit zusammengekniffenen Augen die Fotografie an. »Tatsächlich, es gehört Rebekka«, sagte er. »Sie hat es mir einmal gezeigt. Der Typ in der Mitte muss Ottmar Heym sein.«

»Hörst du mir überhaupt zu, Carsten? Wer als Bulle persönliche Rechnungen begleichen will, der hat den Job verfehlt. Rate mal, wer mir das immer predigt.«

»Tut mir Leid, Dirk. Ich natürlich und ich habe völlig Recht damit. Das war ein harter Tag heute.« Mit der Hand fuhr er in seine Taschen. »Scheiße«, seufzte er.

»Ich habe Tabak für dich besorgt«, sagte Jungbluth. »Liegt im Handschuhfach.«

Bukowski grinste, während er sich über das Päckchen hermachte. »Du bist ein echter Freund, Dirk, ehrlich. Und was jetzt?«

»Ich schlage vor, wir greifen uns Rosa van Ackeren und den schmierigen Anwalt, bevor sie sich aus dem Staub machen.«

»Stimmt, das sollten wir tun.« Bukowski ließ sich auf dem Sitz zurücksinken und bedeckte seine Augen mit der Handfläche. »Würde es dir etwas ausmachen, mich vorher zu Hause abzusetzen? Ich habe rasende Kopfschmerzen.«

»Klar«, sagte Jungbluth. »Wird gemacht.«

28

Mein Vater ist nicht mein Vater.

Joschua ist Judas. Mein Vater hat ihn gedungen, meine Familie zu verraten.

Das ist eine Lüge.

Alles ist eine Lüge.

Ich muss es ja nicht glauben. Ich werde es auch nicht glauben. Diese Menschen beherrschen die Kunst, Wahrheiten vorzugaukeln, die nichts als übles Gerede sind. Nichts als übles Gerede und eitles Geschwätz. Ihr betet das Böse an und macht einen glauben, dass es das Gute ist. Lügt, wenn ihr nur den Mund aufmacht. Legt falsches Zeugnis ab wider die Kinder der Wahrheit. Das ist ja nichts Neues.

Joschua war nicht Judas. Mein Vater hat ihn getötet. Er tat es, damit die Lüge über die Wahrheit triumphiert.

Anders kann es nicht gewesen sein.

Endlich kenne ich das Geheimnis, von dem Renata gesprochen hat. Wie ein Licht geht es auf in meinem Inneren und nun begreife ich alles. Joschua musste sterben, damit ich alles begreifen konnte. Musste er nicht all das auf sich nehmen, den Verdacht, ein Verräter zu sein, die Demütigung erdulden bis zur Steinigung, musste er sich nicht sogar in die Höhle des Feindes begeben und von ihm Geld annehmen, damit wir alle erkennen, wer sich hinter der Maske des Bösen verbirgt?

Alle sind dem Intriganten auf dem Leim gegangen. Auch Tobit macht mit ihm gemeinsame Sache. Dabei hielt ich ihn für einen der unseren.

Joab nicht. Er hat einen unheimlichen Sinn dafür, Verräter zu erkennen, auch wenn sie sich noch so verkleiden.

Sie nahmen mich gefangen und setzten mich in eines ihrer Autos. Im Haus meiner Kindheit, das ich niemals wiedersehen wollte, haben sie mir mein Gewand genommen und mich dafür in alte Sachen gesteckt, die noch von früher den Kleiderschrank verstopften. Ich sehe zum Lachen aus. Aber ich werde dafür sorgen, dass ihnen ihr höhnisches Lachen im Hals stecken bleibt.

Nachdem ich aus dem Haus, in dem ich aufgewachsen bin, geflohen war, ging ich die Straße entlang. Ich lief, bis ich keinen Atem mehr hatte, und noch weiter. So lange, bis ein Auto neben mir hielt. Ein älterer Mann ließ mich einsteigen. Er wollte wissen, woher ich kam und wohin ich wollte. Er rauchte und hörte laute Musik. Ständig starrte er auf meine Beine. Ich traute ihm nicht. Hier draußen kann man niemandem trauen. Noch lange, bevor wir die Gemeinde erreichten, stieg ich aus. Den Rest ging ich zu Fuß.

Es ist schön, wieder zu Hause zu sein.

Auch wenn nichts mehr so ist wie früher.

Magdalena und Ruth empfangen mich am Tor. Sie machen verzagte Gesichter. »Wovor habt ihr Angst?«, frage ich sie.

Der Versammlungsplatz wirkt leer und verlassen. Es ist kalt. Allmählich spüre auch ich die Angst, die Magdalena und Ruth und alle meine Schwestern und Brüder ergriffen hat.

Dann kommt sie auf mich zu. Renata ist ungewohnt gekleidet, wie eine, die nicht zu uns gehört. Sie trägt eine dunkle Brille und einen weißen Mantel mit einem Pelzkragen. In der Hand hält sie einen kleinen silbernen Koffer. »Du bist zurückgekommen?«, wundert sie sich.

»Ich gehöre doch hierher«, sage ich. »Hier sind mein Vater und meine Mutter.«

»Ist es nicht dein Vater, der morgen Mittag an der Autobahn ein Gotteshaus einweiht, nur um uns zu demütigen?«

Wie beruhigend, dass sie die Gleiche geblieben ist! Wie früher stellt sie ihre Fragen, um mich zu prüfen.

»Nein«, sage ich mit fester Stimme. »Das ist nicht mein Vater. Ist es wahr, dass der Mann Joschua Geld zahlte, damit er uns verriet?«

»Wahr ist, dass er ihm Geld bot, so wie der Satan unserem Herrn alle Schätze der Welt anpries, wenn er nur niederkniete und ihn anbetete. Aber glaubst du, dass Joschua wirklich schwach geworden ist?«

»Ich glaube es ebenso wenig, wie ich glaube, dass der Herr den Satan anbetete.«

»Rebekka, mein Kind.« Sie lächelt matt. »Willkommen zu Hause.«

»Wohin gehst du?«

Sie antwortet nicht. Ich merke, dass es ihr schwer fällt zu schweigen, aber sie antwortet nicht.

»Lass mich mit dir gehen.«

»Wohin auch immer ich gehe, du kannst nicht mit mir kommen«, sagt sie.

»Dann geh nicht«, bitte ich sie. »Lass uns nicht allein.«

»Es muss sein.« Renata nimmt mich in ihre Arme. »Du weißt, dass vieles sein muss, auch wenn wir es nicht wollen. Auch wenn es schmerzt.« Sie lächelt mir aufmunternd zu. »Nur Geduld, meine Tochter«, sagt sie. »Es ist nicht für immer. Nur eine kleine Weile, dann sehen wir uns wieder.«

»Was sollen wir so lange ohne dich anfangen?«

»Seid mutig. Bekennt euren Glauben. Wenn ihr den Glauben bekennt, seid ihr stark. Nur dann.« Ihr Gesicht ist ernst, mehr als ernst. Für einen Moment ist es hart und unerbittlich. »Verstehst du, meine Tochter, wovon ich spreche?«

»Ja«, nicke ich eifrig. »Ich verspreche es. Du kannst dich auf uns verlassen.«

»Es steht geschrieben: *Zum Gericht bin ich in diese Welt gekommen: Menschen, die nicht sehen, sollen sehend und Menschen, die sehen, sollen blind werden.* Haltet euch daran.«

»Ja, aber was sollen wir tun?«

»Geh in den Schuppen am Tor und du wirst begreifen, wovon ich spreche.«

Sie umarmt mich ein letztes Mal. »Ich verlasse euch nicht für immer«, versichert sie. »Inzwischen vertraue ich auf dich,

Rebekka. Ich war für dich da und jetzt sollst du für deine Schwestern und Brüder da sein. Glaubst du, dass du das kannst?«

Einmal noch dreht sie sich nach mir um und winkt. Dann ist sie verschwunden.

Es ist still. Wir fühlen uns allein und verlassen. Wie eine Herde Schafe sind wir, die sich in freier Wildnis befindet, ohne Schutz und ohne ihre Hirtin, die ihr Mut spendet. Der Wolf schleicht umher. Keiner von uns wagt, auch nur zu atmen.

Ich weiß nicht, was ich ihnen zum Trost sagen soll. Doch ich ahne, dass etwas geschehen muss. Renata verlässt sich auf mich. Ich werde beten, wenn nötig, die ganze Nacht.

Bald werde ich wissen, was zu tun ist.

29

Es war schon nach neun Uhr.

Hauptkommissar Dirk Jungbluth fuhr die schmale, spärlich erleuchtete Straße, die zum Anwesen der *Johannistischen Gemeinde* führte, etwas zu schnell entlang. Er hatte ein vages Gefühl, dass er zu spät kommen würde. Die Scheinwerfer erfassten eine Gestalt am Straßenrand, die zu Fuß unterwegs war, rechtzeitig genug, dass er abbremsen konnte. Eine Frau in einem langen weißen Mantel. Sie trug einen kleinen Koffer.

Das ist sie, dachte Jungbluth. Genau wie ich vermutete. Sie setzt sich ab, solange noch Zeit ist.

Er stoppte neben ihr und ließ die Beifahrertür aufschwingen. »Darf ich Sie mitnehmen?«

Frau van Ackeren alias Renata antwortete nicht. Sie sah stur geradeaus und setzte ihren Fußmarsch fort.

»Steigen Sie schon ein!«, forderte Jungbluth. »Ihre Flucht ist zu Ende.«

»Lassen Sie mich in Ruhe.« Trotzdem blieb van Ackeren stehen.

Der Hauptkommissar verließ den Wagen und trat ihr entgegen. »Sie haben vor, das sinkende Schiff zu verlassen, nicht wahr? Was wird aus Ihren Jüngern da drinnen? Überlassen Sie sie einfach so ihrem Schicksal?«

»Was wollen Sie von mir, Herr Kommissar?«

»Ich nehme Sie fest wegen mehrfacher Körperverletzung und Anstiftung zum Mord.«

Rosa van Ackeren sah ihm ins Gesicht. Sie schien nicht im Mindesten beunruhigt zu sein. »Sie glauben doch nicht ernsthaft, dass Sie mir das anhängen können.«

»Hören Sie auf mit den Spielchen!«, ärgerte er sich. »Die haben wir lange genug gespielt. Wollen Sie etwa leugnen, dass Sie den Auftrag gegeben haben, Ottmar Heym zu ermorden?«

»Ja«, nickte sie. »Das will ich in der Tat.«

»Ein Mann wurde getötet. Ein anderer krankenhausreif geschlagen. Mein Kollege gefoltert.«

»Wahr ist, dass es zu Übergriffen kam. Gegen Ihren Kollegen zum Beispiel. Drogen wurden eingesetzt, die die Wahrnehmungsfähigkeit beeinträchtigen. Aber davon wusste ich nichts. Das ist der Grund, weshalb ich die Gemeinde verlasse.«

Jungbluth lachte auf. »Mich können Sie vielleicht für dumm verkaufen, aber nicht den Staatsanwalt.«

»Joab heißt in Wirklichkeit Claude Decker. Checken Sie diesen Mann. Er ist ein Neonazi und hat Verbindungen zur internationalen Szene. Außerdem Kontakte zum Waffenhandel.«

Ein zweites Mal an diesem Abend war Jungbluth irritiert. Rosa van Ackeren stand schutzlos vor ihm und hatte kein Schlupfloch mehr, in dem sie sich verstecken konnte. Dennoch gelang es ihm nicht, sie aus der Ruhe zu bringen.

»Ich gebe zu, Herr Kommissar«, fuhr sie fort, »dass die Umstände nicht für mich sprechen. Ich hätte große Schwierigkeiten, meine Unschuld zu beweisen. Aber ist es nicht so, dass Sie in der Pflicht stehen, mir Schuld nachzuweisen?«

Jungbluth spürte wieder die Wut in sich hochkochen. Ihr völlig überlegenes Getue machte ihn rasend. »Decker plaudert bereits aus dem Nähkästchen«, sagte er. »Und er wird versuchen, sich auf Ihre Kosten reinzuwaschen, genau wie Sie es auf seine tun.«

»Und damit hätten wir ein Problem. Was wollen Sie tun? Unsere ganze Gemeinde verhaften? Haben Sie schon mal darüber nachgedacht, dass Ihre Methoden etwas veraltet sein könnten?«

Jungbluth nickte unwillkürlich. Für solche Perversitäten sind sie wirklich veraltet, dachte er.

»Übrigens halte ich Sie keineswegs für dumm, Herr Kommissar. Für naiv allerdings.«

»Selbst Ihnen dürfte aufgefallen sein, dass es mir ziemlich gleichgültig ist, was Sie von mir halten.«

»Ihr Dilemma ist, dass Sie nach Schuldigen suchen. Sind Sie religiös, Herr Kommissar?«

Jungbluth schüttelte den Kopf. »Was Sie darunter verstehen, möchte ich lieber nicht wissen.«

»Wären Sie es, dann wüssten Sie, dass die frommen Menschen dieser Erde nicht schuldig sind. Schuldig sein ist wider ihre Natur. Sie sind Material, aus dem man etwas formen kann, wenn man eine Vision hat.«

»Sparen Sie sich Ihr Geständnis auf«, sagte Jungbluth. »Ich habe Sie nur festzunehmen. Allerdings tue ich das mit Vergnügen.«

»Fatalerweise ist es heutzutage Mode, religiöse Gefühle für überholt zu halten. Dabei ist es Ihr Bedürfnis, einen Schuldigen zu finden, das überholt ist.«

»Erzählen Sie mir nichts über religiöse Gefühle!«, blaffte Jungbluth. »Davon haben Sie doch selbst so wenig wie eine Küchenschabe.«

»Religion ist eine Art Rohenergie, so wie die fossilen

Energien. Wie Atomkraft. Die meisten Menschen bedienen sich ihrer, damit ihnen behaglich ist. Sie brauchen nur eine zuverlässige Heizung. Man kann sie aber auch als Sprengstoff benutzen. Es kommt ganz darauf an, wie man Feuer legt, verstehen Sie?«

»Steigen Sie ein.«

Frau van Ackeren nahm auf dem Beifahrersitz Platz. »Ich gehöre nicht zu den Menschen, Herr Kommissar, die hinter Gittern landen.«

»Wer sagt Ihnen das?«

Sie lächelte dünn. »Mein Glaube.«

Als Jungbluth die Beifahrertür von außen schließen wollte, polterte ein Gegenstand auf die Straße. Der Hauptkommissar hob ihn auf und hielt ein Mobiltelefon in der Hand. »Ein Handy«, staunte er. »Dürfen die Johannisten denn so etwas besitzen?« Er drückte auf einen Knopf. Das Display leuchtete fahlgrün auf. Eine Nummer erschien.

Die Evangelistin streckte ihren Arm aus dem Fenster. »Bitte, geben Sie es mir zurück, Herr Kommissar.«

Jungbluth drückte noch einmal.

Wenige Sekunden ertönte ein Freizeichen.

Der Kommissar hielt das Handy ans Ohr.

»Ja, bitte?«, meldete sich eine Stimme. »Wer ist denn da?«

Jemand atmete. Dann knackte es, die Leitung war unterbrochen.

»Ich kenne diese Stimme«, sagte Jungbluth. Aber woher? Er überlegte fieberhaft, während er Frau van Ackeren das Telefon zurückgab, um den Wagen herumging und sich ans Steuer setzte.

»Ja, das war Lukatsch. Tillmann Lukatsch. Sie haben mit ihm telefoniert. Was haben Sie mit ihm besprochen?«

»Das ist nicht mein Telefon.« Die Frau im weißen Mantel wandte sich Jungbluth zu. »Das Handy gehörte Heym. Die Wahlwiederholungstaste hat uns doch darauf gebracht, dass er ein Spitzel war.«

Jungbluth startete und wendete den Wagen auf der schmalen Fahrbahn.

Sobald er auf die Hardter Straße eingebogen war, nahm er den Hörer des Autotelefons und wählte eine Nummer.

»Bukowski«, meldete sich eine müde Stimme.

»Ich bin's«, sagte Jungbluth. »Wie fühlst du dich?«

»Cora hat versucht, Herrn Magat zu erreichen. Wie zu erwarten war, ist er abgetaucht. Aber wir kriegen ihn schon. Und wie steht's bei dir?«

»Ich hatte mehr Glück. Frau van Ackeren lief mir regelrecht in die Arme. Wir sehen uns morgen.«

30

Bukowski legte auf. Er saß in seinem gemütlichen Sessel, der genau gegenüber dem Fernseher stand. Dort lief die Übertragung eines Fußballspiels, allerdings ohne Ton.

Der Hauptkommissar achtete aber auch gar nicht auf den Fernseher. Auf den flüchtigen Blick schien es, als betrachte er die fast leere Bierflasche, die er in der Hand hielt. In Wirklichkeit hatte er anderes vor Augen. Joab, wie er vertraulich grinste und ihm eine Zigarette anbot. Simeon, der naive Kopfmensch, wie er in seinem Loch saß und bibberte. Trotzdem wollte er keine Decke, weil das gegen die Regel war. Der Junge lächelte mild und duldsam. Mit dem gleichen Lächeln hatte er Bukowski wieder auf das Bett hinuntergedrückt. Und schließlich war seine, Bukowskis, Chance gekommen. Er hatte zugeschlagen. Ein Wunder, dass der Junge überlebt hatte …

Bukowski kam zu sich und schüttelte das Bier. Die erste Flasche seit seinem Sektenabenteuer.

Nein, das stimmte nicht, es war die dritte. Das ist wie eine Krankheit. Es gelingt mir nicht, mich an das zu erinnern, was vorgefallen ist, ohne mich auch an das zu erinnern, was nicht vorgefallen ist. Wer hat Simeon zusammengeschlagen? Decker? Oder bin ich genauso wie Decker …?

Das Telefon klingelte.

»Immer noch Bukowski«, meldete sich der Hauptkommissar müde.

»Ich bin's«, sagte eine weibliche Stimme.

»Charline?«

»Leg bitte nicht auf.«

»Warum sollte ich das nicht tun?«

»Ich weiß, du glaubst mir nicht, aber …«

»Aber was?«

»Wie kann ich dich überzeugen, dass ich es dieses Mal ernst meine?«

»Sag einfach das, was du immer sagst …« Bukowski seufzte. Er hatte das Gefühl, dass in ihm ein Paket aufplatzte und alle Emotionen, die er sorgfältig darin verschnürt hatte, freigesetzt wurden.

»Können wir uns treffen?«, bat sie nach einer langen Minute, in der beide geschwiegen hatten.

»Ja, natürlich. Aber zu welchem Zweck? Mit welchem Ziel?«

»Ich möchte mich ändern, Carsten. Bitte, glaub mir das. Sag mir nicht, dass ich das schon so oft gesagt habe, das weiß ich selbst. Ich bin so angewiesen auf Menschen, die mir glauben, was ich sage.«

»Also gut. Ich glaube dir. Noch was?«

»Lass uns einen neuen Anfang machen.«

Bukowski blieb hart. »Nicht schon wieder, Charline«, sagte er. »Bitte sei mir nicht böse. Aber ich hab das Gefühl, wir werden beide nichts davon haben.«

Er legte auf und starrte eine Weile die Wand an.

Schließlich ging er in die Küche und holte sich ein weiteres Bier aus dem Kühlschrank. Aber er stellte es ungeöffnet auf dem Tisch ab und wählte Charlines Nummer.

»Von mir aus«, sagte er, nachdem sie sich gemeldet hatte. »Worauf hättest du denn Lust?«

»Wie wär's mit dem Ristorante, wo wir immer gegessen haben?«

»Besser nicht.«

Sie schlug eine Kneipe am Wickrather Schloss vor, am morgigen Abend. Bukowski notierte sich die Adresse auf dem Rand einer Zeitung.

»Na gut«, sagte er. »Also dann bis morgen.«

Sein Blick blieb bei dem Foto hängen, auf dem er die Bierflasche abgestellt hatte.

Rebekka bedeutete das Bild viel, weil sie für diesen Joschua geschwärmt hatte. Aber warum hatte Joschua alias Heym es aufbewahrt? Ein altes, abgegriffenes Schwarz-Weiß-Foto, schlecht belichtet und nicht sonderlich scharf – welchen Wert hatte es wohl für ihn gehabt?

Bukowski zog es unter der Flasche hervor und betrachtete die Menschengruppe.

In der Mitte stand Ottmar Heym, ein schlanker Mann mit langen blonden Locken, der mild und gleichzeitig ein wenig leidend dreinschaute. Genau die richtige Mischung für einen kitschigen Fernseh-Jesus, dachte Bukowski. Kein Wunder, dass er bei den Sektenfreaks blendend angekommen war.

Wer waren die anderen Gestalten? Zwei Männer, einer mit Bart und Sonnenbrille. Späte Blumenkinder. Drei Frauen in langen Röcken mit Fransen. Im Hintergrund konnte man ein malerisches Fachwerkhaus erkennen.

Eine der Frauen sah skeptisch in die Kamera. Sie war um die zwanzig und hatte einen Bürstenhaarschnitt. Bukowski schaute genauer hin. Irgendetwas war mit der Frau, aber er wusste nicht was.

Er ging in die Küche und durchkramte die Schubladen, bis er eine Lupe fand.

Viel mehr Einzelheiten konnte er jetzt auch nicht ausmachen. Aber es fiel auf, dass die Frau eine Zigarette in der Hand hielt. Nicht so wie die meisten Leute zwischen Zeige- und Mittelfinger. Die Frau hielt sie zwischen Mittel- und

Ringfinger. Wenn sie daran zog, würde die Handfläche den Mund verdecken.

Bukowski nickte.

Jede Wette, dass er diese Frau schon einmal gesehen hatte.

31

Ich schrecke aus dem Schlaf.

Es ist früh am Morgen, draußen ist es noch stockfinster.

Ich versuche, wieder einzuschlafen, und drehe mich auf die andere Seite. Vergeblich. Schließlich gebe ich nach, setze mich auf und sehe aus dem Fenster.

Draußen geht die Nacht zu Ende. Die Augen gewöhnen sich schnell an das Dunkel. Es könnte schon später sein, als ich erst glaubte. Vielleicht schon nach sieben.

Ich ziehe mich an und schleiche hinaus. Auf der Wiese liegt der Nebel wie ein Teppich. Die Kälte überfällt mich hinterrücks, als ich unter dem großen Holzkreuz stehe. Urplötzlich komme ich mir klein und verlassen vor.

Aber ich will nicht zulassen, dass Angst die Oberhand über mich gewinnt, sondern harre aus. Im Geist trete ich neben mich und beobachte mich dabei, wie ich zittere und mich der Schauer übermannt.

Ich habe dieses Heraustreten geübt. Von Mal zu Mal fällt es mir leichter. Man muss nur aufhören, mit sich selbst Mitleid zu haben. Ich selbst muss mich sozusagen kalt lassen.

Es ist unheimlich. Die Menschen kennen die Nacht und fürchten sie, weil sie Angst vor der Finsternis haben. Aber in der Finsternis ist kein Schrecken. Er ist im Morgengrauen, das der Mensch zu Recht meidet. Denn das Morgengrauen ist die Stunde des Todes.

Alle anderen schlafen noch. Ich gehe in Joabs Schuppen, um alles für heute vorzubereiten. Renata legte mir den Schuppen ans Herz und ich begriff, was sie mir damit sagen wollte. Wenn man sich mit den Dingen auskennt, kann man leicht mit ihnen umgehen. Ich wiege die kleinen Pakete in der Hand, bevor ich sie im Rucksack verstaue. So harmlos sehen sie aus und bringen doch so unbeschreiblich grausame Zerstörung über die Welt. Kein Mensch sollte so vermessen sein, sie zu benutzen. Nur Gott selbst an dem Tag, da er durch sein Werkzeug handelt.

Später, viel später trifft sich die Gemeinde zur Morgensammlung. Die blasse Morgensonne verspricht einen goldenen Herbsttag.

Vergeblich wartet die Gemeinde auf Renata. Wer bin ich schon? Ich kenne meinen Platz und weiß, dass ich weder ihre Nachfolgerin noch ein würdiger Ersatz für sie bin. Deshalb teile ich der Familie nur mit, dass der heutige Tag Ende und Anfang zugleich sein wird. Die Tat, die das Wort tötet. Niemand weiß, was geschehen wird. Aber der Herr mahnt uns, wachsam zu sein und auf ihn zu vertrauen.

Nach dem kurzen Frühstück treffe ich mich mit den vier Auserwählten im Haus des Gerichts. Nikodemus, Ruth, Barnabas und Martha. Schon lange brennen sie darauf, ein Glaubensbekenntnis abzulegen. Ruth und Barnabas sind schon viel länger Mitglieder der *Johannistischen Gemeinde* als ich. Und doch bin ich fast fünf Jahre älter als Ruth.

Sie machen heute einen verunsicherten Eindruck. Sie wollen genau wissen, worin das Glaubensbekenntnis, zu dem wir aufbrechen, besteht. Aber sie brauchen nicht viel zu wissen. Wenn wir handeln, werden wir ein Körper sein. Und die Tat kann nur dann gelingen, wenn jeder Körperteil seine Aufgabe erfüllt.

Mir fällt die Rolle des Kopfes zu. Die anderen sind Arme und Beine.

»Weich und sanft sind wir wie das Gras«, schließe ich meine knappe Rede mit Joschuas Worten. »Heute ist der Tag, an dem es darauf ankommt, hart und gewaltig zu sein. Unerbittlich wie Stein.«

Sowie ich an ihn denke, verfolgt mich die Erinnerung. Dass er mich darum bat, ihm zu vertrauen, auch wenn Dinge geschehen würden, die ich nicht verstehen konnte. Doch ich war kleingläubig. Lange hat mich das traurig gestimmt, doch jetzt nicht mehr.

Nichts macht mich mehr traurig, weil ich gelernt habe, aus mir herauszutreten und nichts zu empfinden. Ich bin immun gegen Schmerz genauso wie gegen die Freude. Wenn der Tag kommt, auf den alles ankommt, wird es weder Weinen noch Lachen geben …

Ich verlange von den vieren, dass sie die Kleidung unserer Glaubensgemeinschaft gegen weltliche Kleidung tauschen. Sie folgen mir zögernd, und als wir gegen elf Uhr aufbrechen, ist ihnen anzusehen, dass sie sich unwohl fühlen.

Wir haben es nicht weit. Etwa zwei Kilometer folgen wir dem asphaltierten Weg und gelangen auf die Straße. Fünfhundert Meter weiter auf der rechten Seite befindet sich die Haltestelle.

Wir warten.

Nach zehn Minuten gesellt sich eine junge Frau mit einem Kinderwagen zu uns. Sie fragt Martha nach der Zeit und Martha verweist sie an mich, weil ich als Einzige von uns eine Uhr trage.

Ruth wirft mir einen unbehaglichen Blick zu. Einen bittenden Blick. Lass uns zurückgehen, bettelt er.

Ich reagiere nicht auf ihn. Wir müssen stark sein. Deine Rede sei Ja, Ja, Nein, Nein. Heute ist der Tag, an dem das Wort endet. Der Tag der Tat.

Der Bus nähert sich und hält neben uns. Barnabas, Martha und Ruth steigen hinten ein. Nikodemus und ich vorn.

Die Tür schließt sich. Der Bus fährt los.

Der Fahrer konzentriert sich auf die Straße. Aber noch lässt er mich nicht durch. Er wartet darauf, dass ich ihm das Fahrgeld hinzähle. Nikodemus, der hinter mir steht, hilft mir, den Rucksack zu öffnen.

»Wohin soll's gehen, junge Frau?«, fragt der Busfahrer, ohne mich anzusehen. »Na?«

Ich zeige ihm Joabs Revolver. »Bitte«, sage ich. »Fahren Sie. Und halten Sie nicht mehr an.«

Er sieht hin. Das Alltagsgrinsen gefriert auf seinem Gesicht. Für einen Augenblick tut er mir Leid. »Was …?«, stammelt er und vergisst beinahe, auf die Straße zu sehen.

»Es geschieht Ihnen nichts, wenn Sie tun, was wir Ihnen sagen«, erklärt Nikodemus wie verabredet.

Das Gesicht des Mannes ist kreidebleich geworden. Er schüttelt den Kopf und schluckt, aber er bringt kein Wort heraus. Vor Schreck vergisst er, Gas zu geben.

»Los«, treibe ich ihn an. »Wir haben es eilig. Fahren Sie auf die Autobahn.«

32

Noch in der Nacht gelang es Bukowski, über das Internet ihre Privatadresse zu ermitteln. Obwohl es inzwischen halb zwölf war, rief er bei ihr an und ließ es oft klingeln. Vergeblich.

Am Freitagmorgen verschlief er. Fluchend schwang er sich aus dem Bett. Während die Kaffeemaschine gurgelte und fauchte, wählte er die Nummer erneut.

Es nahm niemand ab.

Bukowski kippte den Kaffee hinunter und drehte eine Zigarette, während er einen Toast aß. Er fühlte sich noch nicht besonders gut. Schließlich steckte er die Zigarette ein, anstatt sie zu rauchen, holte das Fahrrad aus dem Keller und strampelte los, um Jungbluth einen Besuch abzustatten.

Unterwegs änderte er seine Meinung. Die Adresse, die auf der vorläufigen Homepage der Initiative für Pluralismus und Toleranz angegeben worden war, hatte er im Kopf. Henni Kaspars Wohnung lag demnach in direkter Nähe zum Tiergarten. Dieses Mal hatte er Glück. Als er sich dem Haus näherte, überholte er eine dürre Joggerin mit extrem kurzem Haar. Er stoppte und ließ sie aufholen.

»Frau Kaspar? Ich muss Sie dringend sprechen.«

»Kommissar Bukowski, nicht wahr?« Sie blieb stehen. »Gern«, sagte sie und lächelte. »Ich bin dankbar für jeden Vorwand, um das hier zu beenden. Ich glaube, ich brauche jetzt eine Zigarette.«

Bukowski lehnte sein Rad an eine Hauswand.

Sie gingen ein paar Meter und bogen nach links in eine Grünanlage ab, die an den Tierpark grenzte.

»Gestern Abend bin ich nicht dazu gekommen, Ihnen meine Anerkennung dafür auszudrücken, dass Sie so viel riskiert haben«, sagte Henni Kaspar. »So etwas bewundere ich.«

»Darin besteht mein Job«, wiegelte er ab.

»Eben nicht. Dafür kann man Sie feuern.«

Bukowski fühlte sich nicht gut. Das Gespräch bewegte sich nicht in die Richtung, in die er wollte. »Es ist jetzt klar«, sagte er, »dass der Ermordete von Tillmann Lukatsch in die Sekte eingeschleust wurde. Eine Art Judas-Strategie.«

»Es wird schwer sein, Lukatsch das nachzuweisen.«

»Sehr schwer.«

Sie waren am Eingang des Tiergartens angelangt. Gegenüber befand sich ein Kinderspielplatz. Sie setzten sich auf eine Bank.

Die Pfarrerin zog eine Packung *Schwarzer Krauser* aus der Tasche und bot sie Bukowski an.

»Nein, danke«, wehrte der Hauptkommissar ab und kramte seine verschrumpelte Frühstückszigarette aus der Manteltasche. »Ich hab schon eine.«

Frau Kaspar gab ihm Feuer.

»Natürlich wissen wir damit auch«, fuhr Bukowski fort, »dass Sie, Frau Kaspar, an der Einschleusung beteiligt waren. Unser Zeuge, der fusse Jupp, hat ausgesagt, dass Lukatsch, als er sich mit Heym in der britischen Kneipe traf, in Begleitung einer schmächtigen Person mit Brille war. Die Beschreibung passt auf Sie.«

Sie warf ihm einen seltsamen Blick zu. »So wie auf viele andere auch.«

»Schon«, gab Bukowski zu. »Aber da ist noch eine Zeugenaussage. Ein junger Student namens Theuerzeit will in der Nacht, als der Tote dort abgeladen wurde, einen roten Kleinwagen auf dem Autobahnparkplatz gesehen haben. Darin habe jemand gesessen und geraucht.«

»Außer mir sitzen und rauchen viele andere Menschen«, sagte Frau Kaspar fast scherzhaft. »Was ist los mit Ihnen, Herr Kommissar? Warum präsentieren Sie mir diese wenig beeindruckenden Beweise?«

»Weil ich auf etwas anderes hinauswill. Dass Heym eingeschleust wurde, wird nicht leicht zu beweisen sein. Wir haben es wohl mit einer dieser Tatsachen zu tun, von der alle stillschweigend wissen, dass sie wahr sind, obwohl einige sie vehement und erfolgreich bestreiten werden. So wie alle Mitglieder dieser Sekte bestreiten, dass Ottmar Heym den brutalen Bußpraktiken der Johannisten zum Opfer gefallen ist.«

»Das taten sie von Anfang an.«

Bukowski nickte. »Ich fürchte inzwischen, dass sie Recht haben. Das bedeutet nicht, dass ich die Sekte für unschuldig halte. Ich glaube, dass sie Heym zusammengeschlagen und mit Steinen verletzt haben. Aber eben nicht getötet.« Er sah der Pfarrerin direkt ins Gesicht. »Das wissen Sie genau.«

Der Hauptkommissar rechnete damit, dass sie heftig widersprechen oder eine sarkastische Bemerkung machen würde.

Aber Henni Kaspar wartete einfach ab.

Bukowski zog das Foto hervor und reichte es ihr.

Die Pfarrerin nahm es und warf nur einen oberflächlichen Blick darauf, so wie man etwas ansieht, was man genau kennt.

Für eine Weile saßen sie schweigend und sahen einem Vater dabei zu, wie er seinem kleinen Sohn bei seinen Klettersuchen auf den Spielgeräten assistierte. Von der nahe gelegenen Schule her näherte sich eine Klasse, die sich lärmend vor der Kasse des Tiergartens staute.

»Ich habe ihn damals kennen gelernt«, sagte Henni. »Ottmar war ein seltsamer Mensch. Man mochte ihn spontan und die meisten vertrauten ihm. Als sich herausstellte, dass er uns verraten hatte, wollten viele es zunächst nicht glauben.«

»Sie beide gehörten den *Kindern des Lichts* an?«

Frau Kaspar nickte.

»Sie waren einer der Köpfe der Sekte und wurden von ihm betrogen, nicht wahr?«

»Ich habe sogar mit ihm geschlafen. Eine Zeit lang bildete ich mir wirklich ein, es sei etwas zwischen uns. Und plötzlich entpuppte er sich als Spitzel.«

»Immerhin haben Sie es später geschafft, ein neues Leben anzufangen.«

»Im Gegensatz zu ihm. Ich verstehe nicht, warum Ottmar so wenig aus seiner Begabung gemacht hat. Er hat sie weggeworfen. Eines Tages stand er wieder vor mir.«

»Hat Herr Lukatsch Sie konsultiert, bevor er ihn anheuerte, um die Johannisten zu unterwandern?«

»Nein.« Die Pfarrerin schüttelte entschieden den Kopf. »Der Abgeordnete hat nicht das Geringste damit zu tun. Mit meiner Hilfe, Herr Kommissar, werden Sie nichts gegen ihn unternehmen können, schlagen Sie sich das aus dem Kopf.«

»Warum kümmern Sie sich um seine Probleme?«, fragte Bukowski. »Ihre sind viel ernster als seine.«

»Ottmar schien am Ende zu sein. Er rief mich an und wir trafen uns draußen auf einem Feldweg. Er hielt mir dieses Foto unter die Nase.«

»Er erpresste Sie.«

»Was sollte ich denn tun?« Henni Kaspar sah in eine andere Richtung. »Er wollte mein Leben zerstören! Die ehrbare Pfarrerin als Mitglied einer radikalen Sekte entlarven, die sich obendrein dem Zugriff der Behörden entzogen hatte.«

»Aber das lag doch lange hinter Ihnen.«

Sie lachte spöttisch auf. »Wer hätte das hören wollen? Denken Sie doch an die Feyerabend-Affäre. Wen interessieren schon Fakten? Und das wusste Ottmar genau. Ich habe nichts gegen dich persönlich, sagte er. Aber mir bleibt keine andere Wahl. Er wollte einen Haufen Geld, ohne sich dafür zu interessieren, woher ich es beschaffen sollte. Und ich habe nie daran gezweifelt, dass er ernst machen würde. In dem Punkt hatte er nicht die leisesten Skrupel.«

»Also erschlugen Sie ihn und ließen es so aussehen, als ob die Sekte ihn gesteinigt hätte«, führte Bukowski seinen Gedanken zu Ende. »Es passte ja auch hervorragend in Lukatschs politisches Konzept.«

Frau Kaspar warf ihre Zigarette auf den Boden. »Sie wissen nicht, wie das ist, Herr Kommissar. Sie vertrauen einem Menschen, liefern sich ihm aus. Und er macht Sie fertig. Nach Jahren treffen Sie ihn zufällig und befinden sich plötzlich wieder in seiner Hand. Ich konnte nicht mehr klar denken.«

Einen Moment hatte der Mann auf dem Spielplatz nicht aufgepasst. Der Kleine purzelte von der Rutschbahn und fing an zu brüllen. Sein Vater nahm ihn auf und trug ihn zur Wippe hinüber, um ihn von dem Schreck abzulenken. Aber er hatte keinen Erfolg. Der Mann gab auf und verließ mit seinem schreienden Zögling den Spielplatz. Zurück blieb der rechte Schuh des Kleinen neben der Rutschbahn.

»Ich muss Sie festnehmen«, sagte Bukowski.

»Tun Sie das.« Henni Kaspar nickte. »Ich werde nicht weglaufen. Eigentlich wollte ich nie weglaufen. Aber ich wollte Kindern wie Rebekka das ersparen, was ich erlebt habe.«

»Ich bin sicher, dass Ihnen das in vielen Fällen auch gelungen ist.«

»Nicht in ihrem. Rebekka, da bin ich sicher, hat etwas auszutragen, und sie schafft es nicht allein. Wenn ihr niemand hilft, haben wir von ihr etwas zu erwarten.«

»Etwas zu erwarten?« Bukowski sah die Frau neben ihm fragend an. »Was meinen Sie damit?«

»Es ist nur ein Gefühl, das mich überkam, als ich gestern in ihr Gesicht sah. Da war plötzlich eine eiskalte Entschlossenheit, wo ich vorher nur Depression und Niedergeschlagenheit wahrnehmen konnte.«

»Haben Sie mit Rebekka gesprochen?«

»Sie hat ihren Vater auf das Schärfste attackiert und ihn mit den übelsten Worten bedacht. Ich habe so behutsam wie möglich versucht, seinen Standpunkt zu vertreten. Ich erzählte von den Dingen, die er unternommen hat, um sie zu retten. Und dass die festliche Einweihung der Autobahnkapelle heute Mittag ein Zeichen der Versöhnung für alle sein soll. Ein Schlusspunkt.«

»Was sagte sie darauf?«

»Versöhnung!, fuhr sie mich an. Glauben Sie das wirklich? Wie ahnungslos Sie doch sind! Kurze Zeit später hat sie mich dann ausgetrickst und ist geflohen.«

»Bezog sie sich vielleicht darauf? Auf diese Kapelleneinweihung?«

»Was meinen Sie?«

»Diese eiskalte Entschlossenheit.« Bukowski war eine abstruse Idee gekommen, die ihm nicht gefiel. Er hatte es plötzlich eilig. »Kommen Sie bitte mit. Wir sollten vorsichtshalber telefonieren.«

33

Gestern Nacht träumte ich, dass ich meinen Vater wiedersah. Natürlich war er nicht wirklich mein Vater, aber im Traum mischt sich bekanntlich die Einbildung mit der Realität.

Der Mann, der mich ›meine Kleine‹ nennt, stand vor mir. Er ist ein großer, begehrter Mann.

Wenn er eine Rede hält, hören tausende auf ihn. Im Fernsehen sagt er seine Meinung. Aber in seinem Inneren ist er kalt und leer.

»Komm her, mein Kind«, sagte er und lächelte falsch, wie der Wolf grinst, bevor er sein Opfer hinterrücks anfällt.

Ich versuchte, mich zu wehren.

»Du entkommst mir nicht, sieh es doch ein«, beharrte er. »Hältst du dich für stärker als deine Mutter? Sie starb, weil sie sich mir widersetzte. Glaubst du, ich ließe dir das, was dir am Herzen liegt?«

Es gelang mir aber, vor ihm und seinen Schergen zu fliehen und nach Hause zurückzukehren.

Als ich dort eintraf, war es totenstill. Die Baracken lagen wie ausgestorben da. Ich rief meine Mutter und Joschua, der mein Liebster war.

Aber er, der mich ›meine Kleine‹ nennt, hatte sie kaltblütig massakriert. »Grüß ihn von mir«, flüsterte Joschua, bevor er sein Leben aushauchte. »Grüß deinen Vater von mir.« Sein Flüstern war noch in meinem Ohr, als ich erwachte.

»Ja, mein Liebster, ich werde ihn grüßen. Verlass dich auf mich. Er wird deinen Gruß erhalten.«

Außer uns sind zwölf Passagiere im Bus. Seit sie den Revolver bemerkt haben, sind sie unruhig geworden. Die beiden Jugendlichen, die hinten sitzen, machten sich zunächst noch lustig und taten so, als sei alles ein schlechter Scherz.

Jetzt nicht mehr. Alle fürchten sich und tuscheln aufgeregt, während sie jede unserer Bewegungen mit großen, angstgeweiteten Augen verfolgen.

Eine alte Dame, die gleich hinter dem Fahrer sitzt, zupft mich sogar am Ärmel: »Wir haben Ihnen doch nichts getan«, fleht sie mit dünner Stimme. »Lassen Sie uns gehen …«

Ich entreiße ihr meinen Arm. Hinten im Bus schreit jemand auf. »Bitte, beruhigen Sie sich«, verlange ich.

Die Frau, die den Kinderwagen festhält, steht auf und stellt sich Barnabas entgegen.

Er stößt sie auf den Sitz zurück und zeigt ihr seinen Revolver.

Sie schweigt und schüttelt den Kopf.

Diese Leute wissen nichts. Aber haben wir Zeit, es ihnen zu erklären? Und welchen Unterschied würde es für sie machen, da sie doch an nichts glauben?

Trotzdem bitte ich Ruth, ihnen aus der Schrift vorzulesen. Es wird ihnen die Angst nehmen. Ich lasse alle Mitfahrenden aufstehen und im vorderen Bereich des Busses Platz nehmen.

Ruth stellt sich in den Gang zwischen sie. Einige von ihnen scheint es zu beruhigen, als sie die Bibel in ihrer Hand erkennen. Und Ruths gleichmäßige Stimme hält die Leute davon ab, sich panisch zu gebärden.

»Jesus sprach: Zum Gericht bin ich in diese Welt gekommen: Menschen, die nicht sehen, sollen sehend und Menschen, die sehen, sollen blind werden.«

Hinter dem Rücken der anderen verteile ich inzwischen die kleinen Pakete im Fahrzeug.

Aber dann werde ich doch bemerkt. »Was macht diese Frau da?«, fragt die junge Mutter mit dem Kinderwagen ängstlich.

Alle Augen sind auf mich gerichtet. Keiner hört mehr auf Ruth.

»Ruhe!«, befehle ich und halte die Waffe hoch. »Betet lieber.«

»Warum sollen wir beten?«, schreit ein junger Mann und will aufspringen. »Sie wollen uns alle umbringen, nicht wahr?«

»Heilige Muttergottes!«, wimmert die Frau, die hinter dem Fahrer sitzt.

Ein alter Mann fängt laut an zu weinen.

Wir sind auf der Autobahn. Ich breite die Straßenkarte auf einer freien Bank aus. Dann sehe ich aus dem Fenster. Wir haben das Autobahnkreuz passiert.

Ruth stimmt mit Barnabas und Martha eines unserer Lieder an.

Die Leute singen nicht mit. Sie starren uns mit offenen Mündern an. Ich sehe ihre Gesichter, angespannte, fassungslose Gesichter, von denen die Banalität des Alltags wie Tünche abgefallen ist. Es sind hässliche Gesichter, aber ehrliche, weil sie vom Tod gezeichnet sind.

Sie beten und singen nicht. Sie starren nur. Aber immerhin sind sie abgelenkt. Es dauert jetzt nicht mehr lange.

Ich gehe nach vorn und sehe auf die Straße. Ein blaues Hinweisschild kündigt die Abzweigung in zweihundert Metern an.

»Jetzt«, sage ich zu dem Busfahrer und ziele mit dem Revolver auf sein Gesicht. »Biegen Sie auf den Parkplatz ab.«

Es gibt kein Zurück mehr.

Wir müssen uns darauf gefasst machen, dass viele Fahrzeuge den Weg blockieren. Presse, Ehrengäste, vielleicht auch Polizei. Es wird nicht leicht sein.

Der Fahrer presst die Lippen zusammen. Doch er gehorcht.

Es ist aber nicht damit zu rechnen, dass er bis zum Schluss gehorchen wird. Damit uns keiner aufhalten kann, müssen wir viel schneller fahren.

Nur noch wenige Sekunden. Dann wird Nikodemus das Steuer übernehmen.

Gott wird uns stark machen.

Epilog

Was als friedliche Demonstration gedacht war, als ›Fanal für Toleranz und Menschenwürde‹, geriet zum blutigen Inferno. Zur feierlichen Eröffnung der neuen Autobahnkapelle an der A 52 am Freitagvormittag hatten sich etwa hundert Gäste eingefunden. Persönlichkeiten aus der lokalen Kunstszene, der Politik und der Geschäftswelt. Einer der Ehrengäste: Der Landtagsabgeordnete Dr. Tillmann Lukatsch, der diese Feier angeregt hatte. Dieser Ort sei Schauplatz eines brutalen, menschenverachtenden Verbrechens gewesen, so hatte der designierte Generalsekretär seiner Partei bereits im Vorfeld der Veranstaltung erklärt. Deshalb könne das neue Gotteshaus zum Zeichen für alle werden, die sich gegen Fundamentalismus und religiös fanatisierte Willkür zur Wehr setzten.

Für fast hundert Menschen wurde es zum Inbegriff von Tod und Verwüstung.

Die unfreiwillige Todesfahrt des Stadtbusses der Linie 26 begann um elf Uhr neununddreißig, als an der Haltestelle *Weg nach Herdt* vier Personen zustiegen. Mit Schusswaffen zwangen sie den Busfahrer, von der planmäßigen Strecke abzuweichen und auf die A 52 in Richtung Düsseldorf aufzufahren. Nach letzten Informationen befanden sich außer den Terroristen zwölf Personen an Bord, darunter eine Mutter mit einem fünf Monate alten Kind. Unterwegs verteilten die Täter im Fahrzeug über zwei Kilo Plastiksprengstoff.

Ein Streifenwagen der Autobahnpolizei, der die Veranstaltung routinemäßig schützen sollte, stellte sich in letzter Minute geistesgegenwärtig dem heranrasenden Bus in den Weg. Er wurde zur Seite geschoben und konnte ihn nur abbremsen, aber nicht mehr stoppen. Wie ein riesiges Geschoss detonierte der Linienbus, als er mit über 70 km/h auf die seitliche Fassade der kleinen Kapelle prallte. Die Explosion verwandelte den Ort in ein Flammenmeer.

Von den Augenzeugen, die mit dem Leben davonkamen, stehen

die meisten unter Schock. Immer noch schwebt eine dunkle Rauchsäule über dem Ort des Geschehens, der an einen Kriegsschauplatz erinnert.
Bereits zwei Stunden nach der Explosion besuchte der Ministerpräsident die Unglücksstelle und drückte den Angehörigen der Opfer sein Mitgefühl aus, während er sichtlich darum kämpfte, die Fassung zu wahren. Außerdem lobte er die Arbeit der Hilfskräfte, die schnell vor Ort waren.
Dr. Tillmann Lukatsch, der wie durch ein Wunder den Anschlag ohne Blessuren überlebte, weil er, wie er angab, im Stau steckte, kündigte an, den Kampf gegen feige Verbrecher unter religiösem Mantel mit doppelter Kraft weiterzuführen. Im Übrigen habe ihn die Furcht vor genau so einer Tat schon über Jahre dazu angetrieben, gegen Fanatismus und pseudoreligiös motivierte Gewalt vorzugehen.

Rosa van Ackeren, die man zunächst als Drahtzieherin des Anschlags vom 24.9. angesehen hatte, wurde aus der Untersuchungshaft entlassen. Positiv schlug für sie zu Buche, dass sie sich klar und deutlich von der inzwischen aufgelösten Religionsgemeinschaft und ihren Inhalten distanzierte. Mithilfe ihres Anwaltes Dr. Magat gelang es ihr, glaubhaft zu machen, dass sie an der Planung der unglaublich brutalen Gewalttat, die ausschließlich unter der Regie des mittlerweile einsitzenden Claude Decker geschah, in keiner Weise beteiligt war. Decker, ein bekennender Neonazi, habe van Ackeren innerhalb der eigentlich harmlosen religiösen Vereinigung systematisch isoliert, um ungestört eine Radikalisierung betreiben zu können. Dass sie von dem Anschlag auf die Autobahnkapelle gewusst und Dr. Lukatsch gewarnt haben soll, wie zwei Mitarbeiter der Kriminalpolizei behaupten, erklärte van Ackeren für frei erfunden.

Doch einer der beiden, Hauptkommissar Carsten Bukowski von der Mordkommission, beharrt auf seiner Behauptung, der Abgeordnete habe von dem bevorstehenden Terroranschlag gewusst.

Lukatsch habe nichts unternommen, ihn zu verhindern, um sein politisches Ziel zu erreichen: brutale, menschenverachtende Gewalt und sinnloses Blutvergießen als Beweise für sein politisches Credo. Lukatsch sei der Veranstaltung bewusst ferngeblieben. Dass seine eigene Tochter den Todesbus lenken würde, habe er nicht wissen können.

Der Abgeordnete, der nicht nur angesichts des Todes seiner geliebten Tochter diese Unterstellung als ungeheuerlich verurteilt, strebt nun die Suspendierung des Kripobeamten an.

Christoph Güsken

Jungbluth und der Fastnachtsmord

ISBN 3-89425-266-9
Der erste Krimi mit den Kommissaren
Jungbluth und Bukowski

»Mord im Wellness-Zentrum. Zwei Leichen liegen blutüberströmt im Beauty-Bereich. Auftakt für eine Serie von Morden, bei deren Aufklärung die Kripo sich oft selbst im Wege steht. … Der Autor verwirrt den Leser ab und zu, führt ihn auf eine falsche Fährte, lenkt den Verdacht immer mal wieder auf den Kommissar.« (Rheinische Post)

»Der Titelheld Jungbluth ist ein gewissenhafter Polizist und Hypochonder mit einem ›Zetteltick‹, der so gar nicht mit seinem Kollegen und Rambo-Verschnitt Bukowski klarkommt. Die Figur des Jungbluth ist köstlich und seine Angst vor Ansteckung und seine täglichen Rituale werden auf humorvolle und auch erschreckend glaubwürdige Art beschrieben.« (international-books.de)

»Die überaus spannende Geschichte ist mit sehr viel Ironie und feinem Humor gewürzt und lässt einen nicht los. Die Geschichte ist bis zum Ende spannend und folgerichtig. Die Charaktere der einzelnen Protagonisten sind genau und geradezu plastisch beschrieben und man sieht die Handelnden vor sich. Ein Lesespaß der Extraklasse!«
(Der Evangelische Buchberater)

»Güsken schreibt mit philosophisch-psychologischem Pfiff, hat ein Händchen für Schwächen, Abgründe, Neurosen.«
(WAZ)

grafit